KB078147

마법서생

魔法書生

장담 퓨전 新무협 판타지 소설

마법서생 8

장담 퓨전 신무협 소설

초판 1쇄 찍은 날 § 2007년 6월 15일
초판 1쇄 펴낸 날 § 2007년 6월 25일

지은이 § 장담
펴낸이 § 서경석

편집장 § 문혜영
편집책임 § 서지현
편집 § 심재영

펴낸곳 § 도서출판 청어람
등록번호 § 제1081-1-89호
등록일자 § 1999. 5. 31
어람번호 § 제2-1227호

주소 § 경기도 부천시 원미구 심곡1동 350-1 남성B/D 3F (우) 420-011
전화 § 032-656-4452 팩스 § 032-656-4453
http://www.chungeoram.com
E-mail § eoram99@chollian.net

ISBN 978-89-251-0744-8 04810
ISBN 89-251-0437-7 (세트)

[완결]

8

장담 퓨전 新무협 판타지 소설 망한[忘恨]

마법서생

청어람

목차

第一章

비밀(秘密)

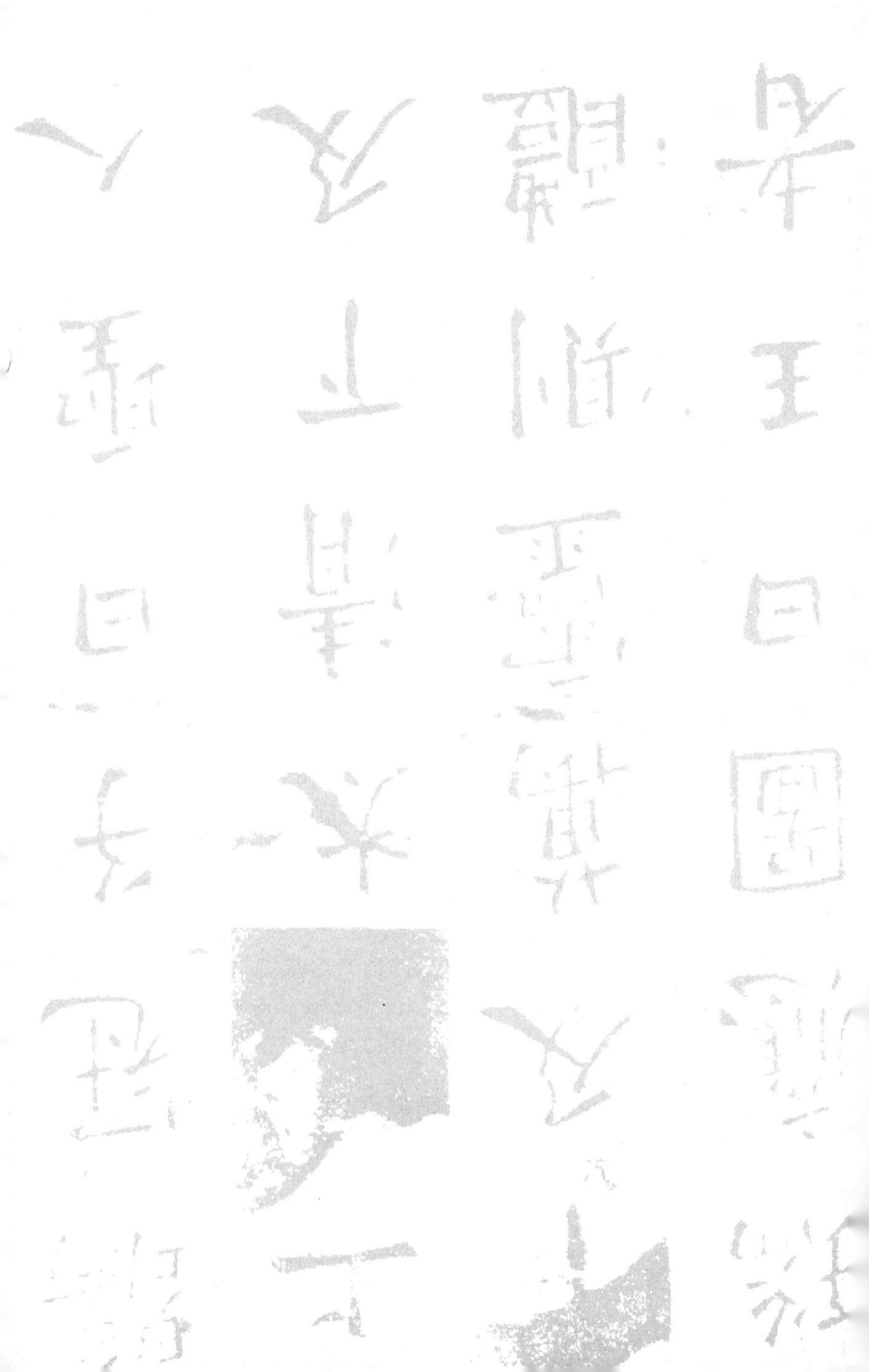

짙은 안개가 침묵처럼 동백산을 내리눌렀다.

십 장 밖이 잘 보이지 않는다.

진용은 하는 수 없이 실피나를 불러내 앞장세우고 계곡 안으로 잠입해 들어갔다.

경비를 보긴 했지만 굳이 그들을 건들지는 않았다. 죽여봐야 공연히 저들의 경각심만 키워줄 뿐 자신이 하고자 하는 일에는 아무런 도움도 되지 않을 터였다.

그렇게 계곡 안에 들어선 지 반 각이 지나자 시커먼 담장이 보였다. 신혈교의 총단을 감싼 담장이었다.

담장 가까이 다가가는데 안쪽에서 우르릉거리는 소리가 들렸다. 돌을 치우는 소리처럼 들렸다.

'무너진 연무장을 정리하는 것인가?'

그렇다면 경비는 그만큼 허술할 터. 내심 다행이라는 생각을 하며 진용은 조금 더 빠르게 움직였다.

담장을 빙 돌아가자 아래쪽에 구멍이 숭숭 뚫린 수백 장 높이의 절벽이 보였다. 순간 진용의 눈이 반짝였다.

만약에 이 안에 아버지가 계시다면 과연 어디 계실까?

'놈들이 마음대로 돌아다니게 놔두지는 않았을 거야.'

분명 그러할 것이다. 놈들은 아버지를 가두고서 아버지가 알고 있는 것을 알아내려 할 게 분명하다. 이곳에 있다면 말이다.

문제는 크고 작은 석굴이 수십 개나 된다는 것. 개중에는 천혈교의 교도들이 생활하는 곳도 있을지 몰랐다.

"실피나, 저 석굴 중에 뇌옥처럼 보이는 곳이 있나 찾아봐."

진용은 실피나를 시켜 뇌옥을 찾게 하고, 자신은 십여 채의 거대한 전각 중 가장 큰 전각을 골라 창문을 통해 안으로 스며들었다.

전각의 내부는 소름 끼치도록 붉은빛 일색이었다. 천장도, 바닥도, 벽도 모두가 선홍색 핏빛이었다.

진용은 대들보에 올라서서 굳은 표정으로 내부를 훑어보았다.

그때였다.

덜컹!

전각의 문이 열리더니 다섯 명의 혈의인이 안으로 들어섰다.

진용의 눈이 부릅떠졌다.

'혈신!'

그랬다. 선두에 선 자. 금면수라탈을 쓴 혈신이었다.

격전 중에 봤던 것보다 훨씬 장대한 체격. 뒷짐을 진 혈신의 걸음걸음마다 전각 내부의 기운이 출렁인다. 그 한 사람의 기운이 거대한 전각의 내부를 뒤덮고 있다는 말이다.

가경할 광경에 진용의 이가 절로 꽉 다물렸다.

그의 뒤로 야율립과 적유가 보이고, 정체를 알 수 없는 중노인과 중년인이 그 뒤를 따르고 있었다.

절대 공경의 자세. 숨조차 제대로 쉬기 어려운지 그 네 사람의 안색은 파리하게 굳어 있었다.

보고도 믿을 수 없는 일이었다.

아무리 삼태천과 차이가 있다지만 그래도 야율립은 십천존의 한 사람이다. 그런 십천존이 숨조차 쉬지 못하고 절대복종하고 있다.

말한다 해서 누가 믿을 것인가.

네 사람의 안색이 조금이나마 펴진 것은 혈신이 대전의 끝에 있는 커다란 태사의에 앉고 난 이후였다.

혈신이 자리에 앉고 나서야 야율립이 조심스럽게 입을 열었다.

"혈신이시여, 명하신 대로 추적을 멈췄사옵니다."

혈신이 가볍게 고개를 끄덕였다. 그것으로 끝이었다.

야율립이 용기를 내 다시 물었다.

"하온데 왜 추적을 멈추라 하신 것인지요?"

혈신이 금면수라탈 안에서 입을 열었다.

"하찮은 자들을 처리하는 것보다 안을 다스리는 것이 더 급하다."

졸지에 탕마단과 천제성이 하찮은 무리로 전락해 버렸다. 야율립은 그 말에 마땅히 대꾸하지도 못하고 전전긍긍했다.

그러자 혈신이 말했다.

"공야무릉을 따르던 자들 중 반기를 들 가능성이 있는 자들은 모두 죽여라."

중년인, 숙야명이 황급히 나섰다.

"신이 그들을 다스릴 수 있사옵니다. 신께 맡겨주옵소서."

"공연한 짓이다. 진심으로 굴복하지 않는 자들은 없는 것만 못하다. 두 번 말하지 않는다. 그들이 얼마가 되든 모두 죽여라."

대전 안의 붉은 기운이 살짝 출렁였다. 숙야명의 안색이 파리하게 죽어갔다.

"명대로… 하겠나이다."

혈신의 전신에서 시뻘건 빛이 뿜어졌다.

"용서는 오늘 한 번뿐임을 명심하라."

"존… 명! 쿨럭!"

숙야명이 끝내 한 사발의 피를 뿜어내며 납작 엎드렸다. 그걸 보는 야율립과 적유의 눈이 공포로 물들었다.

혈신. 자신들이 절대 신으로 모신 혈신의 능력은 상상 이상이었다.

솔직히 말로만 전해진 혈신의 전설을 조금은 의심한 바가 없지 않았다. 어쩌면 자신들이 혈신의 위엄을 이용할 수도 있지 않을까 생각한 적도 있었다. 그들도 오욕이 있는 사람이었기에.

한데 아니다. 이건 자신들이 어찌할 수 있는 능력이 아니다.

자신들에 비해 그리 뒤지지 않는 숙야명이 항거하지도 못하고 피를 뿜지 않는가 말이다.

야율립과 적유와 중노인 등우광은 숙야명을 따라 황급히 무릎을 꿇었다.

"혈신의 명을 어찌 거역하리까!"

진용은 이어지는 아연한 광경에 자신도 모르게 몸을 부르르 떨었다.

그때였다. 혈신의 눈이 허공으로 쳐들렸다.

진용이 있는 대들보를 향해서였다.

순간적으로 진용과 혈신의 눈이 마주쳤다. 미처 피할 틈도 없었다.

그와 동시, 금면수라탈 속 혈신의 눈에서 붉은 빛이 번쩍였다.

진용도 반사적으로 마안을 펼쳤다.

붉은빛과 푸른빛이 보이지 않는 거대한 충돌을 일으켰다.

혈신의 눈이 움찔거린다. 자신도 눈이 타 들어가는 듯하다.

'아직은 밀려! 일단은 물러서, 시르!'

세르탄이 소리쳤다.

일 대 일이라면 죽을힘을 다해 겨뤄보고 싶었다. 그러나 이곳은 적진이다. 절대고수가 넷이나 더 있다.

진용은 황급히 고개를 돌리고 자신이 들어왔던 창문을 향해 신형을 날렸다. 풍혼을 최대한으로 펼친 채.

그 바람에 혈신의 붉은 눈에 서린 곤혹함은 볼 수가 없었다.

"설마 마안? 이상한 놈이군. 마계의 능력을 지닌 놈이 또 있다니."

중얼거리며 고개를 살짝 꼬는 혈신을 야율립 등은 이상하다는 표정으로 쳐다보았다.

혈신의 눈이 어느 곳을 향해 있다. 뭘 보고 저러는 거지?

네 사람의 눈이 혈신의 눈을 따라 천장으로 향했다.

그제야 대들보와 이어진 곳의 창문이 하나 열려 있는 게 보였다.

"웬 놈이 감히 이곳에 들어온 것이냐!"

야율립이 소리치고, 네 사람이 동시에 몸을 솟구쳤다. 그러자 혈신이 웅웅거리는 음성으로 그들을 붙잡았다.

"그만둬라. 너희들이 잡을 수 있는 사람이 아니다."

재빨리 바닥으로 내려선 야율립이 의아하다는 표정으로 혈신을 올려다봤다.

"혈신이시여 어찌……?"

야율립은 말하다 말고 황급히 입을 닫았다.

'감히 혈신의 판단을 의심하다니. 이런 실수를…….'

하지만 혈신은 그다지 기분 나쁘지 않은 듯 웃음기마저 띤 목소리로 말했다.

"우후후후, 그는 마계의 능력을 지닌 자. 그를 잡을 수 있는 자는 하늘 아래 오직 나 혈신뿐이다."

야율립은 문득 한 사람이 머릿속에 떠올랐다.

'혹시 천뢰서생 고진용?'

"하오면 어찌하시 올지……."

"놔두어라. 그는 때가 되면 내가 직접 잡아 어찌 된 일인지 알아볼 것인즉……."

'그 늙은 인간에게 소멸당한 마기를 보충하는 것이 급하니 잠시 동안은 그냥 놔둘 것이다. 어차피 이곳까지 들어온 이상, 알고자 하는 것을 얻기 전에는 바로 떠나지는 않을 터…….'

혈신은 마음속의 말은 하지 않은 채 몸을 일으켰다.

"그대들은 나가서 오늘 중으로 모든 것을 마무리짓도록 해라!"

붉은 기운이 너울지며 대전 안의 대기가 춤을 췄다.

야율립 등은 황급히 머리를 조아리며 동시에 외쳤다.

"신혈의 세상을 위해!"

진용은 전각을 빠져나온 후 두 채의 전각을 넘어가고 나서야 뒤를 쫓는 자가 없다는 것을 알고 신형을 멈췄다.

가슴이 두근거렸다.

단지 눈이 마주쳤을 뿐인데도 손발이 저려왔다.

'시르…….'

진용이 마음을 진정시키며 실피나를 기다리고 있을 때였다. 세르탄이 떨리는 목소리로 진용을 불렀다.

진용이 혈신을 생각하느라 대답을 하지 않자 세르탄이 말을 이었다.

'그 작자… 마계의 힘을 얻은 자야.'

진용은 그 말에 깜짝 놀라 물었다.

'뭐라고? 마계의 힘을 얻었다고? 어떻게?'

'그냥 짐작하는 건데……. 나보다 천 년 전에 마계에서 반란을 일으켰던 마족이 하나 있었거든. 훌탄이라고. 그도 봉인이 되었다고 들었어. 나중에 봉인석이 없어져서 난리가 났었지. 나중에 들었는데, 아버지가 훌탄의 봉인석을 몰래 빼돌렸다는 소문이 있었어. 그래서 말인데, 아버지가 이곳에다 훌탄의 봉인석을 버린 것이 아닐까?'

세르탄이 오랜만에 떠버리다운 말투로 빠르게 지껄였다. 한데 그 내용이 진용을 어이없게 했다.

'그래서, 그 봉인석이 이곳으로 떨어졌다?'

'가능성은 그것밖에 없잖아?'

'하긴……. 그건 그렇고 세르탄 아버지 대체 왜 그러는 거야? 왜 봉인석을 함부로 버리는 거야?'

'질투가 심한 편이거든.'

'뭐?'

'사실 휼탄이 반란을 일으킨 게 엄마 때문이었대. 아버지가 강제로 휼탄에게서 엄마를 빼앗았거든. 아마 휼탄이 봉인에서 풀리면 한바탕 난리를 피울까 봐 버린 걸 거야.'

진용은 머리가 지끈거렸다.

그러니까 결국 마왕의 질투심으로 강호가 시끄러워진 것이 아닌가 말이다.

그로 인해 수많은 사람이 죽어나가는 것을 생각하면, 마왕이 아니라 마왕 할아비라도 작신 두들겨 패주고 싶었다.

하지만 당장의 문제는 그것이 아니었다.

'후우, 좌우간 문제는 문제다. 저자를 상대하기 위해서는 적어도 십천존 중 다섯 사람은 뭉쳐야 할 텐데…….'

진용이 고심하느라 조용하자 세르탄이 조심스럽게 말했다.

'시르, 꼭 그 방법만 있는 건 아니야.'

'뭐? 다른 방법이 있단 말이야?'

'어, 시르하고 나하고 함께 힘을 키우면 상대할 수 있을 것 같은데…….'

진용이 심각한 와중에도 피식 웃었다.

'나야 그렇다지만, 네가 어떻게?'

'어……. 나가면 되지.'

진용이 나직한 목소리로 천천히 물었다.

'무슨 말이지? 세르탄이 나올 수 있단 말이야?'

'적당한 인간만 찾으면.'

'적당한 인간?'

'어. 죽지 않은 몸에, 자기 의지를 잃은 인간이면 내가 옮겨 가서 내 의지를 심으면 될 것 같아. 물론 시르가 도와줘야겠지만.'

'그러니까, 다른 인간의 몸에 빙의(憑依)하겠다?'

'어차피 죽을 사람이라면 상관없을 것 아냐?'

'좋아, 다 좋아! 그런데 왜 여태 그런 말을 하지 않은 거지?'

'그게… 어… 그게… 아직까지는 힘을 찾지 못해서…….'

'오라, 이제는 그만큼 힘을 찾았다? 나 몰래? 혹시 내가 얻을 힘을 가로챈 것 아냐?'

'아냐! 절.대. 아냐!'

'맹세할 수 있어?'

'맹세할게! 그럼! 맹세하고말고!'

왠지 찜찜했지만 문제는 그것이 아니었다. 세르탄이 머릿속에서 빠져나가는 거야 자신 역시 반기는 바이니까.

진짜 문제는 인륜으로 따졌을 때 말도 안 되는 일이라는 것이다. 아무리 죽지 않았다고 해도 누가 그렇게 하기를 바랄 것인가.

진용의 생각을 눈치 챘는지 세르탄이 초조한 목소리로 말을 이었다.

'거기다 그 사람이 승낙하면 더 좋겠지.'

세르탄의 정신을 받아들일 사람이 승낙한다?

그러면 문제가 조금은 달라질 것이다. 그래도 왠지 꺼림칙

했다.

진용은 곧 그 이유가 무엇 때문인지 알 수 있었다.

'그러고 나서 세르탄이 난리 피우면 누가 막으라고? 마계의 말썽꾸러기가 강호의 말썽꾸러기가 될 텐데. 안 돼!'

세르탄이 빽 소리쳤다.

'말썽 안 피우면 될 거 아냐! 대전사의 명예를 걸고 약속할게!'

'그 정도로는 안 돼. 마족이 약속을 지키는지 안 지키는지 누가 알아?'

세르탄이 갑자기 목소리를 누그러뜨리고 말했다.

'그럼… 엄마의 이름을 걸고 마계의 언약을 할 게. 나는 한 번도 엄마의 이름을 걸고 한 약속은 어긴 적이 없어. 정말이야.'

떨리는 목소리였다.

진용은 왠지 측은한 생각이 들었다.

어쨌든 세르탄은 아버지에게 버림받은 어린(?) 마족이 아닌가.

비록 말썽꾸러기라지만, 자신이 느끼기에 그리 악한 것 같지도 않고 말이다.

게다가 자신 역시 언제까지고 지금과 같은 상태로 살아갈 수도 없는 일.

'좋아, 그럼 엄마를 걸고 약속해. 대신 내 곁에서 십 리 이상 떨어져서는 안 돼. 언제 말썽피울지 모르니까. 그리고 약속을

어기면 나를 형님으로 모시고 평생 조용히 살겠다고 해.'

'컥!'

'안 할 거야?'

'하, 할게.'

'그럼 해봐. 내가 똑바로 들을 수 있게 해야 돼. 엉뚱한 짓 하면 없던 일로 할 거니까.'

세르탄이 희열에 찬 목소리로 재빨리 대답했다.

'알았어. 험, 험, 나 마계의 대전사 세르탄은 엄마 소르미의 이름을 걸고 마계의 언약을 하노니…….'

세르탄이 마계의 지고한 약속이라는 마계의 언약을 끝내갈 즈음 실피나가 돌아왔다.

—주인아! 팔뚝만 한 쇠창살로 막힌 곳을 찾았어.

진용은 세르탄이 '…조용히 살 것임을 약속하노라' 라는 말로 언약을 끝맺자 즉시 몸을 일으켰다.

"실피나, 앞장서!"

실피나가 찾은 뇌옥이 있는 석굴은 맨 뒤쪽의 전각 바로 뒤에 있었다.

석굴 앞에는 세 명의 경비 무사가 무표정한 얼굴로 서 있었다.

진용이 그들 앞으로 떨어져 내리자 세 사람의 눈이 동시에 진용을 향했다. 진용이 그들을 향해 웃으면서 손을 들어 올렸다.

의아한 표정을 짓는 세 사람.

"잠 좀 자고 있어라! 슬립!"

세 사람이 무거워지는 눈꺼풀을 들어 올리기 위해 안간힘을 쓴다.

진용은 혀를 차며 마법에 마안의 능력을 곁들였다.

"쯔쯔, 영겁의 잠에서 깨어나거든 모든 것을 잊어라."

세 사람이 일순간에 석고상 세 개로 변해 버렸다. 진용은 그들 곁을 지나 태연히 안으로 걸어 들어갔다.

'저런 자들만 있으면 아무 문제도 없을 텐데.'

총단 깊은 곳에 있는 뇌옥이라서 그런지 안쪽까지는 경비들을 세워두지 않은 듯했다. 이십여 장을 들어가도록 인기척을 발견할 수가 없었다. 하지만 석굴이 꺾어지면서 철창이 나오자 그 안쪽에서 제법 강한 기운이 느껴졌다.

진용은 몸을 솟구쳐 천장에 달라붙은 채 철창을 향해 일지를 튕겼다.

퉁!

철창이 부르르 떨며 울어대는 소리가 뇌옥 안에 울려 퍼진다.

그러자 셋을 세기도 전에 두 명의 혈의인이 철창 앞으로 다가왔다.

"뭔 소리지?"

그중 한 사람이 날카로운 눈빛으로 주위를 훑어본다. 진용은 허공에 떠 있는 실피나에게 주먹으로 뒤통수를 때리는 시눙을 했다.

굳이 마법을 펼칠 필요도 없었다.

실피나가 싱긋 웃더니 혈의인을 향해 날아갔다.

퍽!

"켁!"

실피나에게 뒤통수를 얻어맞은 혈의인 하나가 앞으로 꼬꾸라졌다. 진용은 일지를 튕겨 꼬꾸라지는 혈의인의 마혈을 제압하고 실피나에게 다른 혈의인을 가리켰다.

다른 혈의인이 사방을 둘러보며 당황한 목소리로 소리친다.

"누, 누구냐?"

실피나가 그자의 뒤통수마저 갈기자 간단하게 정리되어 버렸다.

"실피나, 그자의 허리에 있는 열쇠를 가져와."

그냥 부숴 버리고 들어갈 수도 있었다.

그러나 침입 사실을 드러내 놓고 알릴 필요는 없었다. 쓰러진 혈의인들만 치워놓으면 설령 다른 자들이 온다 해도 잠시의 시간은 얻을 수 있을 테니까.

진용은 열쇠로 머리통만 한 자물쇠를 열고 안으로 들어갔다.

몇 개의 방을 지나가도록 죄수가 보이지 않았다. 대부분의 방이 비어 있었다. 각 방을 단절시킨 석벽과 철창만 아니라면 이곳이 뇌옥이 맞는지 의문이 들 정도였다.

'어쩐지 뇌옥을 지키는 간수들이 몇 안 되더라니.'

첫 번째 죄수를 본 것은 근 열 개의 방을 지나서였다.

그는 뇌옥의 돌바닥에 엎드린 채 꿈틀거리고 있었다. 죽지는 않았지만 죽은 자와 다름없을 정도였다.

두 팔은 부러졌는지 덜렁거리고, 두 다리도 옆으로 꺾여 있었다. 그래선지 꿈틀거리면서도 일어서지 못하고 바닥을 길 뿐이었다.

"누구십니까? 누구신데 여기 갇혀 있는 겁니까?"

진용은 반쯤 정신이 없어 보이는 괴인을 깨우기 위해 절대음을 펼쳐 말을 걸었다.

바닥을 기던 괴인이 부들부들 몸을 떨더니 고개를 들었다.

그가 말했다.

"구해……."

진용은 형편없이 부서진 그가 워낙 측은해 보여 열쇠를 일일이 찾지 않고 뇌옥의 문을 아예 잡아 뜯어버렸다.

"어쩌다 이렇게……."

진용이 가까이 다가가며 묻자 괴인이 말했다.

"본왕을… 구해주면… 금은보화를……."

다가가던 진용의 발길이 우뚝 멈췄다.

비록 오물이 묻어 더럽고 여기저기 찢기긴 했지만, 괴인이 입은 옷은 최고급의 비단 옷이다. 게다가 그의 말투.

서서히 일그러진 표정이 몇 번의 변화를 반복했다.

경악, 어이없음, 허탈감, 그러다 나중에는 차갑게 굳어졌다.

진용이 그를 빤히 바라보며 물었다.

"본왕? 그럼 당신이 황실의 왕이라도 된단 말이오?"

차가워진 표정. 가시가 돋친 듯한 목소리였다.

"그렇…… 본 왕은……."

"혹시 삼왕이시오?"

"어떻게……? 맞……. 어서 나를……."

괴인의 얼굴에 희열이 떠올랐다.

이제 살았다. 이제 살았어! 그런 표정이었다.

"내 이곳을 나가면…… 이 역도 놈들을……."

하지만 그의 기쁨도 잠시. 진용이 차갑게 굳은 얼굴로 물었다.

"혹시 고씨 성에 중 자 헌 자 쓰는 분을 아시오?"

"고… 중… 헌? 그게… 어떤 놈……?"

퍽!

진용의 발길질에 삼왕의 몸이 허공에 붕 떴다 떨어졌다.

"크억! 네, 네놈이……."

"모른다고? 고중헌이라는 분을 모른다고? 삼왕, 그대가 그분을 모른다고?"

"끄으으……."

진용은 신음을 토하며 꿈틀거리는 삼왕의 눈앞에 바짝 얼굴을 들이밀었다.

"내가 바로 그분의 아들이다, 삼왕. 네놈이 쓸데없는 고대 문자를 해석해 달라고 부탁했던 그분의 아들이란 말이다! 그래도 모르겠나!"

삼왕은 벌벌 떨면서 눈곱진 눈을 크게 떴다.

생각난다, 생각나. 고중헌. 그래, 그자가 고문자를 해독했어. 그 개 같은 놈들이 가져다준 고문자를 말이야. 그리고는 도망을 쳤지. 한데 이놈이 그놈의 아들이라고?

"어… 어떻……. 너……."

하나 그에게는 물을 시간도, 자격도 없었다.

"묻겠다. 그분이 여기에 계시느냐? 네놈이 혹시 이곳으로 모셔오지는 않았느냐? 빨리 말해!"

진용의 눈이 새파랗게 물들었다.

어차피 제대로 된 답변을 듣기는 틀린 상황이다. 삼왕은 이미 몸도 정신도 피폐해진 상태다.

자신이 원하는 답을 듣기 위해선 마안을 최고조로 끌어올려 펼치는 수밖에. 삼왕이 그로 인해 미쳐 죽더라도 그건 당연한 천벌일 뿐이다.

진용이 허공이 울리는 묘한 음성으로 외쳤다.

"그대 혼령의 주재자로서 명하노니, 말하라! 삼왕!"

삼왕의 몸이 덜덜덜 떨리며 부릅뜬 눈이 빨갛게 충혈됐다.

그러더니 마침내 천천히 입을 열기 시작했다.

"놈들이 나를… 이곳에 데려와……."

조금씩 단절된 말이긴 했지만 알아듣지 못할 정도는 아니었다. 하지만 길게 이어지는 말 어디에도 고중헌에 대한 이야기는 없었다.

진용은 다급해졌다. 삼왕의 눈이 금방이라도 터질 듯이 부

풀어 오르고 있었다.

진용이 미친 듯이 다그쳤다.

"고중헌에 대해 말하란 말이다! 내 아버지에 대해 말하란 말이다! 어서!"

순간 더 이상 견딜 수 없는지, 퍽! 삼왕의 눈이 터져 버렸다.

"몰라……. 못 봤어……."

단 두 마디만을 남긴 채 삼왕이 털썩 머리를 떨구었다.

진용은 두 눈이 터져 나간 삼왕의 멱살을 잡고 소리쳤다.

"모른다고? 못 봤다고? 아버지를 잡아간 놈이 모른다고?"

쾅!

삼왕의 머리가 바닥에 부딪치며 터져 나갔다.

진용은 삼왕을 바닥에 메다꽂고는 비틀거리며 철창에 등을 기댔다.

"아버지……."

삼왕의 말에 의하면 뇌옥에 들어오기 전까지 제법 대접을 받으면서 지낸 듯했다.

계집이 어떻고, 술이 어떻고, 그놈들이 나를 무시하느니 어쩌느니 말하는 것이 얼마 전까지만 해도 그리 지냈다는 말이다. 그렇다면 아버지에 대해 알고 있어야 했다. 아버지가 이곳에 있다면 말이다.

한데 모른다고 한다. 모른다고. 못 봤다고.

천하 어디에서고 발견되지 않아 이곳에 있을 가능성이 제일 높다고 생각했는데…….

반쯤 정신이 없는 상태에서 본능대로 마기를 찾아 움직였다면, 이곳으로 올지 모른다 생각했는데…….

그런데 없다. 결국 가능성은 가능성으로 끝나 버렸다.

없을지 모른다 생각을 안 한 것은 아니지만, 막상 그 말을 들으니 허탈하기만 하다.

"크크크크크……."

진용은 벽에 등을 기댄 채 제자리에 주저앉았다.

그때 어디선가 무슨 소리가 들렸다.

진용은 주저앉은 채 삼왕의 시신만 노려보았다.

이제와서 다른 죄수에게는 그다지 관심이 가지 않았다.

"그곳에 계신 분은 누구신가?"

작지만 또렷한 목소리가 다시 들려왔다.

진용은 그래도 움직이지 않았다.

하지만 잠시의 시간을 두고 그 목소리가 다시 들려왔다.

"뉘신지 모르지만, 죄 많은 빈승의 이야기를 들어주겠나?"

빈승? 승려?

진용은 기이한 느낌에 몸을 일으켰다. 그리고 삼왕이 있는 뇌옥을 나서서 옆으로 가보았다.

힘없이 앉아 있는 중년인이 보였다. 그러나 빈승이라 했던 그의 말과는 다르게 긴 머리를 하고 있었다.

더구나 움푹 파인 눈, 맹인이었다.

보이지도 않을 텐데 그는 진용이 앞에 왔음을 알고는 입을 열었다.

"빈승은 죄인이라네."

죄인이니까 여기에 갇혀 있는 거겠지.

"한데 스님이시라고요?"

중년인의 입가에 서글픈 미소가 어른거렸다.

"한때는 효망이라 불렸지."

진용의 눈이 홉떠졌다.

효망이라고? 저 중년인이 효망이라고?

"두 눈은 내 스스로 빼버렸다네. 보고도 깨닫지 못하는 눈이라면 없는 게 낫지 않겠는가?"

아무런 기운도 느껴지지 않았다. 절대고수 효망은 어디에도 없었다.

"자네에게서 하늘을 아우르는 기운이 느껴지는군. 하긴, 이곳에 혼자서 들어왔을 정도면 당연한 일이겠지."

진용이 조심스럽게 입을 열었다.

"정말 효망 스님이십니까?"

효망이 빙그레 웃으며 고개를 끄덕였다. 굳이 많은 말이 필요없었다. 진용은 그가 효망이라는 것을 확신할 수 있었다.

"요공 성승의 제자 효망 스님이 왜 여기에 계신 겁니까? 지금쯤 영화를 누려야 할 분이 말입니다."

효망의 어깨가 잘게 흔들렸다.

"나를…… 잘 아는군."

"당연하지요. 스승을 해치고, 잘못 알고 있는 사실을 좇아 악마의 손발이 되기를 자처한 사람을 어찌 모르겠습니까?"

진용의 독설에 효망이 처연한 표정을 지었다.

"그래, 그게 바로 나지. 잘 봤네."

"하지만 스님께선 굳이 스승을 죽였다는 죄책감에 사로잡힐 필요는 없습니다."

효망의 표정이 파르르 떨렸다.

"무슨… 말인가?"

"요공 성승께선 제 손에 해탈하셨으니까요."

효망의 표정이 나락으로 떨어진 것처럼 처참하게 일그러졌다.

말을 잊고 덜덜 떠는 효망을 향해 진용이 말을 이었다. 이미 아버지의 일로 인해 감정이 상해 있는 진용의 입에선 갈수록 독설이 쏟아져 나왔다.

"마기에 침습당한 성승께 소림의 장문인과 장로들이 부상을 당하셨지요. 하는 수 없이 제가 성승의 심장을 부수었지요. 그 길만이 성승을 해탈시켜 드리는 길이었으니까 말입니다."

"커억!"

효망이 피를 토하며 앞으로 꼬꾸라졌다.

그래도 진용은 냉랭한 눈빛으로 그를 바라보기만 했다.

효망이 다시 몸을 일으킨 것은 일각가량이 지나서였다.

그는 그때까지도 진용이 남아 있음을 알고 처연한 목소리로 입을 열었다.

"고맙네, 그분께서도 아마 고마워했을 것이네."

"물론입니다. 그분께선 진정으로 제게 고마움을 느끼셨습니다. 하면 이제 효망 스님의 이야기를 해보시지요. 왜 이렇게 되셨습니까? 영화를 누리기도 전에 혈신이란 자에게 당했습니까?"

효망은 혈신에 대한 말이 나오자 숨을 크게 몰아쉬고는 천천히 입을 열었다.

"내가 아는 그는 사람이 아니네. 사람의 탈만 뒤집어썼을 뿐이지."

당신처럼요? 그렇게 말하고 싶은 것을 꾹 참고 진용은 효망이 말하기를 기다렸다.

효망이 말했다.

"그는 내가 얻은 힘의 반쪽을 얻은 자이네. 보다 완벽한 반쪽이었지. 해서 내가 이렇게 된 것이기도 하고. 우습게 들릴지 모르겠지만, 나는 그자가 찾아올 줄 알고 있었네. 만 리가 넘는 길이라 해도, 내가 어디에 숨어 있다 해도 말이야."

진용의 표정이 묘하게 변했다.

짐승이 본능을 좇아 수만 리를 간다는 말은 적이 있다. 그렇다면 혈신도 본능적인 감각만으로 효망을 찾았다는 말이다.

혈신을 보지 못했다면, 혈신이 아버지가 아닐까 생각했을 것이다.

'본능, 본능이라…….'

아버지도 그러지 않을까? 그러면 좋을 텐데. 나를 찾아서, 자식을 찾아서 오면 얼마나 좋을까.

"나는 반쪽을 얻었어도 불완전했지. 나는 그걸 처음부터 알고 있었네. 해서 그가 오면 함께 공멸하려고 작정했었지. 한데… 그가 너무 빨리 왔어. 게다가 내가 있는 곳을 정확히 알고 아무런 방해도 받지 않고 왔네. 그 바람에 공멸은커녕 그자의 힘만 키워준 꼴이 되어버렸어."

그거였나? 혈신이 그토록 강한 힘을 지닌 이유가?

"하지만 그 역시 완벽하지는 않아. 내가 처음부터 완벽하지 않은 반쪽이었듯이 말이야. 그것이 내가 자네를 부른 이유라네."

진용의 몸이 굳어버렸다.

효망이 말하고자 하는 뜻을 짐작한 때문이다.

혈신의 약점. 효망은 그것을 알고 있는 것이다.

진용은 자신도 모르게 불쑥 소리를 질렀다.

"뭡니까? 그가 지닌 약점은?"

그때다!

고오오오!!

엄청난 기운이 뇌옥 안으로 밀려들어 왔다.

그와 함께 뇌옥 안이 온통 붉어졌다.

진용은 그 기운의 정체를 알고 있었다.

혈신! 그의 기운이었다.

"마계의 힘을 얻은 자여, 이리로 오라!"

석굴의 굴곡조차 아랑곳없이 똑바로 귀를 파고드는 음성.

그의 목소리다. 그의 목소리에 대기가 진저리치며 떨고 있다.

진용이 다급하게 물었다.

"뭐냔 말입니다!"

효망의 입가에 핏물이 배어 나오고 있었다. 내부가 뒤흔들렸단 말이다.

당연한 일이었다. 진용조차 압박감을 느끼고 있는데, 무공을 잃은 효망이 견딘다는 것 자체가 무리였다.

젠장! 젠장할! 겨우 실마리를 잡았나 했는데!

그래도 최선은 다하고 봐야 했다.

진용은 황급히 효망의 몸을 끌어안고 좁은 방을 나섰다.

귓전에 가느다란 목소리가 들린 것은 그때였다.

"마기… 최고조에…… 이르면…… 보일 것……."

효망이 억지로 말을 있더니 피를 토하며 고개를 젖혔다.

붉은 기운은 점점 짙어지고 있었다.

진용은 입구 쪽을 노려보며 남은 한 손으로 제나의 지팡이를 뽑아 들고 전신의 공력을 끌어올렸다.

화아악!

지팡이 끝에서 영롱한 기운이 퍼져 나온다.

진용은 일단 급한대로 일 장 크기의 실드를 펼쳐 붉은 기운의 접근을 막았다.

붉은 기운이 둥글게 실드를 타고 흐른다.

그제야 조금 나아졌는지 효망이 입을 달싹였다.

"그의…… 정신은…… 두 개. 그걸 이용……."

몇 마디를 이어가던 효망이 부들거리는 손을 들어 한쪽을 가리켰다. 뇌옥의 막다른 곳이었다.

"부… 숴……."

부수라고? 석벽을? 아! 이곳은 수많은 동굴이 있지!

그 말뜻을 깨달은 이상 망설일 시간이 없었다.

실드가 오그라들고 있었다. 강렬한 압박감. 가공할 압력이다.

금방이라도 뇌옥이, 석굴이 터져 버릴 것만 같다.

혈신이 가까이 오고 있다는 증거였다.

그와 마주치기 전에 빠져나가야 한다. 보나마나 그 혼자 오지는 않았을 테니까.

진용은 허공에서 새파랗게 질린 채 떨고 있는 실피나에게 명령을 내렸다.

"실피나! 전력으로 저곳을 부숴!"

실피나가 뇌옥의 막다른 벽을 향해 날아갔다.

진용도 실피나를 따라 전력을 다해 신형을 날렸다.

제나의 지팡이에선 황홀할 정도로 시퍼런 벼락이 넘실대고 있었다.

콰과광!

실피나가 벽에 대고 바람의 창을 던지자 굉음과 함께 자그마한 구멍이 뚫렸다.

실피나가 그곳을 통해 빠져나가자 진용이 이어서 지팡이를 떨쳤다.

수십 줄기의 벼락이 나선으로 꼬아지며 자그마한 구멍을 순식간에 직경 넉 자 정도로 넓혔다.
진용이 그 구멍을 빠져나가는 것과 동시,
콰르르릉!
뒤쪽에서 굉음이 울리며 뇌옥이 터져 나가는 소리가 들렸다.
혈신의 기운을 견디지 못한 뇌옥이 통째로 무너져 내리고 있는 것이다.

第二章

태행산(太行山), 그리고 빙의(憑依)

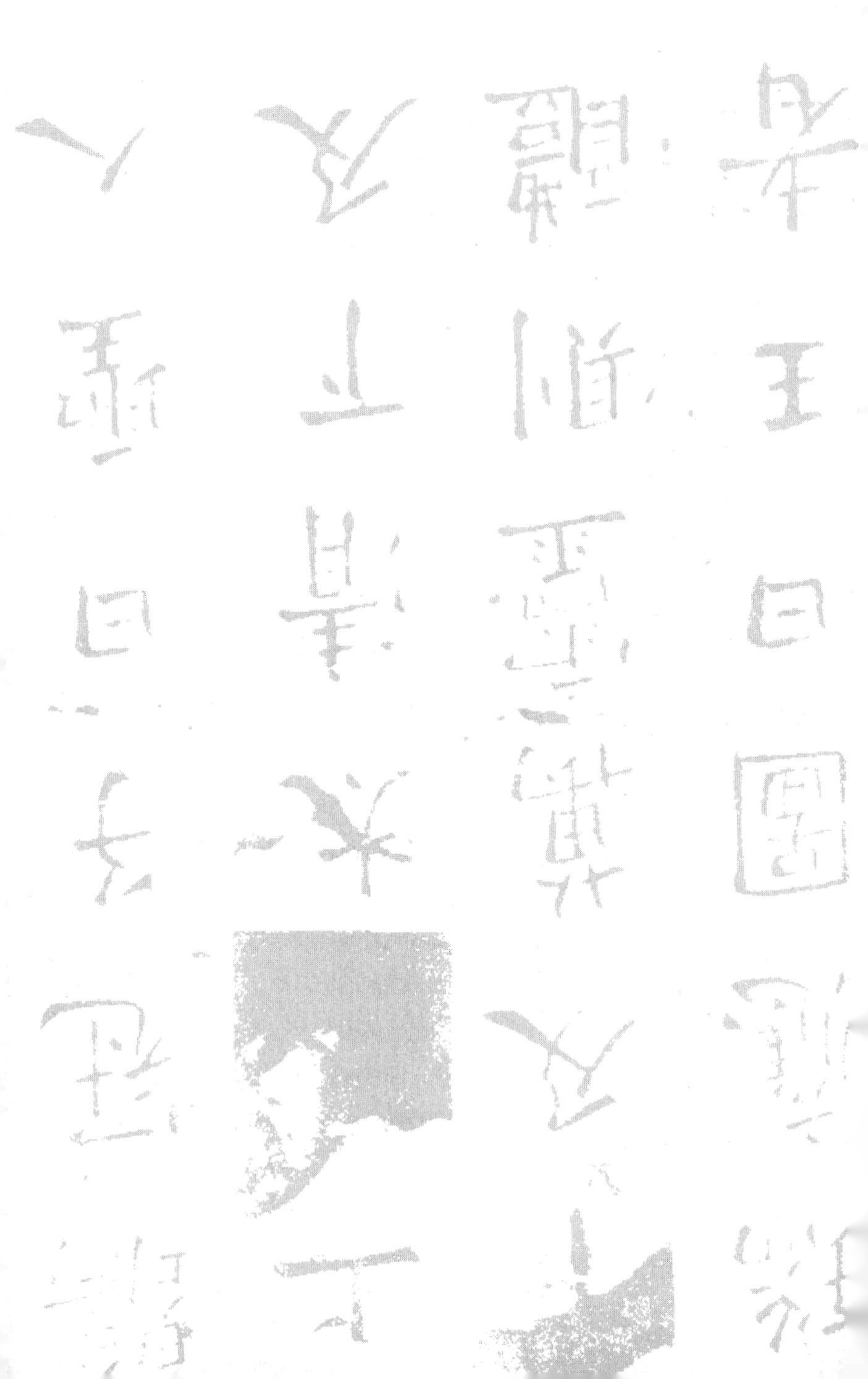

1

효망의 몸은 이미 싸늘히 식어 있었다. 그러나 표정만큼은 편안해 보였다. 업을 씻어내지는 못했지만, 그나마 진용에게 짐 하나를 떠넘긴 만큼 편안해진 듯했다.

진용은 실피나를 앞세우고 동굴의 미로를 빠져나오자마자 동백산을 내려왔다.

그리고 동백산의 북쪽 양지바른 야산에 효망을 묻었다.

효망이 묻힌 장소는 언제고 효망이 마지막에 남긴 말과 함께 소림에 넘겨주어야 할 숙제였다.

소림이 어떻게 할지는 소림이 알아서 할 일이었다. 그것이 효망이 바라는 일이었으니까.

죽어 시신으로나마 소림에 진 죄를 씻고 싶다는 그의 원대로 해주면 될 일이었다.

진용은 효망을 묻고서 곧바로 동백현을 향해 달려갔다.

아버지를 찾지도 못하고 유태청만 잃었다.

'그런데 슬픔에 눈물 흘릴 시간도 없다니 제기랄! 대체 내가 지금 뭐 하고 있는 거지?

사실 이대로 떠나 버리고도 싶었다. 하지만 그리하면 자신을 믿고 따라준 사람들은 뭐란 말인가.

그것은 자신으로부터의 도피일 뿐이었다.

일단 처리할 일은 처리하고 봐야 했다. 죽이 되든 밥이 되든 자신이 벌여놓은 일을 남에게 맡겨놓을 수는 없으니까.

유태청이라도 살아 있다면 그나마 그에게 맡기면 될 일이었지만 이제 유태청은 없다. 커다란 기둥이 건물 한가운데서 가루가 되어 사라져 버린 것이다.

진용의 가슴에 있던 기둥도 쑥 빠져 버린 것만 같았다.

'시간이 되면 구양 할아버지를 찾아가 봐야겠어.'

금의위를 통해 연락을 했으니 별일만 없다면 해룡선단에 계실 터였다.

유태청마저 곁에 없다 생각하니 더 보고 싶었다.

동백산의 권역을 완전히 벗어나자 혈겁이 꿈처럼 느껴졌다.

양민들은 산에서 무슨 일이 벌어지든지 말든지 밭을 가느라 여념이 없다.

소는 쟁기질을 하고, 아낙네들은 새참을 싸들고 남편을 찾아 들녘으로 나선다.

사람 사는 풍경이다.

저들에 비하면 강호인이라는 것이 얼마나 우스운가.

강한 자는 약한 자를 잡아먹지 못해 눈에 불을 켜고, 결국은 서로를 죽이지 못해 안달한다. 원한이 돌고 도는 곳, 그곳이 강호가 아닌가 말이다.

무엇을 위해서. 누구를 위해서.

진용은 피에 젖은 동백산과 들녘의 모습이 겹쳐 보이자 모든 것이 부질없게만 느껴졌다.

하지만 그런 와중에도 한 가지 생각만은 분명했다.

악마의 무리, 피만을 취하려는 광신의 무리. 그들이 과연 양민이라 해서 그냥 지나칠까?

아닐 것이다.

그들이 동백산을 나서면 무슨 일이 벌어질까?

아마 헤아릴 수 없이 많은 피가 흘러야 할 것이다.

비록 자신이 정의를 찾는 대협은 아니지만 그것만큼은 막아야 할 일이었다.

오성(吳城)에서 일행을 찾는 것은 그리 어려운 일이 아니었다.

마을 입구에 서 있던 몇 사람이 진용을 알아보고 안쪽에 대고 소리쳤다.

"고 공자께서 오셨습니다!"

마을에 들어가기 전에 몇 사람이 마중 나왔다.

성광을 비롯한 일행과 남궁창훈을 비롯한 탕마단의 몇몇 대표적인 고수들이었다.

"늦어서 걱정했네."

남궁창훈이 안도하는 표정으로 말을 건넸다.

진용은 묵묵히 고개를 끄덕이며 물었다.

"다른 분들은……?"

남궁창훈이 쓴웃음을 지으며 말했다.

"백리성주는 남은 인원을 이끌고 천제성으로 돌아갔네. 그리고 탕마단의 간부들도 긴급 회의를 연다며 곧바로 여주로 출발했네."

"한데 왜 여기 계신 겁니까? 동백산이 지척인데요."

"저들이 쫓아오지 않았다는 것은 곧바로 추적을 하지 않겠다는 말이나 같지 않겠는가? 해서 자네를 기다리고 있었지."

"후우, 그래도 너무 위험합니다. 지금이야 놈들이 전열을 정비하기 위해 추적해 오지 않았지만, 언제 놈들이 산을 내려올지 모릅니다. 일단은 동백산에서 멀리 떨어져 있어야 합니다. 그래야 놈들도 긴장을 풀고 시간 여유를 가지려고 할 테니까요."

"놈들이 시간 여유를 가지면 좋을 것이 없잖은가?"

"그들 때문이 아닙니다. 우리 때문이지요. 오히려 시간이 필요한 것은 우리들입니다."

"으음……."

반박할 말이 없었다. 천혈교를 치러갔던 이천에 가까운 무사들 중 살아온 사람이 겨우 삼백이다. 아마 며칠이 지나기도 전에 전 강호가 경악하며 지진이라도 만나듯이 들썩일 것이 분명하다.

느긋이 바라보고만 있던 구파오가의 절정고수들이 모조리 나올 것이다.

은거했던 정파의 기인이사들이 떨치고 일어나 정천무맹으로 모일 것이다.

문제는 그 시간이다.

모이는 것도 시간이 필요하지만, 신혈교를 상대할 수 있을 정도로 모인 사람들을 운용하려면 더 많은 시간이 필요하다.

시간 싸움이란 말이다.

소서노인이 나서더니 한 가지 소식을 전했다.

"이미 운아영과 사도굉을 시켜서 탕마단과 천제성에 소식을 전하라 했네."

"아! 다행이군요. 그럼 일단 저희는 방성(方城)으로 가지요."

"방성?"

"정천무맹과 천제성과 신혈교의 중간 완충 지역이라 할 수 있습니다. 거기에서 상황을 지켜보며 대응하도록 하지요. 그 전에 저는 잠깐 할 일이 있습니다."

초연향을 찾아야 했다. 그래야 무슨 일이든 할 것만 같았다.

그때 남궁환이 의아한 표정으로 물었다.

"유태청은 왜 안 와?"
일순간 침묵이 내려앉았다.
한참만에야 진용이 빙그레 웃으며 말했다. 왠지 아픔이 있는 웃음이었다.
"그분은 먼저 선인지로에 드셨습니다."
"뭐? 혼자서? 에이, 같이 가지."
남궁창훈이 무안한 표정으로 남궁환을 말렸다.
"숙부님, 그 길은 같이 가는 길이 아닙니다."
남궁환이 아무렇지도 않게 시무룩한 얼굴로 입을 열었다.
"죽는 것도 같이 가야 덜 심심한데……."
알고 있음이다. 그런데도 태연하기만 하다. 생사를 초탈했음이다.
진용은 가만히 남궁환을 바라보다가 빙그레 웃었다. 조금 전과는 다르게 편안한 웃음이었다.
"나중에 만나보세요. 그때 뭐라고 하세요. 왜 혼자 갔냐고요."

2

노인은 주섬주섬 옷을 입으며 투덜거렸다.
"끄응, 말썽꾸러기 제자 놈도 떠나고 해서 이제 그냥 조용히 죽으려 했는데, 꽤나 귀찮게 하는군. 대체 삼천계의 괴물이 왜 이곳에 나타나서 말썽이람."

어제, 하늘이 붉게 물들었다.

단순히 석양 때문이 아니었다.

그 때문에 이십여 년 만에 외출을 결심했다.

그냥 이대로 선계에 들려 했거늘.

"하긴, 죽기 전에 좋은 일 하나 더하면 선계에 가서도 대접을 더 받을지 누가 알아? 흘흘흘흘……."

노인은 기왕 가는 길, 좋은 마음으로 떠나기로 했다.

옷을 다 입고는 방 안을 둘러보았다.

다시 돌아올 수 있을지…….

"어차피 빈 몸으로 왔거늘, 미련은 무슨……."

노인은 머리를 쓸어 올리고 도관(道冠)을 썼다. 그리고 천천히 방문을 열었다.

태양이 붉은 기운을 뿜어내며 절규하고 있었다.

3

남궁창훈과 석장진의 지위 아래 일백오십에 이르는 대부분의 사람들은 신양으로 가기로 했다.

그들의 대부분은 남궁세가의 사람들과 위지강과 백유현을 비롯해 탕마단의 삼단에 속했던 사람들이었다.

남궁환도 남궁창훈을 따라갔다. 유태청이 없으니 심심하다는 그를 남궁창훈이 함께 놀아주겠다며 데려간 것이다. 맹주가 아니니 시간이 많다면서. 그동안 박대한 것을 진심으로 미안해하면서.

그리고 진용 자신은, 끝까지 자신을 따라가겠다는 사람과 함께 오성을 출발했다.

어찌 생각하면 그들의 주장이 옳았다.

—혼자서 찾는 것보다 여럿이 찾아야 빨리 찾는다. 그래야 신혈교와의 전쟁이 일어나기 전에 합류할 수 있다.

정광과 비류명, 그리고 서문조양과 제갈민은 당연하다는 듯이 따르고, 율천기와 포은상을 비롯해 살아남은 천탁의 무사 중 부상자 둘을 뺀 여섯 명이 진용과 함께 가겠다고 했다.

다만 두충은 신양으로 보냈다. '운 낭자에게 유태청의 죽음을 전하기에는 두 위사가 가장 적임자요' 라고 말은 했지만, 그것은 순전히 핑계였다.

아마 안 보내줬으면 무슨 수를 써서라도 갔을 거라는 것이 진용과 정광의 생각이었다.

"벽력탄 치켜들고 '안 보내주면 죽겠다' 면서 난리나 안 피웠으면 다행이었을 거네."

정광의 말마따나 두충은 바로 뒤쫓아오겠다는 말만 남기고, 다시는 돌아오지 않을 것처럼 신이 나서 신양으로 달려갔다.

한데 의외로 독고무종이 진용을 따라왔다.

"자네하고 아직 할 이야기가 많네."

그것이 그가 합류한 이유였다.

물론 율천기와 포은상은 쌍수를 들고 반겼다. 어쩌면 그들과 할 이야기가 더 많을지도 몰랐다. 검과 칼과 곤을 들고. 솔직히 정광의 쇠 신발은 아직 그들과 이야기를 나누기에 힘이 달렸다.

일행은 일단 오성을 출발하자 방성으로 향했다.

풍림당의 정보망을 이용하기 위함이 첫째 이유였고, 두 번째는 금의위에 삼왕의 죽음을 전하기 위해서였다.

방성으로 가자고 하자 제일 반긴 사람은 당연히 정광이었다.

4

"우와! 도사 아저씨다!"

"우리 귀염둥이, 많이 컸네!"

상아가 쪼르르 뛰어오더니 폴짝 뛰어 정광의 목에 매달렸다.

"헹, 거짓말. 도사 아저씨가 거짓말하면 천당 못 간대."

"거짓말 아냐."

"그럼 이제 신랑신부할 수 있는 거야?"

역시 상아의 일격은 무서웠다.

누구도 그 일격에 성한 사람이 없었다.

추진상과 마주앉은 진용은 차를 뿜을 뻔했고, 율천기와 포은상은 찻물이 목에 걸려 얼굴이 시뻘게졌다.

비류명과 서문조양은 터져 나오려는 웃음을 참느라 벌게진 얼굴로 뒤돌아서고, 북리종과 조씨 형제와 소진후는 서로 얼굴을 맞댄 채 죄없는 땅바닥만 발로 문질러댔다.
"크크큭!"
그나마 독고무종이 태연한 표정으로 상아를 흘겨볼 뿐이었다. 눈꼬리를 씰룩이며 이를 악물고.
"우선적으로 그 계곡 물이 어디로 흐르는가를 파악하는 것이 먼저일 것 같소이다."
진용이 고개를 끄덕였다.
"그리고 근처의 의원에 대해 수소문하는 것도 빼놓지 말아야 할 것이외다. 만일 의원을 찾았다면, 의외로 찾기가 쉬워질 수도 있소이다."
진용이 또다시 고개를 끄덕이자 추진상이 차마 못할 말을 한다는 표정으로 말을 이었다.
"도관이나 장의를 취급하는 곳도 알아봐야 할 것이외다, 고 천호."
진용이 끄덕임을 멈추고 묵묵히 찻잔을 바라보았다.
그러더니 불쑥 물었다.
"얼맙니까?"
추진상이 망설이지 않고 대답했다.
"삼백 냥이오."
"콜록! 콜록!"
끝내 율천기와 포은상이 기침을 하며 질렸다는 표정으로 추진상을 바라보았다.
추진상이 얼굴색 하나 변하지 않고 말했다.

"남는 것 없소. 그 일에 전문가를 동원하려면 그 돈도 모자라오. 정주는 물가가 좀 비싸거든."

모자란다고? 백 냥은 남을걸?

진용은 무심한 눈으로 추진상을 응시했다.

추진상은 슬며시 고개를 돌리더니 상아를 불렀다.

"상아야, 가서 음식 좀 준비하라 이르거라."

"예, 아버지. 맛있는 음식 많이 만들라고 할게요. 특별 손님용으로요. 이랴!"

상아가 정광의 귀를 잡아당겨 방향을 튼다. 말 흉내를 내는 정광. 목마를 탄 채 깔깔거리는 상아의 무명끈으로 묶은 머리가 출렁인다.

'현령이 사재를 털어 빈민들에게 몰래 곡식을 전해준다 했던가?'

방성에 들어오며 들었던 소문 중 하나였다. 어쩌면 상아의 무명으로 된 머리끈 대신 수십 명의 빈민들이 한 끼를 때우고 있을 터였다.

마누라의 노리개 어쩌고 했던 말들이 모두 헛소리라는 것을 상아만 봐도 알만 했다.

'좌우간 속을 알 수 없는 양반이야.'

진용은 품속을 뒤져 주머니를 꺼냈다.

이제 북경을 떠날 때 받은 자금 중 남은 것은 오백 냥도 채 되지 않았다.

추진상이 귀신같이 알아채고 넌지시 말했다.

"모자라는 자금은 다시 청구하면 될 것이오. 내 연락을 하면서 그에 대한 내용도 넣으리다."

진용은 백 냥짜리 전표 세 장을 꺼내 다탁 위에 내려놓았다. 추진상이 날름 집어가며 씩 웃었다.

진용이 물었다.

"특별 손님용은 또 뭡니까?"

추진상이 웃으며 얼굴을 내밀었다.

"공짜 손님하고, 아닌 손님하고 대접이 같으면 도둑놈 소리를 듣지 않겠소?"

봉은 봉 대접을 한다는 말이었다.

—그래야 다음에 또 내놓지.

그 뜻이기도 했다.

5

경악! 분노! 공포!

동백산에서 전해진 소식이 일거에 강호를 뒤집어놓았다.

동백지겁(桐柏之劫)!

이천 명의 고수가 가서 삼백이 돌아왔다.

어지간한 문파들치고 문파의 중견 고수들이 몇 명씩 죽지 않은 곳이 없었다.

탕마단의 주축을 이루었던 구파오가는 장로 급 원로들을 비롯해 수십 명씩의 제자들을 잃고 난리도 그런 생난리가 없었다.

남궁세가와 제갈세가를 제외한 구파삼가는 패배에 대한 책임을 져야 한다며 분노의 화살을 남궁창훈에게 겨누었다.

그때 남궁창훈이 맹주의 위를 넘겼다는 말이 전해졌다. 게다가 원로들이 혈신의 주구로 알려진 이무령을 앞세워 남궁창훈의 의견을 묵살했다는 사실이 알게 모르게 무사들 사이에 퍼지기 시작했다. 결국 구파삼가는 입을 꽉 다물고 그 일에 대해서 다시는 말하지 않았다.

하지만 그들의 피해도 천제성에 비하면 아무것도 아니었다. 천제성은 구백이 넘는 무사들이 출전해서 일백도 채 안 되는 사람만이 돌아온 것이다.

백리자천의 분노는 하늘을 찔렀다.

존립이 위협받을 정도의 패배. 패도를 지양하며 강호의 패자로 군림하겠다는 천제성이 하루아침에 삼패에서 밀려날 상황에 이른 것이다.

백리성이 돌아온 날부로, 천제성은 문을 걸어 닫고 침묵에 휩싸였다.

전 중원의 무림문파들이 숨을 죽이고 동백산을 주시했다.

정천무맹의 원로들은 각파의 제자들을 다시 차출하고, 은거에 들어간 장로들을 설득하기 시작했다. 그리고 맹주로 무당의 우양자를 추대했다.

우양자는 정중히 맹주의 자리를 고사하고 소림의 요료를 맹주로 추대했다. 이제 소림이 나설 때가 되었다는 말만 남긴 채.

다시 원로 회의가 열렸다. 그러더니 결국, 이박 삼일간의 논의 끝에 요료를 맹주로 추대하기로 결정했다.

어차피 누군가는 책임질 사람이 필요한 터. 이토록 어려운 때, 소림은 아주 듬직한 화살받이었다.

6

진용은 추진상을 통해 정주의 정보 조직을 움직이고, 곧바로 방성을 떠났다. 역시나 정광과 상아의 이별 장면은 보는 사람들의 심금을 울렸다.

"힝, 도사 아저씨, 또 올 거지?"

상아가 눈물을 훔치며 정광에게 물었다.

정광도 상아의 머리를 쓰다듬으며 세차게 고개를 끄덕였다.

"그으럼! 당연하지!"

"서생 오빠가 못 오게 해도?"

"물론이지!"

"그럼 그때 가서는 꼭 신랑신부하는 거야?"

"그… 그……."

상아가 그렁그렁한 눈으로 머뭇거리는 정광을 올려다보았다.

"옆집에 진아가 신랑하면 재미없어. 만날 지가 잘했대. 그러니까 도사 아저씨가 신랑 해."

그러니까, 상아는 소꿉놀이하자는 말이었다.

이런, 주책바가지!

"그으럼! 도사 아저씨가 놀아주지 뭐! 움하하하!"

북으로 가는 내내 정광의 얼굴에는 훈풍이 맴돌았다. 하긴 어릴 적부터 태산에서 혼자 산데다, 젊은 시절을 절벽의 고대 문자를 해독하며 다 보냈으니 정이 그립기도 할 터였다.

그런데 문제는 율천기와 포은상은 물론이고 독고무종이나 다른 사람들도 대부분이 상당 세월을 혼자 생활한 사람들이라는 것이다.

그들은 의문이 들었다.

왜! 상아가 다른 사람은 따르지 않고, 옷만 바꿔 입으면 산적이나 다름없어 보이는 정광을 따르는가!

진용은 그 의문에 대한 해답을 알고 있었다. 하지만 굳이 말하지는 않았다.

'눈이 맑거든요. 사념이 없는 눈빛. 마치 어린아이처럼. 그래서 상아가 아무런 부담감을 느끼지 않고 따르는 거지요.'

진용은 힐끔 정광을 바라보고는 하늘을 올려다봤다.

맑은 하늘에 구름이 몰려오고 있었다.

비라도 오려는지 대기가 축축이 젖어간다.

이제 여름의 길목에 접어드는가.

*　　　*　　　*

사흘을 달려 정주에 도착하자 풍림장으로 향했다.
미리 알고 있었던 듯 운가명이 입구에서 진용 일행을 맞이했다. 그의 얼굴은 더할 수 없이 굳어 있었다.
"어서 오시지요, 수천호령사."
"그간 편안하셨습니까?"
"험로를 걸으신 분들 앞에서 어찌 편안을 논하겠습니까."
"유 어르신의 일은 알고 계시겠지요?"
운가명이 조용히 고개만 끄덕였다.
"시신조차 남기지 못했다는 말을 듣고 영정을 마련했습니다."
그 말에 진용은 눈을 크게 떴다.
"그러셨군요. 뵐 수 있겠습니까?"
운가명은 가만히 몸을 돌리더니 앞장서서 걸어갔다. 굳이 무슨 말이 필요할까. 진용 일행은 조용히 그 뒤를 따랐다.
장원 내부의 건물을 빙 돌아가 맨 뒤쪽의 전각으로 다가가자 향내가 맡아졌다.
운가명이 말했다.
"숙부님의 혼령을 인도하기 위해서 사흘째 멈추지 않고 피웠습니다."
유태청의 영정에 향을 올리고, 모두가 숙연한 마음으로 절을 올렸다.
가슴속에 맺힌 말이 많았지만 진용은 아무런 말도 하지 않왔다.

안채로 돌아와서야 진용이 입을 열었다.

"어르신께서는 선도에 드셨을 겁니다."

"저도 그리 생각합니다."

운가명의 아내가 차를 내왔다.

진용은 차를 한 모금 마셔 목을 축이고 다시 입을 떼었다.

"운 낭자는 곧 돌아올 겁니다."

분명 걱정이 될 텐데도 운가명은 아무런 내색도 하지 않고 말했다.

"아마… 오지 않으려 할 겁니다. 그 아이 성격대로라면……."

솔직히 진용도 그럴지 모른다 생각은 하고 있었다.

"두 위사가 운 낭자 옆에 붙어서 목숨을 걸고 지킨다 했으니 무사히 돌아오게 될 것입니다. 너무 걱정 마십시오."

"강호에 나간 이상 안타까워도 하는 수 없지요. 수천호령사 말대로 무사히 돌아오기만을 바랄 뿐입니다."

진용은 찻잔을 내려놓고, 딸의 안전 때문에 걱정이 가득한 아버지, 운가명을 바라보았다.

생각 같아서는 좀 더 이런저런 이야기를 나누며 안심시키고 싶었지만, 시간을 질질 끌기에는 마음의 여유가 너무 없었다.

"아시다시피 초 소저를 찾으려 합니다. 이미 추 현령께 부탁해서 정주의 조직 하나를 소개받았습니다."

운가명이 살짝 눈살을 찌푸리더니 쓴웃음을 지었다.

"진상이 젊을 적 제법 많은 친구를 사귀었지요. 그때의 친구들 중 몇 사람이 정주에서 전문적으로 자잘한 정보를 다루고 있다 들었습니다. 아마도 사람을 찾는 일이라면 그들이 우리보다도 나을 것입니다."

"저는 일단 그들을 만나러 하북으로 갈 생각입니다. 해서 말씀입니다만, 당주께 부탁드릴 것이 있습니다."

"말씀하시지요."

"지속적으로 강호의 정보를 취합해서 저에게 전해주셨으면 합니다."

"그 일이라면 걱정할 것이 없습니다. 저 역시 숙부님의 한을 풀어드리고 싶은 마음이 간절하니까 말입니다. 더구나 악마와 같은 무리들을 상대하는 일, 저희라 해서 나 몰라라 할 수는 없는 일이지요. 지금까지는 소극적으로 정보를 전하는데 그쳤습니다만, 앞으로는 보다 적극적으로 움직이게 될 것입니다. 그들이 무너질 때까지 수천호령사의 눈과 귀가 되어드릴 것입니다."

그렇다면 걱정할 것이 없다. 눈과 귀가 활짝 열렸다.

진용은 안도의 숨을 내쉬며 고개를 숙였다.

"힘없는 백성을 위하는 그 마음, 잊지 않겠습니다."

"별말씀을 다하십니다. 할 수 있는 일이 그것뿐이라 오히려 죄송할 따름이지요."

7

동쪽의 개봉, 서쪽의 낙양은 말할 것도 없고, 북쪽으로 황하를 건너면 신향이고 남쪽으로 내려가면 허창이다. 말 그대로 사통팔달의 도시, 그곳이 정주다.

그런 이유로 정주에는 정보 조직들이 그 어느 도시보다 많았다. 특히 암중에 정보를 사고파는, 정보 암상들의 숫자가 중원 제일이라는 말이 나올 정도였다.

군청우는 그런 정보 암상들 중에서도 세 손가락에 들어가는 거물이었다.

오랜 친구, 아니, 친구라기보다는 원수 같은 놈의 부탁만 아니라면 누군가를 만나기 위해 객점에서 일각을 기다릴 졸개 따위가 절대 아니란 말이었다.

'썩을 놈의 새끼. 십 년 만에 연락해서 한다는 말이, 뭐라? 신세 알아서 목숨을 걸고 충심으로 일을 처리하라고?'

그는 속이 부글부글 끓었다. 자기를 십 년 전의 똘마니 정도로 아는 게 아니면 뭐란 말인가.

그냥 갈까? 조금 더 기다려?

일각, 열 번도 더 망설였다. 딱 하나, 그놈이 편지 말미에 쓴 글이 마음에 걸려 남아 있을 뿐.

맞아 죽기 싫거든 무조건 따라라. 진짜다.

녀석이 진짜라면 진짜다. 그 말만 아니었다면 박차고 나가도 진즉 박차고 나갔을 것이다.

"대체 언제 온다는 거지? 약속 시간이 지나도 한참 지난 것 같은데 말이야."

벌컥벌컥!

열불 나는 속을 달래기 위해 밋밋한 엽차를 단숨에 목구멍으로 넘긴 군청우가 딱 소리 나게 찻잔을 내려놓았을 때다.

"이자인 것 같은데? 가슴에 시커먼 고양이새끼가 수놓아져 있는 것이."

불쑥 눈앞으로 고개를 내민 도사가 자신을 빤히 바라보며 말한다.

움찔, 군청우는 고개를 뒤로 조금 빼고 도사의 면상을 노려보았다.

도사가 말했다.

"뭘 그렇게 노려보나?"

그래도 노려봤다. 도사가 눈을 부라린다.

"눈에 힘 빼. 안 빼?"

할 수 없이 눈에 힘을 빼야만 했다. 눈알이 빠질 것만 같아서였다.

'뭔 놈의 도사 눈빛이 호랑이 눈빛 같지?'

그는 상아와는 또 다른 느낌으로 정광의 눈빛을 평가하며 나직한 목소리로 물었다. 정보 암상의 우두머리답게.

"뉘시오?"

대답은 뒤에서 들려왔다.

"추 현령이 보낸 분이신가요?"

고개를 돌릴 시간도 없이 서생이 앞으로 나섰다. 그리고 그 뒤를 따라 몇 명의 무인들이 죽 들어오더니 대충 빈자리를 찾아 앉았다. 자신은 안중에도 없는 그런 태도였다.

군청우는 꿀꺽 침을 삼키고 천천히 고개를 끄덕였다.

"내가 흑표회의 군청우요."

"조금 늦었습니다. 잠깐 들를 데가 있어서요."

진용은 군청우의 앞자리에 앉으며 진심으로 미안한 표정을 지었다. 그것이 군청우의 간을 조금 키워주었다.

"막 가려던 참이었소. 친구의 부탁이 아니었다면 진작 갔겠지만……."

정광이 말했다.

"그랬으면 정주의 정보 암상들이 명년부터 한날에 제사를 치르게 되었을걸?"

군청우가 그 말을 이해하는 데는 한참이 걸렸다.

사실 뜻은 단순했다.

'내가 너희들 오늘 다 때려 죽였을 거다!' 그 말이었으니까.

군청우가 싸늘히 굳은 얼굴로 정광을 향해 고개를 돌리려는데 진용이 물었다.

"일은 얼마나 진척이 되었습니까?"

군청우는 꾹 참고 목에 힘을 주었다.

"아이들 열이 그 일에 투입되었소. 솔직히 너무 싼값이라 셋만 투입하려 했지만, 친구가 오랜만에 부탁한 일이라 최대한 투입한 거요. 험, 좌우간 물줄기를 더듬고, 반경 삼백 리 내에 있는 마을은 모두 뒤지고 있소."

자신이 가기 전에 그만큼 일이 진척되었다면 찾는 것도 그만큼 빨라진다는 말이다. 진용은 진심을 담아 포권을 취하며 고마움을 표했다.

"대협께 고진용이 진심으로 감사드립니다. 다행히 찾고자 하는 사람을 찾게 되면 따로 사례하겠습니다."

군청우는 목에 힘을 주고 고개를 끄덕였다. 그만한 인사를 받을 자격이 있다는 듯이. 그러자 정광이 말했다.

"그만한 돈을 받았으면 그 정도는 해야지."

군청우가 눈을 부릅떴다.

"흥! 말도 안 되는 소리! 이 바닥에서 백 냥에 열 명을 투입할 사람이 어디 있단 말이오? 더구나 근처도 아니고, 하북까지 가야 하는데?"

백 냥?

정광이 눈을 휘둥그렇게 뜨고 진용을 바라보았다.

진용은 그렇게 된 사정을 익히 짐작하고 있었기에 별다른 표정을 보이지 않았다.

"어쨌든 시간이 없으니 식사를 마치는 대로 바로 출발할까 합니다. 어떻게 하시겠습니까? 같이 가시겠습니까? 아니면 안내할 분을 붙여주시겠습니까?"

또 사람을 내놓으라고? 군청우의 눈살이 찌푸려졌다.

그때였다.

좌르르.

주렴이 걷히더니 대여섯 명의 무사가 거침없이 안으로 들어섰다. 그들은 안으로 들어서자마자 큰소리로 점소이를 다그쳤다.

"이봐! 자리를 만들어라. 곧 높으신 분들께서 오실 것이다!"

주인이 정신없이 다가오더니 허리를 굽실거렸다.

"아이고, 황보세가의 무사님들께서 어인 일이십니까? 잠시만 기다리십시오. 곧 자리를 만들겠습니다."

황보세가라는 말에 군청우의 안색이 급변했다.

정주의 터줏대감 황보세가와 그는 그리 좋은 관계가 아니었다. 그뿐만이 아니라 정보 암상 대부분이 그랬다. 단지 불가분의 관계로 서로를 건들고 있지 않을 뿐. 황보세가 역시 남몰래 정보를 얻어야 할 경우 어쩔 수 없이 정보 암상에 기댈 때가 있으니까. 그리고 바로 그것이 서로 좋은 관계가 되지 못하는 이유이기도 했다.

자신들의 비밀을 알고 있는 사람을 누가 좋아할까. 언제 자신들의 목을 칠지 모르는 사람들을 누가 좋아할까.

군청우는 자리에서 일어섰다.

"이만 가봐야 할 것 같소. 미안하지만 안내원은……."

마침 주렴이 다시 걷히더니 두 명의 중년인과 한 명의 청년이 들어섰다.

먼저 들어왔으면서도 미처 자리를 만들지 못한 무사들이 다급히 주위를 훑어보았다. 그러다 군청우가 자리에서 일어난 것을 보더니 재빨리 다가왔다.

"식사를 마쳤으면 자리를 비워주시겠소?"

진용은 굳이 소란을 일으키고 싶지 않았다. 갈 길이 급한 마당. 아직 시킨 것도 없으니 그냥 자리에서 일어나 다른 곳으로 가면 될 터였다.

하지만 진용의 그런 뜻과는 달리 들어선 사람 중 한 사람이 군청우를 알아보고는 진용의 탁자 앞으로 다가왔다.

"호! 이게 누구신가? 군 회주가 아니신가?"

그는 군청우를 향해 빈정거리는 말투를 내뱉고는 진용을 흘끔거렸다.

"일거리를 맡았나 보군."

군청우는 어색한 웃음을 띠고 조용히 입을 열었다.

"사소한 일일 뿐이지요. 황보인 대협의 관심을 끌 만한 일이 아닙니다."

"하하하. 글쎄, 나도 신경 쓰고 싶지 않은데 군 회주가 직접 나섰다는 것이 신기해서 말이야."

어느새 주위로는 황보세가의 무사들과 나중에 들어온 사람 중 두 사람이 다가와 있었다.

진용은 자리에서 일어나 황보인을 향해 가볍게 포권을 취했다.

"저희는 갈 길이 바빠서 그만 일어나 보겠습니다."

그러고는 군청우를 바라보았다.

"군 대협, 가시지요."

"음, 그럽시다."

"아아, 잠깐만 기다리시게."

황보인이 두 사람의 앞을 가로막았다.

진용은 무심한 눈으로 황보인을 쳐다보았다. 황보인이 진용의 위아래를 쳐다보더니 빙긋이 웃었다. 깔보는 웃음이었다.

"서생의 간이 제법 크군. 이런 상황에서도 태연하다니 말이야."

"고 공자 간 큰 거야 세상이 알아주지."

그때 정광이 일어서며 당연하다는 듯 말했다.

황보인의 눈이 정광을 향했다. 진용이 여전히 무심한 눈으로 입을 열었다.

"다른 일이 없다면 그만 갈까 합니다. 비켜주시겠습니까?"

황보인의 입가에서 웃음이 사라지더니 가늘어진 눈매에서 싸늘한 안광이 뿜어졌다.

"이제 보니 보통 서생이 아니었군. 수상해. 강호가 혼란한 상황에서 정보 암상을 찾는 서생이라."

진용은 굳이 말다툼을 벌이고 싶지 않았다. 당연히 겁날 것은 하나도 없었지만, 그보다는 시간이 아까웠다.

"비켜달라고 했습니다만……."

황보인의 입가에 새파란 웃음이 번졌다.

"나는 황보인이라 하네. 황보세가의 사람이지. 사람들은 나를 파벽권이라 부르기도 하네. 자네는 잠시 우리와 함께……."

진용이 그의 말을 끊고 말했다.

"귀하가 진천권왕 황보청이라 해도 상관없소. 비켜주시겠소?"

진용의 말이 떨어지는 순간, 황보인의 눈이 부릅떠졌다. 주위에 늘어서 있던 황보세가의 사람들도 멍하니 진용을 바라보았다, 그러더니 너도나도 나서서 노한 목소리로 소리쳤다.

"건방진 자! 죽으려고 환장했구나!"

"어디서 노가주님을 들먹이는 것이냐!"

그중에 나중에 들어온 세 사람 중 하나인 청년이 앞으로 나서며 진용을 향해 소리쳤다.

"감히 할아버님의 함자를 함부로 들먹이다니! 건방진 놈!"

제갈민이 황급히 나섰다. 미처 자신이 나설 기회를 놓쳐 바라보고만 있었지만, 자칫 싸움이 크게 번질지도 모르는 상황.

"공자께선 노가주님을 욕보이려 하신 것이 아니외다."

"시끄럽다! 어차피 네놈도 이놈과 같은 패거리. 용서하지 않을 것이다!"

제갈민의 표정이 굳어졌다.

자신을 밝히고 제갈세가의 이름을 앞세우면 해결될지도 모른다. 그러나 자신은 세가를 떠나기로 작정한 몸.

그게 아니라도 진용의 이름을 밝히면 해결되고도 남는다. 그러나 진용이 원치 않는 것 같다.

'상대가 누군지도 모르고……. 가문에 등에 업으니 무서운 것이 없나? 어리석은 자. 에라 나도 모르겠다.'

제갈민은 뒤로 한 걸음 물러나 어깨를 으쓱했다.

그러자 제갈민이 무서워 물러났다 생각한 청년이 제법 호기 있게 소리쳤다.

"우리 황보세가는 함부로 사람을 죽이지 않는다! 무릎을 꿇어라! 그럼 목숨만은 살려주겠다!"

하지만 진용은 그를 본 척도 하지 않고 뒤를 향해 말했다.

"가시지요. 쓸데없이 시간만 흐르는군요."

"그러지."

율천기가 건너편 탁자에서 일어섰다. 그를 따라 다른 탁자에서도 사람들이 일어섰다.

순식간에 자신들보다 많아진 숫자를 보고 황보인의 눈이 굳어졌다. 하지만 그들에게서 별다른 기운이 느껴지지 않자 서서히 눈빛을 풀었다.

황보인의 표정 변화를 재빨리 깨달은 황보세가의 청년이 가소롭다는 표정으로 진용을 쳐다보았다.

"흥! 제법이구나. 숫자가 많다 이건가? 하지만 저들만으로는 오늘 너의 어려움이 해결되지 않을 것이다."

진용은 무저갱처럼 가라앉은 눈빛으로 청년을 바라보고는 앞으로 걸어갔다.

"비켜주겠소?"

청년 황보진이 냉소를 흘리며 말했다.

"흥! 능력이 있다면 어디 뚫고 가봐라."

"원한다면."

두 걸음 만에 두 사람 사이의 거리가 다섯 자 거리로 줄었다.

황보진의 얼굴에 비릿한 조소가 피어났다.

황보인과 그의 형제인 황보중을 비롯해 황보세가의 무사들은 재미있는 구경거리가 생겼다는 듯 조금 전의 분노조차 잊은 표정으로 느긋이 상황을 구경했다.

군청우는 안절부절못한 표정으로 돌아가는 상황을 주시하며 추진상을 원망했다.

'문둥이 같은 자식! 하필이면 저런 앞뒤도 모르는 미친놈을 보내서 나를 매장시키려고 하다니!'

그때다.

우두둑!

갑자기 뼈 부러지는 소리가 들렸다.

군청우는 이를 악물고 앞을 노려보았다. 여차하면 튈 생각으로 다리에 힘을 잔뜩 준 채.

진용과 황보진이 겹치듯이 붙어 있었다. 한데 이상하다. 얼굴이 일그러진 것은 황보진이다.

'어떻게 된 거지?'

그가 의문을 품을 사이도 없이 진용의 우수가 황보진의 목을 움켜쥐었다.

"컥!"

동시에 붕! 황보진의 몸뚱이가 앞을 향해 휘둘러졌다.

분분히 물러서는 황보세가의 무사들. 그들 사이에서 황보인과 황보중의 외침이 터져 나왔다.

"진아! 이놈! 네놈이!"

황보진이 파리채처럼 휘둘러지고 있었다.

새파랗게 질린 안색은 금방이라도 펵 터질 것만 같았다.

단 두 번의 손질이 오가는 과정에 벌어진 일이었다.

휙!

황보진의 몸뚱이가 황보세가의 무사들을 향해 날아가자 황보인이 황급히 손을 뻗어 황보진을 받아 들었다.

왼팔이 거꾸로 낫처럼 꺾여 있었다. 목에는 커다란 손가락 자국이 낙인처럼 찍혀 있었다.

"네놈이 감히 이따위 짓을 하다니!"

황보인이 떨리는 목소리로 소리치며 진용을 올려다보았다.

"비키라 했다. 그리고 그는 실력으로 뚫고 나가라 했지. 나는 그렇게 했을 뿐이야."

당연한 일을 당연히 했다는 투의 무심한 목소리.

황보중이 이를 갈며 앞으로 나섰다.

"네놈들이 누군지는 몰라도 쉽게 뚫리지는 않을 것이다."

창! 스릉!

황보세가의 무사들 중 몇 사람이 무기를 빼 들었다. 무기를 들지 않은 자들도 침중한 표정으로 자세를 갖추었다.

결코 그냥 보내지 않겠다는 뜻.

"저희가 처리하겠습니다, 주군."

비류명이 천천히 칼을 감싼 천을 풀며 앞으로 나섰다. 서문조양도 두 자루의 단창을 꺼내 들고 비류명가 나란히 섰다.

오랜만에 자신들이 할 일이 생겼다는 것에 즐거운 표정들이었다.

비류명의 구유도가 새하얀 도신을 드러낼 즈음이었다. 자신을 가로막는 황보중을 보고 율천기가 짜증나는 투로 말했다.

"황보광호가 이 일을 알면 좋아하겠군."

포은상이 피식 웃으며 말했다.

"그라면 당연히 좋아하겠지. 아마 황보세가의 전력을 동원해서라도 고 공자를 집으로 모셔가려고 할 걸?"

"하긴, 사람 사귀기 좋아하는 그 성격이 어디 갔을라구."

움찔한 황보중이 율천기와 포은상을 번갈아 봤다.

전대 가주인 황보청에 이어 이제는 현 가주인 황보광호의 이름마저 나온다. 느낌이 이상했다.

"당신들은 누군데 가주님의 함자를 들먹이는 거요?"

"그래도 저자보다는 낫군. 아! 이름을 물었던가? 저 사람은 포은상이라고 하네."

"자네도 참. 저 친구는 율천기라고 하지."

자신의 이름 대신 서로 상대의 이름을 밝히는 두 사람이다. 황당한 답변에 황보중의 얼굴이 멍해졌다. 하지만 그것도 잠시.

"포은상? 율천기?"

두 사람의 이름을 무의식중에 입 밖으로 내뱉은 황보중의 얼굴이 하얗게 질려갔다.

"북천산인……? 벽월……?"

문득 어떤 생각이 뇌리를 스쳤다. 하얗던 얼굴이 새파랗게 변색되었다.

그의 거세게 떨리는 눈이 천천히 진용을 향했다.

"천뢰서생, 고진용!"

순간 객잔 안에 적막감이 맴돌았다.

황보세가의 무사들이 주춤거리며 물러섰다.

황보진을 껴안고 있던 황보인이 툭, 황보진을 떨어뜨렸다.

"천뢰무적, 마법진천, 고. 진. 용?!"

황보인이 멍하니 중얼거리며 진용을 올려다봤다.

군청우는 주먹이 들어갈 정도로 입을 크게 벌리고 왕방울처럼 눈을 홉떴다.

갑작스런 상황 변화에 진용은 재빨리 걸음을 옮겼다.

"가시지요."

후다닥 손에 든 무기들을 뒤로 감춘 황보세가의 무사들이 쫙 갈라졌다. 그 사이로 진용이 걸어가자 정광이 어깨에 힘을 잔뜩 주고 뒤따라갔다.

입술을 깨물고 걸어가는 제갈민의 눈에 열기가 피어올랐다.

'바로 이거라니까! 정무관을 나오기로 한 것은 정말 잘한 결정이었어!'

비류명과 서문조양은 나서보지도 못하고 상황이 끝나자 아쉽다는 표정을 지으며 칼을 다시 천으로 감싸고 단창을 허리춤에 찔러 넣었다.

율천기와 포은상이 황보중의 양옆을 스쳐 갔다. 뒤따라가던 북리종이 황보중의 어깨를 툭 쳤다.

"괜히 소문내지 마시오. 지금 고 공자가 무지 바쁘거든. 앞을 막으면 그게 누구든 성치 못할 것이오. 설령 황보세가라고 해도 말이오."

거리로 나서자 군청우가 가슴을 치며 말했다.

"이 군청우, 한 번 맡은 일은 끝까지 책임지는 사람이외다. 걱정 마시오! 내 직접 여러분들을 하북으로 안내하겠소이다! 음하.하.하!"

"돈이 너무 적어서 미안합니다."

"돈? 무슨 말씀! 이 군청우, 돈 몇 푼에 우정을 사고파는 사람이 아니외다!"

가자미눈을 뜬 정광이 호탕한 웃음을 터뜨리는 군청우를 째려보았다.

'저놈도 두충 못잖은 놈이군.'

두충과 비교하다 보니 왠지 두충이 그리워진다.

'그래도 뒤통수를 아무 때나 갈길 수 있는 것은 그놈뿐인데…….'

8

태행산은 깊고도 넓었다.

끝 보이지 않게 늘어선 준봉들을 보노라면, 조사를 어디서 어떻게 시작해야 할지 암담하기만 했다. 그러나 백 냥의 위력이 그러한 우려를 반쯤 무마해 주었다.

군청우의 졸개들은 결코 무능하지 않았다. 그들은 아주 간단한 것에서부터 출발했다.

수많은 사람들이 찾고도 찾지 못했다는 것. 결국 같은 방식으로 찾아서는 십 년이 걸려도 찾지 못할 거라는 것.

첫 번째로 방향부터 다르게 잡았다.

누구든 백이면 백, 남쪽으로 내려가며 찾았을 것이다.

"그러면 우리는 북쪽으로 가보자고."

진짜 북쪽으로 가지는 않았다. 하지만 남쪽으로 가지도 않았다.

또한 사람들은 강줄기만을 뒤졌을 것이다.

"까짓것 우리는 산속도 뒤져 보는 거야."

물론 산꼭대기로 올라가지는 않았다. 하지만 산에 사는 사람들에게 물어보기는 했다.

그렇게 사람들이 무시했을 것만 찾아 돌아다닌 지 열흘, 덕분에 그들은 한 가지 사실을 알아냈다.

진용 일행이 석가장에 도착하자 즉시 군청우의 졸개들 중 일조가 보고를 올렸다.

"천계산에 사는 사냥꾼을 어렵게 만나 물은 결과—솔직히 산에서 길을 잃었다가 만났다—물줄기가 두 갈래로 나누어졌다는 것을 알았습니다. 하나는 평범하게 계곡을 타고 흐르지만, 다른 하나는 잠룡동이라는 굴을 통해 평산호의 외곽으로 빠져

나간다고 합니다. 그 사실을 알고 있는 사람이 자신 말고는 없을 거라는 것이 사냥꾼의 말이었습니다."

다른 자가 말을 이었다.

"한데 그의 말에 이상한 점이 하나 있어서, 저희는 모든 역량을 다해 조사해 보기로 했습니다."

"이상한 점?"

진용이 눈을 빛내며 반문했다.

보고를 올리던 장한은 군청우가 하늘처럼 떠받치는 서생이 누군지 궁금했지만, 말을 멈추지는 않았다.

"평산호의 서쪽에 운무가 짙게 낀 곳이 있는데, 그곳은 아무도 들어갈 수가 없다고 합니다."

"그곳과 물줄기와의 관계는?"

"그곳이 사냥꾼이 말한 물줄기가 솟구치는 곳입니다."

제갈민이 눈을 빛내며 물었다.

"아무도 들어갈 수 없다고 하지 않았소? 한데 어떻게 사냥꾼이 그곳에 대해 안단 말이오?"

"그가 그곳을 아는 이유는, 그도 계곡에 빠져 그곳으로 나왔기 때문입니다. 거의 다 죽어가는 몸으로. 그는 잠깐 그곳을 보고 다시 정신을 잃었는데, 그가 다시 눈을 떴을 때는 바깥쪽이었다 합니다."

간략하면서도 모든 의문에 대한 답이었다.

말을 적절하게 할 줄 아는 자였다.

"안내해 줄 수 있겠소?"

평산호는 길게 뻗어 있었다.

진용 일행이 호숫가를 따라 서쪽으로 나아간 지 두 시진, 운무에 싸인 계곡이 보였다.

그 뒤로 커다란 산 하나가 꼭대기만 삐죽 내민 채 계곡을 내려다보고 있었다.

앞서 가던 장한이 뒤를 돌아보고 말했다.

"저깁니다."

그가 굳이 손가락으로 가리키지 않아도 진용은 알 수 있었다.

기이한 기운이 넘쳐흐른다. 그물처럼 펼쳐진 기운이 안개를 움직이지 못하게 옭아매고 있다. 인위적인 조작.

'누군가? 누가 저렇듯 자연을 조작할 수 있단 말인가?'

제갈민이 벙찐 표정으로 입을 연 것은 그때였다.

"운무만상대진(雲霧萬象大陣)? 설마……?"

동백산의 기관을 봤을 때만큼이나 놀란 표정이다.

"세상에 저렇게 넓은 지역을 감싼 대진이라니……."

어쩐지 수많은 사람들이 동원되고도 찾지 못한다 했더니 그만한 이유가 있었다.

제아무리 많은 사람이 동원되었다 해도 기문진에 정통한 자가 없다면 공염불이었을 게 분명했다.

"들어갈 수 있겠어?"

정광이 멍한 표정으로 운무를 바라보며 물었다.

제갈민이 고개를 저었다.

"잘해야 입구 정도만 들어갈 수 있을 겁니다."

"제갈세가의 기재라며?"

"천재는 아니었습니다."

꼬박꼬박 말대꾸하는 제갈민을 흘낌 쳐다본 정광이 진용을 바라보았다.

그제야 진용이 말했다.

"우선은 그 정도에 만족하죠. 안에 사람이 산다 들었으니 그들에게 말을 전하면 뭔가 반응이 있지 않겠습니까?"

말은 그렇게 하면서도 실피나를 불러 안으로 들여보냈다.

잠시 후, 돌아온 실피나가 고개를 저었다.

—이상해, 자꾸 되돌아와져. 대기의 기운이 비틀려서 어지러워.

이마를 짚고 눈살을 찌푸리는 실피나를 보며 진용은 한숨을 내쉬었다.

'후우, 결국 직접 들어가는 수밖에 없단 말이군.'

호숫가에 서 있는 사람들을 바라보는 눈이 있었다.

그녀는 남보다 멀리 보고, 자세히 볼 수 있는 눈을 가지고 있었다.

운무만상대진의 안개조차 그녀의 눈을 완전히 가리지는 못했다.

그녀는 신안 초연향이었으니까.

'오셨어. 그분이 오셨어. 그런데 어떻게 해야 하지? 어떡하지? 만나야 하나? 아냐, 아직은 아냐.'

"언니, 아는 분이야?"

소연이가 묻는다. 초연향은 아무 생각 없이 나직하게 대답했다.

"응."

"그럼 만날 거야?"

"아니. 아직은 아니야."

"왜?"

목소리가 이상하잖아. 얼굴의 상처도…….

하지만 입 밖으로 내뱉지는 않았다. 소연이 앞에서 그 말은 절대 이유가 되지 않는다.

"할 일이 있거든."

기껏 한다는 변명이 할 일이란다.

초연향은 서글픈 웃음을 지으며 하늘을 올려다봤다.

기러기가 날아가고 있었다.

"일 끝나면 만날 거야. 다 끝나고 나면……."

"만나고 싶다면 지금 만나도 된다."

그때 뒤에서 중후한 여인의 목소리가 들렸다.

밀천궁의 궁주, 이제는 자신의 의모가 된 상유화의 목소리였다.

"아니에요, 어머니. 아직은 때가 아니에요."

입술을 깨물지 않고는 말을 할 수가 없었다.

소심한 자신에게 화가 난다.

하지만, 하지만 어쩔 수가 없었다.

'나도 여자야. 여자라구…….'

그녀는 돌아섰다.

"그만 가요, 어머니. 갈 길이 멀잖아요."

상유화는 초연향의 말에 고개를 끄덕였다.

그랬다. 갈 길이 멀었다.

백 년도 넘게 기다렸던 시간이 다가오고 있었다.

밀천궁의 잊혀진 전설을 깨우기 위해선 이천 리 길을 가야 했다.

백 년 만에 신안을 지닌 여인을 찾았는데, 시간을 지체하기에 초연향의 개인적은 사랑은 너무 사소한 사안일 뿐이었다.

'네가 모든 것을 이룬다면 네 뜻대로 할 수 있을 것이다. 그것이 또한 우리가 너에게 바라는 숙명이기도 하지. 부디 성공해서 우리를 진정한 여인으로 만들어주기 바란다.'

운무를 뚫고 들어간 지 한 시진.

이리 돌고 저리 돌고, 결국 그렇게 지난 길이 십 리도 되지 않는다.

대체 어디까지 운무가 깔린 걸까?

"더는 소용없습니다, 가주."

제갈민이 결국 손을 들었다.

"우리가 들어온 걸 안에 있는 사람들이 알 거라 생각하오?"

"아마 알 겁니다."

그럴 거다. 알 수 없는 기이한 느낌이 자신의 온 신경을 곤두세우는 것만 봐도.

'연향일까? 그녀가 보는 것일까?'

진용이 자신을 따라온 사람들에게 말했다.

"여기서 기다리세요. 제가 들어가 보겠습니다."

"가주!"

"고 공자!"

모두가 놀란 눈으로 진용을 바라보았다.

제갈민도 포기한 진세를 어떻게 들어가겠단 말인가?

진용은 사람들의 우려를 뒤로 한 채 천천히 걸음을 옮겼다. 눈을 감고서. 전신의 모든 것을 개방한 채.

모험이라 할 수도 있었다. 대기의 비틀린 기운이 몸으로 느껴지지 않았다면 자신도 시도해 볼 생각을 하지 못했을 것이다.

'대기의 흐름이 느껴져. 비틀렸다면 틈이 있을 거야. 세상 만물의 이치는 결국 같은 것. 정(正)이 있으면 반(反)도 있는 법. 세상에 다시없는 진세라도 길이 없지는 않을 터, 한 번 해보자.'

그런 마음으로 걸음을 옮겼다.

그러자 아니나 다를까, 기이한 기운이 흐르는 사이로 틈이 보인 것이다.

시시각각 바뀌는 길은 결코 눈으로 보고서 찾을 수 있는 길이 아니었다. 대기의 미미한 흐름조차 느끼지 못하면 찾을 수 없는 길이기도 했다.

'됐어! 갈 수 있어!'

한 걸음, 두 걸음.

이제 사람들의 말소리도 들리지 않는다.

바람 소리, 물소리, 대자연의 속삭임만이 들릴 뿐이다.

—그리 가면 안 돼.

—그래, 거기서 돌아가는 거야.

—멈춰! 옳지, 이제 가.

신기한 경험이었다.

내가, 내가 아닌 것만 같았다.

마치 비밀의 문을 열고 영원의 대지 안으로 들어가는 기분이었다.

선계에 들어간다는 것이 이런 기분일까?

몸 안에 흩어져 있던 모든 기운이 빠져나가고, 다시 들어오고, 쌓여 있던 탁한 기운이 모조리 씻겨 나가 정화되는 것만 같았다.

내 자신이 새로 태어나는 듯한 그런 기분 말이다.

얼마나 걸었을까, 대기의 비틀림이 약해지는 것이 느껴졌다. 진세가 끝나가고 있다는 말이었다.

대기가 평온을 되찾았다 싶은 순간, 진용은 걸음을 멈추고 눈을 떴다. 진용의 두 눈에서 아쉬움이 머물다 곧 사라졌다.

'무극의 실마리를 찾을 수 있을 것도 같았는데…….'

저만치 작은 호수가 보인다.

호수의 가운데에서 물기둥이 용솟음친다.

이곳이다. 이곳이 계곡의 물이 빠져나오는 곳이다.

"연향, 어디 있는 거지?"

대답은 들려오지 않았다.

진용은 허공으로 날아올라 단숨에 호수를 건넜다. 사람들의 자취가 남아 있는 길이 보였다. 건너편 산으로 이어진 길이었다.

"실피나, 안으로 들어가서 사람이 있나 찾아봐!"

—알았어!

실피나가 계곡 안으로 날아가자 진용은 길을 따라 건너편의 산으로 올라갔다.

중턱에 이르자 작은 집이 한 채 보였다. 허리를 꼿꼿이 세운 노파가 방 앞에 앉아 있었다.

진용이 다가가자 노파가 놀란 눈을 크게 뜨고 입을 열었다.

"어떻게……? 놀랍군. 인위적으로 진세를 뚫고 들어오다니……. 한데 누구를 찾아오셨는가?"

예상밖의 반응이다. 놀란 듯하지만 겉모습일 뿐이다. 자신이 오는 것을 알고 있었던 것인가?

그렇다면 돌려 말할 필요도 없었다.

"혹시 얼마 전에 저 호수에 떠오른 한 여인을 보지 못하셨습니까?"

노파가 언제 놀랐냐는 듯 빙긋이 웃으며 말했다.

"봤네. 내가 구했지."
진용의 가슴이 쿵덕거리며 뛰기 시작했다.
내가 뭐랬어! 살아 있을 거라고 했잖아!
"지금 어디 있죠? 이곳에 있습니까?"
노파가 조용히 고개를 저었다.
"조금 늦게 왔구먼. 몸이 낫고 얼마 안 있어 떠났네."
일순간 진용의 표정이 굳어졌다.
어떻게 찾아왔는데, 뭐라고? 떠났다고?
믿을 수 없어! 그럴 리가 없어!
진용은 마안을 발현해 노파의 눈을 바라보았다.
진실이다. 노파는 거짓을 말하지 않았다.
제기랄! 말도 안돼!!
입이 잘 벌어지지도 않았다. 머리가 어질어질했다.
아무 생각도 나지 않았다. 마안의 능력이 풀렸는데도 다시 펼치고 싶은 마음이 들지 않았다.
진용은 떨리는 입술을 간신히 벌려 노파에게 물었다.
"언제…… 떠났습니까?"
"조금 되었지."
"몸은 괜찮습니까?"
"목이 다쳐 목소리가 변했네. 그리고 얼굴도 다쳐서 흉터가 많이 남았어. 예쁜 아이였는데……."
목이 다쳤다고? 얼굴에 흉터가 생겼다고?
상관없어. 내가 연향을 좋아하는 것은 얼굴이 예뻐서가 아니니까.

"많이 슬퍼했겠군요."

노파가 고개를 끄덕이더니 곧이어 가로저었다.

"처음에는 그랬지. 그러다 나중에는 받아들이기로 했는지 웃더군. 강한 아이였어."

"예. 강한 여인이죠, 연향은."

그녀가 자신의 모습을 받아들이기로 했다는데, 진용은 그것이 슬펐다.

얼마나 마음고생이 심했을까?

"혹시 어디로 갔는지 아십니까?"

"목소리 때문인지 말을 많이 아꼈다네."

말을 하지 않았다는 말로 들렸다.

노파가 말을 이었다.

"혹시 누가 찾아오면, 너무 걱정하지 말라고 전해달라더군. 언제고 다시 돌아갈 거라고 말이야."

진용은 안개 낀 눈으로 하늘을 올려다보고는, 한참이 지나서야 노파에게 허리를 숙였다.

"고맙습니다. 그녀를 구해주셔서……."

"아니네. 나야 당연한 일을 했을 뿐이야."

"한데 어른께선 여기에 오래 사셨습니까?"

노파가 고개를 끄덕였다.

"한 삼십 년 살았네."

"그럼 이 근처에 사는 사람들에 대해 들어보셨겠군요."

"물론이네. 가끔가다 만나기도 한다네."

"그들이 누군지 아십니까?"

안정을 되찾은 진용의 질문에 노파가 답했다.

"혹시 들어봤는지 모르겠구먼. 그녀들은 밀천궁의 여인들이라네."

진용의 눈이 커졌다.

"밀천궁요?"

"그녀들은 원래 외인을 들이지 않는데, 마침 나에게 작은 재주가 있음을 알고 이곳에 살도록 허락해 주었지."

"그녀들이 지금도 안에 있습니까?"

노파가 고개를 갸웃거리며 말했다.

"지금은 몇 명 없을 거야. 강호가 시끄러워졌다고 밖으로 나갔으니까. 왜, 만나보려고? 반기지 않을 텐데?"

"그녀들이 연향에 대해 알고 있습니까?"

"보긴 했으니까 안다고 할 수는 있겠지. 하지만 나만큼 자세히는 모를 거네."

때마침 실피나가 돌아왔다.

—주인아! 안에 여자들이 있어!

"몇 명이나 되지?"

—한 열 명?

노파의 말대로다.

진용은 잠시 망설이다가 노파를 향해 다시 허리를 숙였다.

더 많은 것을 알고 있는 것 같았다. 그러나 물어도 대답을 들을 수 없을 듯했다.

그렇다고 강제로 알아볼 수도 없는 일이었다. 노파는 연향을 구한 은인이 아닌가 말이다.

"이만 가보겠습니다. 혹시라도 그녀가 찾아오면, 고진용이라는 사람이 꼭 보고자 한다고 전해주십시오."

"그러지. 그 아이가 온다면 내 꼭 전해주겠네."

"목소리가 아무리 변해도, 얼굴이 아무리 흉하게 변해도, 제 마음은 변하지 않는다고 전해주십시오."

노파가 웃으며 고개를 끄덕였다.

"알겠네. 내 공자의 그 마음을 반드시 전해주겠네."

진용은 답답한 한편으로 그녀가 건강하다는데 마음이 놓였다.

그녀의 신안이 건재한 이상, 언제고 그녀에 대한 말이 돌 것이다.

살아 있다면 언제든 만날 수 있으리라!

그래, 살아 있으면 된 거야! 살아 있으면!

"우우우우!"

날아가는 진용의 입에서 창룡후가 터져 나왔다.

사라지는 진용을 바라보며 노파의 입에서 가벼운 웃음이 흘러나왔다.

"흘흘흘, 좀 미안한 마음이 드는구만. 정말 멋진 청년인데 말이야. 에구, 소궁주는 복도 많지."

밖으로 나가자 사람들이 초조한 기색으로 기다리고 있었다.
그러다 진용이 나타나자 궁금함이 가득한 표정으로 바뀌어 버렸다.
"어떻게 되었나?"
성질 급한 정광이 제일 먼저 물었다.
진용이 한숨을 푹 쉬며 답했다.
"후우, 떠났다는군요."
"떠나?"
그 말뜻을 깨닫는 데는 그리 오랜 시간이 필요없었다.
"그러니까! 살아 있다는 말이구만!"
진용은 빙그레 웃으며 고개를 끄덕였다.
사람들이 너도나도 축하의 말을 늘어놓았다.
"내 그럴 줄 알았다니까!"
"축하하네! 이제 마음이 좀 놓이겠구만!"
"하하하. 고 공자, 이제 날만 잡으면 되겠네 그려."
그렇게 들뜬 분위기가 어느 정도 가라앉았을 때다. 제갈민이 조심스럽게 입을 열었다.
"앞으로 어떻게 할 생각이십니까, 가주?"
진용은 사람들을 둘러보았다.
앞으로 할 일이 무엇인지 모르는 사람은 없었다. 그런데도 묻는다. 결정을 내리라는 말이다.
이미 정해진 길. 진용이 입을 열었다.

“갑시다. 할 일이 아주 많을 것 같군요. 하나하나 풀어가다 보면 혈신을 상대할 방법을 찾을 수 있겠지요.”

‘글쎄, 시르, 내 말대로 하면 된다니까!’

‘시끄러, 말 안 해도 약속은 지킬 테니까. 세르탄, 너나 잘해!’

목적을 반은 이루었으니 보다 편안해져야 할 사람들의 표정이 거꾸로 굳어만 갔다.

혈신! 그 이름 때문이었다.

막상 혈신을 상대하러 간다는 생각을 하자, 얼마 전까지의 패기는 온데간데없어지고 긴장감만이 사람들의 가슴에 가득 찬 것이다.

그렇게 표정이 굳은 사람들이 석가장을 지나 고읍성을 지날 즈음이었다. 군청우의 졸개 중 다른 곳을 조사하던 조가 일행을 찾아왔다.

사람들은 수고했다는 말로 대충 그들의 노고를 치하하고 걸음을 멈추지 않았다.

군청우의 졸개들도 굳어 있는 고수들의 기운에 기가 죽어 별다른 말을 하지 않은 채 뒤만 따라왔다.

그날 밤 군청우가 진용을 찾아왔다.

이미 초연향의 일이 해결된 마당이었다. 복잡한 마음으로 깊은 생각에 잠겨 있던 진용은 차마 군청우를 거절하지 못하고 안으로 들게 했다.

자리에 앉은 군청우가 머뭇거리며 입을 열었다.

"고 공자, 낮에 합류했던 아이들이 정보를 하나 가지고 왔습니다."

"군 회주 덕에 무사히 일을 볼 수가 있었습니다. 고마움 잊지 않겠습니다."

"별말씀을! 당연히 할 일을 한 것이지요! 허허허!"

진용의 옆에 앉아 있던 정광이 너털웃음을 흘리는 군청우를 힐끔 쳐다보고 물었다.

"무슨 일인데 온 건가? 시답잖은 이야기면 내일 하고, 가서 잠이나 자게."

뜨끔한 표정으로 군청우가 재빨리 입을 열었다.

"아, 하, 하! 뭐 그럼, 내일……."

그래도 그냥 보내기는 미안한 마음에 진용이 물었다.

"일단 이야기나 해보세요."

군청우가 '이래도?' 하는 표정으로 정광을 쓱 바라보고 입을 열었다.

"예! 고 공자! 험, 다름이 아니라, 진주 쪽으로 갔던 아이들이 부상당한 사람에 대한 정보를 입수했다고 하는데, 그자도 강물에서 구해진 자라고 합니다."

"강물에서요?"

"예, 한데 남자라고 합니다."

"남자요?"

"예, 아직 정신을 차리지 못했다는데, 두 팔이 부러지고, 내부가 으스러지고, 지독한 상처 때문에 거의 죽은 몸이나 마찬가지라고 합니다."

순간, 진용의 얼굴이 서서히 굳어졌다.

'이런! 멍청하긴! 하군상을 잊었어!'

초연향을 찾는데 열중하다 보니 하군상을 깜박했다. 어쩌면 죽었을 거라는 말을 들어서인지도 몰랐다.

미안한 마음이 들었다. 초연향을 살리기 위해 목숨까지 건 친구를 잊다니!

"그에 대해 알려진 것은 없습니까?"

"정확한 것은 없고… 의원 말로는 그가 딱 한 번 정신이 들었을 때, 에…… 그러니까 처음 구했을 때, 그가 '향' 이라고 한 것 같다고 합니다."

향?

진용이 벌떡 일어섰다.

"어디라고 했죠?"

"진주입니다."

"갑시다."

"예?"

죽은 거와 마찬가지 몸이라면 언제 죽을지 모른다는 말이었다. 만약에 그가 진짜 하군상이고, 자신이 편하게 잘 때 그가 죽는다면 무슨 낯으로 그를 본단 말인가.

한시가 급했다.

"다른 분들은 쉬시라고 하십시오. 저와 군 회주만 가보도록 하지요."

군청우가 떨떠름한 표정으로 대답했다.

"그, 그러죠, 뭐."

하지만 쉬란다고 해서 쉴 정광이 아니었다. 그리고 자기가 쉬지 못하는데 다른 사람들이라고 해서 편히 쉬게 놔둘 정광도 아니었다.

정광이 밖으로 나가더니 방문을 두드리며 소리를 지르고 다녔다.

"일어나게, 일어나! 쉴 사람은 쉬고, 함께 갈 사람은 일어나서 가자고!"

결국 다 일어나라는 말이나 마찬가지였다.

우르르르.

아닌 밤중에 소란이 일었다.

잠자던 사람들이 갑작스런 소란에 문을 열고 소리를 질러댔다.

"어떤 놈들이 야밤에 지랄 떠는 거야?"

"잠 좀 자자, 잠 좀 자. 니들은 잠도 없냐?"

"어떤 새끼들이야!"

그러다 회랑을 걸어가는 사람들이 모두 도검을 찬 무인들임을 알고 머리를 쏙 집어넣었다.

"급한가 보구만."

"맞아, 얼마나 급하면 이 밤중에 길을 떠나겠나."

"이해하자고. 속 좁은 놈들이 꼭 지랄을 떨어요."

진주의 의가에 진용 일행이 들이닥친 것은 세 시진이 흘러 축시가 다 지나갈 무렵이었다.

"계십니까? 문 좀 열어주시겠습니까?"

진용이 얌전하게 안에 기별을 넣자 정광이 조용히 말했다.

"그냥 문을 부수고 들어갈까?"

제갈민이 인상을 찡그렸다, 웃으면서.

"원 도장님도. 그러면 의원님이 놀라지 않겠습니까? 그냥 아침까지 계속 문을 두드려 보도록 하지요."

뒷짐 진 율천기가 고개를 저었다.

"문을 잘못 부수면 집까지 부서질 수가 있네. 어지간하면 참게."

아닌 밤중에 홍두깨였다. 그냥 무시하고 계속 자려던 의원은 이어지는 말에 눈곱도 떼지 못하고 문을 열어야만 했다.

'에구, 어떤 미친놈들이 오밤중에 저 지랄들이누.'

문을 열자 서생이 보였다.

서생을 중심으로 죽 늘어서 있는 무사들. 의원은 침을 꿀꺽 삼키고 조심스럽게 물었다.

"무슨 일이시오? 누가 다쳤소?"

"아닙니다. 한 가지 물어볼 게 있어서 왔습니다."

물어볼 게 있다고? 그것 때문에 단잠을 깨운 거야?

그것도 꿈속에서 아리따운 여인과 입맞춤하기 직전에!

이런 호랑말코 같은 놈들! 칼만 안 들었으면 그냥, 콱!

"험, 뭘 물어본다는 거요?"

"이곳에 강에서 건진 청년이 한 사람 있다 들었습니다."

진용이 운을 떼자 의원의 눈이 빛을 발했다.

"그런 사람이 하나 있기는 있소만……."

"지금 볼 수 있겠습니까?"

눈에서 이는 빛이 점점 강해졌다.

'혹시 아는 사람들인가? 그럼 잘하면, 돈을 받을 수도…….'

"험, 보는 게 뭐 어렵겠소. 들어오시구려."

"감사합니다."

의원이 앞장서자 안으로 들어가며 진용이 물었다.

"그가 정신을 차렸을 때, 혹 자신의 이름을 말하지 않았습니까?"

"의식을 잃은 상태라 따로 이름을 밝힌 것은 없소."

"특징 같은 것은 없습니까?"

"특징? 특징이라……. 무술을 수련했는지 몸이 잘 다듬어진 것 같고 에, 또…… 잘생겼고…―그냥 버리자고 해도 내 딸내미가 울며불며 말릴 정도야!―험, 옷도 찢어져서 그렇지 제법 고급 옷이더구려."

"'향' 이라는 말을 했다던데요."

"그 청년이 한 말은 그게 다요. 그 이후로 완전히 통나무나 다름없소."

그 때문에 딸내미에게 구박도 좀 받았지. 실력이 없는 것 아니냐고. 떠그랄!

"여기요. 들어가 보겠소?"

진용은 아무런 말도 없이 고개만 끄덕였다.

의원이 문을 열었다.

방문을 열자 어둠 속에 하얀 그림자가 의원 말대로 통나무처럼 누워 있는 게 보였다.

"조금만 기다리구려. 불을 켤 테니."

진용에게 이 정도의 어둠은 아무런 방해도 되지 않았다.

안을 바라보는 진용의 눈이 붉어졌다.

생각대로였다. 하군상, 그였다. 그가 죽은 듯이 누워 있었다.

창백한 안색. 새파란 입술. 천으로 감싸진 몸.

숨을 쉬는 것조차 의심스러울 지경이었다.

확! 의원이 불을 켜고는 참고 참았다는 듯 투덜댔다.

"말도 마시오. 저 청년의 숨이 멈추면 밥상에 풀만 올릴 테니 그리 알라고, 내 딸년이 어찌나 볶아대는지 원……."

"도장님만 같이 들어가고, 다른 분들은 밖에서 기다려 주십시오."

중환자가 있는 곳에 많은 사람이 들어가서 좋을 게 없었다. 더구나 정광을 빼면 하군상을 아는 사람도 없었다.

정광과 함께 안으로 들어간 진용은 천천히 침상으로 다가갔다.

온몸을 감싼 천은 금방 두른 것처럼 깨끗해 보였다.

"누가 구했다고 합니까?"

"내 딸이라오."

의외였다. 어부나, 아니면 강을 오르내리는 선원이 구하지 않았나 생각했는데 딸이라니.

"낚시를 좋아해서 매일 강가로 간다오. 뭐 저 청년을 구한 이후로는 낚시 가는 것을 보지 못했지만."

눈이 붉어진 가운데 웃음이 맺혔다.

진용은 하군상의 손을 잡고 속으로 말했다.

'하 형, 제대로 낚인 것 같소.'

뒤에서 정광이 조용히 말했다.

"고 공자, 내력을 넣어서 한 번 기운을 움직여 보지 그러나?"

이미 잡은 손을 통해 미미한 진기를 흘려 넣고 있던 터였다. 한데 팔을 다 통과하기도 전에 막힌다. 아무래도 부러진 두 팔 때문인 것 같다.

단전의 기운도 점검해 봤다. 실오라기 같은 기운도 느껴지지 않는다.

이어서 십팔대혈을 골고루 살펴봤다. 역시 대부분이 막히거나 간신히 맥이 연결되어 있을 뿐이다. 그나마 기문혈을 중심으로 심장 부근만이 그럭저럭 괜찮은 정도였다.

한마디로 살아 있되 산몸이 아니었다.

의원이 하군상의 목숨을 유지하기 위해 얼마나 노력했을까,

하는 생각이 절로 들 정도다.

그때 세르탄이 진용을 불렀다.

'시르.'

'왜? 지금 바쁘니까 이따가 말해.'

'그게 아니라……. 저놈, 나 주라.'

진용의 의지가 강하게 세르탄을 압박했다.

'뭐야?!'

진용의 분노를 느꼈을 텐데도 세르탄은 굴하지 않고 말을 이었다.

'나 아니면 살릴 수 없어. 산다 해도 죽은 거나 다름없을 테고 말이야.'

'그게 무슨 말이야? 그럼 너는 살릴 수 있단 말이야?'

'어.'

두말하면 잔소리라는 말투다. 진용은 잠시 멈칫하고는 신중하게 물었다.

'어떻게? 왜 너만 살릴 수 있다는 거지?'

'다행히 심장이 살아 있으니까. 마계의 능력도 마법처럼 심장을 중심으로 펼쳐지는 거잖아.'

그 말은 맞는 말이었다. 그래도 자신이 허락할 수 있는 문제가 아니었다.

'전에 말했지. 본인이 허락해야만 한다고.'

'아마 깨우면 허락할걸?'

'어떻게 깨워?'

'마안을 펼치면 되잖아.'

마안?

'저렇게 몸이 약한 사람한테 마안을 쓰라고?'

'몸은 약해도 정신은 강해. 지금까지 살아 있다는 게 그 증거 아니겠어?'

진용은 물끄러미 하군상을 내려다보았다.

정말 마안을 써도 이상이 없을까? 만일 하군상이 허락한다면 어떡하지? 정말 세르탄에게 하군상의 몸을 넘겨주어야 하나?

그렇게 산다고 해서 살았다고 할 수 있을까?

갈등이 진용을 뒤흔들었다.

자신의 의지가 없는 삶. 그것은 삶이 아니다. 그렇다고 이대로 죽게 놔둘 수도 없다.

세르탄이 초조하게 진용의 결정을 기다리고 있을 때였다.

갑자기 하군상의 몸이 잘게 떨렸다. 미미하나마 진용의 내력이 흘러들어 가며 하군상의 닫힌 혈을 계속 자극한 때문이었다.

의원이 황급히 다가오더니 하군상의 몸을 살폈다. 이곳저곳 살피던 의원이 한숨을 내쉬며 고개를 흔들었다.

"이런, 그래도 며칠은 더 버틸 줄 알았는데……. 쯔쯔쯔……. 아무래도 하루 이틀 이상은 버티기가 힘들겠구만."

그 말에 진용의 얼굴이 와락 일그러졌다.

'세르탄, 한 가지만 더 약속해. 그러면 허락할 테니까.'

'뭔데?'

'하 형의 의지를 완전히 속박하지 마.'

'……'

'아니면 나도 안 할 거야. 의지가 없는 삶은 죽음만도 못해. 하 형도 그걸 바라지는 않을 거야. 어때? 할 거야, 말 거야?!'

진용이 단호하게 물으며 말을 끝맺자 세르탄이 주섬주섬 입을 열었다.

'치이, 하지만 계속 그럴 수는 없어. 인간의 수명이 다하면 의지도 육신을 떠나니까.'

'그거야 물론이지.'

'좋아, 그럼 그렇게 할게. 밤에는 내가, 낮에는 하군상의 의지가 몸을 지배하는 거야. 그러면 되지?'

우선은 그 정도면 됐다. 그래도 반은 산 것이 아닌가 말이다.

진용은 내심 안도의 숨을 내쉬며 천천히 마안의 능력을 끌어올렸다. 그리고 하군상의 눈을 벌리고 그의 눈을 통해 정신을 지배하기 시작했다.

'그대 의지의 주인으로서 명하노니, 의지여 깨어나라.'

잠시 후, 아무런 빛도 없던 눈동자에 기이한 기운이 맺히기 시작했다.

그러더니 진용의 명이 세 번째 반복될 즈음, 마침내 하군상의 의지가 반응을 보였다.

'누, 누구……?'

'나요, 고진용.'

하군상의 의지가 희열의 빛을 보이며 가늘게 떨림을 보인다.

'정신이 드시오?'

'여기… 어디……?'

진용은 하군상이 처한 상황을 간략하고 빠르게 전해주었다. 하군상은 경악하는 와중에도 초연향이 살아났다고 하자 기쁨의 빛을 감추지 못했다.

'내가 해냈군요. 내가 해냈어…….'

'예, 하 형이 해냈습니다.'

'하하하하, 이제 웃으며 죽을 수 있겠습니다, 고 형!'

'하 형, 나는 하 형이 이대로 죽는 걸 볼 수가 없습니다. 해서 한 가지 방법을 써보려 합니다. 다만 하 형의 허락이 있어야 하기에 허락을 구하려 합니다.'

'살 수 있다고요? 내가?'

'그렇습니다.'

기쁨과 놀라움에 물든 하군상의 눈을 바라보며 진용은 세르탄에 대한 이야기를 하기 시작했다.

반 각, 이야기가 끝나자 하군상의 의지가 길게 이야기 할 것도 없다는 투로 말했다.

'그럼 당연히 그렇게 해야지요. 반이 어딥니까?'

진용은 빙그레 웃으며 고개를 끄덕였다.

사실 그도 바라던 바였다. 어찌 되었든 죽은 하군상을 보는 것보다는 살아 있는 하군상을 보는 게 나았으니까.

'그럼 곧 시작하겠습니다. 고통이 있을지도 모릅니다. 조금만 참으세요.'

세르탄이 하군상의 머릿속으로 들어가는 시간은 그리 길지 않았다. 이미 마안을 펼침으로 인해서 통로가 열려 있기 때문이기도 했다.

십이 년을 넘게 함께한 세르탄이 진용을 떠나 하군상에게 옮겨가는 시간은 일각에 불과했다.

진용은 왠지 허전한 마음이 들었다.

세르탄이 머릿속에서 빠져나가자 한동안 멍한 기분에 정신을 차릴 수가 없었다.

그런데 일각이 지나기도 전이었다. 세르탄이 빠져나간 빈 공간에 자신조차 생각을 하지 못했던 기운들이 서서히 채워지기 시작한다.

순간 진용은 온몸이 붕뜬 기분이 들었다. 그동안 집적만 되고 흩어져 있어 제대로 활용되지 않던 기운들이 뇌리에 똬리를 틀기 시작한 것이다.

진용도 세르탄도 미처 생각지 못했던 어이없는 기연이었다.

'진작 세르탄을 내보낼걸!'

그런 생각이 들 정도였다. 세르탄이야 서운해하든지 말든지.

다음날, 하군상을 위해 마차를 하나 구했다.

세르탄의 혼이 하군상에게 건너가며 목숨은 유지했지만, 육신의 상태를 본래대로 되돌리기에는 시간이 걸릴 터였다.

그렇다고 의원에 그대로 남겨둘 수는 없는 일이었다. 말썽꾸러기 세르탄이 무슨 짓을 할지 누가 안단 말인가.

제일 좋아한 사람은 정광이었다.

군청우의 졸개들이 마차를 몬 지 한 시진, 정광은 또 두충이 그리워졌다.

'그 녀석이 그래도 마차 하나는 잘 몰았는데…….'

군청우의 졸개들이 마차를 모는 솜씨에 비하면, 두충의 실력은 절정고수였던 것이다.

"어이쿠! 이봐! 조심하면서 좀 몰아봐! 환자가 타고 있는 마차라고! 이렇게 소림까지 가다간 멀쩡한 사람도 죽겠구만!"

第三章
떠났어도 너는 내 밥이다

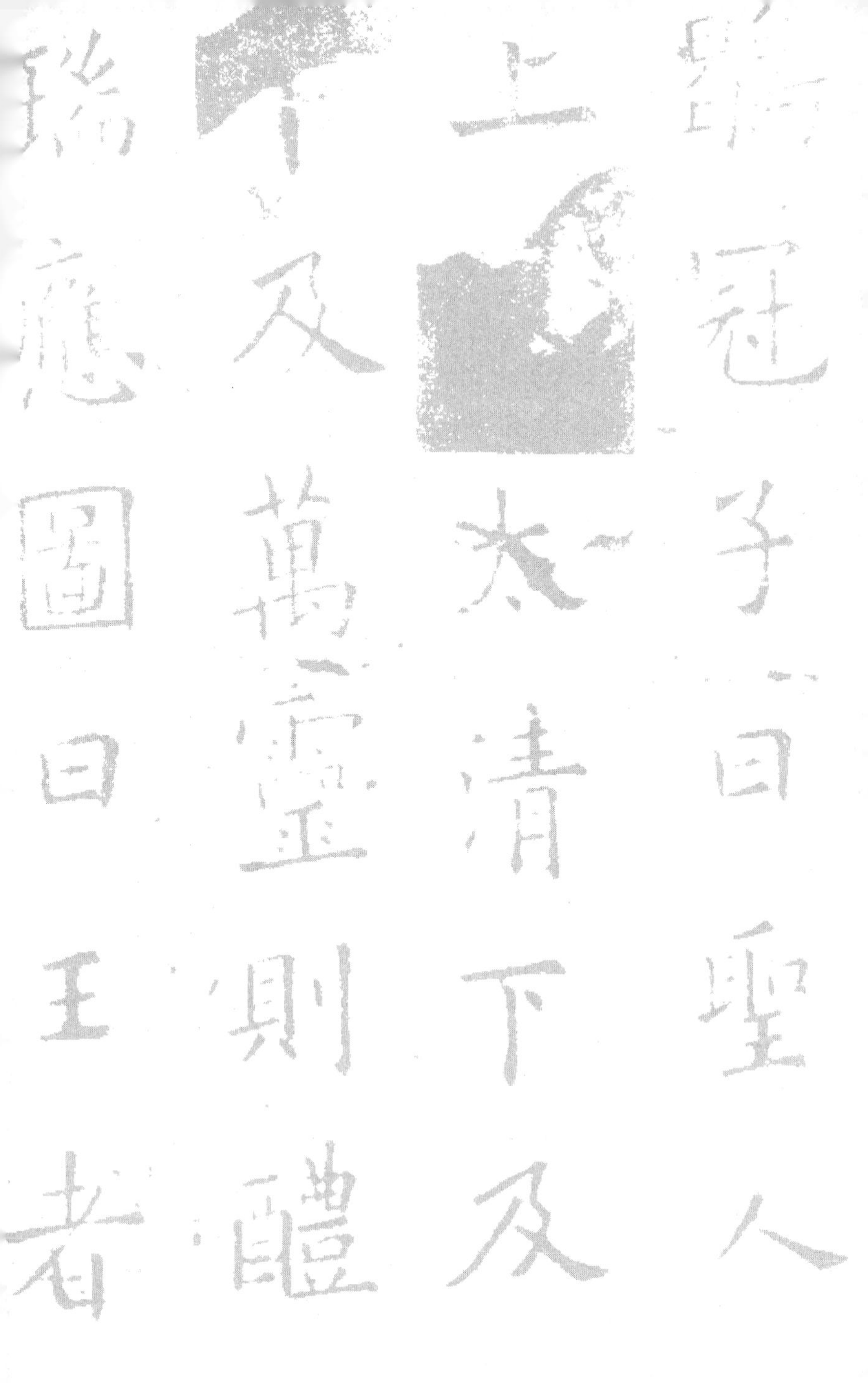
跗冠子曰聖人
上太清下及
下及萬靈則體
瑞應圖曰王者

1

원정은 어깨에 힘을 주고 다가오는 사람들을 바라보았다.

소림의 산문을 지킨 지 어언 오 년, 요즘처럼 즐거웠던 적이 언제였던가.

마침내 장문방장께서 맹주로 추대되었다. 그러자 수많은 무림인들이 소림을 오른다.

누구도 산문을 지키는 자신들을 얕잡아 보는 이가 없었다. 한 달 전까지만 해도 꿈도 꿀 수 없었던 일이었다.

'역시 명예란 대단한 것이야!'

봐라! 얼마 전만 해도 어깨에 잔뜩 힘 준 채 힐끔 쳐다보고 지나가던 자가 먼저 인사를 하지 않는가 말이다!

"그간 안녕하셨습니까, 원정 스님."

"어이구, 대검문의 소문주께서 또 오셨군요."

"하하하, 가까이 있다는 게 어디 보통 인연입니까? 자주 들러야지요."

"아미타불, 그럼 저희 소림이야 환영이지요. 어여 들어가시지요."

"예, 그럼……."

원정은 안으로 들어가는 청년의 뒤통수를 노려보고는 피식 입가에 웃음을 지었다.

'작년만 해도, 하늘 높은 줄만 알고 땅은 쳐다보지도 않던 자가…….'

원정이 대검문의 소문주인 강인봉을 바라보며 세월 무상의 도를 깨우치고 있을 때다.

뒤쪽에서 소란스런 소리가 들렸다.

'쯔쯔, 어떤 시주들이 감히 소림에서…….'

원정은 스윽 고개를 돌려 가소로운 눈빛으로 소란을 떠는 사람들을 흘겨봤다.

순간, 원정의 몸이 딱딱하게 굳어버렸다.

'저, 저 사람들은……!'

자신의 사제가 뭣도 모르고 열 명에 이르는 무인들 앞을 가로막고 있었다.

한데 그 맨 앞에서 낡은 도복을 입은 도인이 사제와 말씨름을 하고 있는 것이 아닌가. 게다가 그 뒤로 보이는 건도 쓰지 않은 서생은…… 맙소사! 바로 그였다!

"물러서게, 원여!"

원정이 빽 소리치며 달려오자 정광이 물었다.

"이보게, 아직도 소림에선 문파의 이름을 밝혀야만 안으로 들어갈 수 있는 건가?"

"아닙니다, 도장! 어서 오시지요! 오랜만에 뵙습니다!"

정광이 허리를 꾸벅 숙이는 원정을 흘겨보고는 원여에게 말했다.

"아니라는데? 이제 들어가도 되지?"

"예? 아 예……."

벙찐 표정으로 원여가 대답하자 진용 일행은 산문을 넘었다.

그제야 정신을 차린 원정이 사제에게 다급히 소리쳤다.

"어서 안에 기별을 넣어라! 그들이 왔다고!"

"예? 누구라고……?"

자신의 실수를 인정할 시간도 없었다.

"아니다. 내가 직접 하마!"

원정은 산문 옆의 작은 전각으로 들어가 황급히 몇 자를 적었다. 원여가 어깨너머로 그 모습을 보더니, 한순간 입을 떡 벌렸다.

"처, 처, 천뢰서생?!"

원정은 재빨리 서신을 전서 통에 집어넣고 전서구 한 마리를 꺼내 들었다. 그리고 숨을 세 번 쉬기도 전에 전서구 한 마리가 내소림을 향해 날아갔다.

원정은 전서구를 날리고서야 숨을 길게 내쉬고 원여를 바라보았다.

“전에 십절검존께서 방문하셨을 때 봤다네. 이야기도 나누어봤지.”

원여가 존경이 담긴 눈으로 원정을 쳐다보았다.

오! 대단한 사형!

원정의 입가에 흐뭇한 미소가 맺혔다.

‘흐흐흐, 이래서 내가 산문을 못 벗어난다니까!’

진용 일행을 맞이한 것은 요양이었다. 그는 자신의 제자를 구해준 진용 일행에게 소림의 그 누구보다 호감을 가지고 있었다.

“어서 오시오, 고 시주. 빈승은 요양이라 하외다.”

진용은 요양이라는 이름을 듣자 정양으로 가는 길에 구해주었던 효정이 떠올랐다.

“효정 스님에게 많은 말씀을 들었습니다. 뵙게 되어 반갑습니다, 대사.”

“허허허, 반갑기는 빈승이 더 반갑다오. 따라오시구려. 고 시주가 오셨다는 소식을 듣고 기다리고 계신 분이 있소이다.”

기다리고 계신 분?

소림의 장로인 요양이 높여 말한다. 요료는 맹주의 위를 수락했으니 정천무맹으로 갔을 터. 누가 자신을 기다리고 있다는 것일까?

진용은 궁금하기만 했다.

내소림으로 들어가자 많은 소림승들이 진용 일행을 주시했다. 진용 등이 누군지 이미 알고 있다는 듯. 하지만 누구도 요양의 앞을 막고 말을 붙이는 사람은 없었다.

'이상하군. 마치 어떤 절대적인 힘이 저들의 입과 행동을 규제하고 있는 것 같아.'

요양은 진용을 방장실로 안내하지 않았다.

내소림의 불전을 돌고 돌더니, 외곽으로 빠져나가 아담하면서도 고색창연한 건물로 안내했다.

여운전(餘雲殿).

불전치고는 조금 기이한 이름을 지닌 곳이었다.

방문 앞에 선 요양이 안을 향해 입을 열었다.

"모시고 왔습니다, 사숙."

사숙? 진용을 비롯한 모두가 놀란 눈을 크게 떴다.

소림에서 요 자 배의 노승들에게 사숙이라 불릴 만한 사람은 몇 사람 되지 않는다. 아직 건재하다고 알려진 공 자 배의 고승들은 소림을 통틀어 채 다섯 명이나 될까? 그나마 얼굴을 보이지 않은 지 적어도 십 년 이상은 되었을 터였다.

"들어오너라."

안에서 나직하면서도 편안한 목소리가 들려왔다. 요양은 문을 열고 진용에게 눈짓했다.

다른 사람들은 어정쩡한 자세로 눈치만 봤다.

그때 빙그레 웃은 요양이 진용이 들어간 문을 닫으며 그들을 곤란에서 구해주었다.

"여러 시주분들께 빈승이 차를 대접하리다. 이리 오시지요."

허리가 굽은 노승의 얼굴에는 수많은 주름이 지나온 세월을 말해주고 있었다.

입가에도, 눈가에도, 온통 주름이었다.

"지붕 안 무너져. 앉게나."

노승이 실실 웃으며 진용을 향해 손짓했다.

진용이 조심스럽게 앉자 노승이 입을 열었다.

"좋은 눈이구만."

"노 스님의 눈도 참 맑아 보입니다."

"헐헐헐, 늙은이가 눈이 맑아 뭐 하겠나. 그래 봐야 부처님 곁으로 가는 시간은 똑같다네."

사미승이 차를 가져오자 노승이 여전히 웃는 낯으로 손짓을 했다.

"내가 직접 따서 말린 거라네. 마셔보게."

다향에는 약 향이 미미하게 섞여 있었다.

문득 유태청이 소환단차를 마시며 웃던 모습이 떠올랐다. 진용의 입가에도 씁쓸한 웃음이 맺혔다.

"보낸 사람을 생각하면 한도 없는 법이라네. 그들은 편히 있을 터인데 무슨 걱정이 그리 많을꼬."

"그러게 말입니다. 아무래도 수양이 덜 되어서 그런 거겠지요."

"그래, 효망은 어떻게 갔는가?"

갑자기 노승이 물었다. 진용의 눈이 휘둥그레졌다.

"늙으면 아는 것이 많아진다네. 너무 그렇게 볼 건 없네."

그제야 마음을 가라앉힌 진용이 말했다.

"편히 가셨습니다. 동백산 근처의 야산에 묻었습니다. 사실 그걸 알려 드리려고 온 것입니다."

"고맙구만. 하지만 다른 사람에게 굳이 그 말을 할 필요는 없네. 내가 알았고, 소림이 알았으니 된 것이지."

"그래도 괜찮겠습니까?"

노승이 조용히 고개를 끄덕였다.

"알려주러 왔고, 알았으니 된 것이 아니겠는가? 너무 마음 쓸 것 없네."

이후로도 노승은 진용에게 선문답 같은 말을 계속 물었다. 진용은 자신이 아는 한도에서 가벼운 마음으로 답했다. 노승은 진용이 말할 때마다 웃으며 고개를 끄덕였다.

그렇게 반 시진 정도 지났을 즈음, 노승이 엄숙해진 표정으로 진용을 바라보고 말했다.

"혈신이 가진 힘은 이 세상의 것이 아니네. 그런 만큼 감당해 내기가 쉽지 않을 것이야."

진용의 얼굴이 굳어졌다. 노승이 혈신의 능력에 대해서조차 알 줄은 꿈에도 생각지 못했던 일이었다.

아마 세르탄이 아직도 자신의 머릿속에 있었다면 놀라 경악성을 발했을 게 분명했다.

"어떻게 아셨습니까?"

"아수라의 힘이 이 세상의 힘이었을 거라 생각하나?"

아마 아니었을 것이다. 아수라와 제석천의 싸움은 신들의 싸움이 아니었던가.

"얼마 전 하늘이 붉어졌지. 천기를 볼 수 있는 선인들은 그 기운을 느꼈을 것이네. 안다는 것과 알지 못한다는 것은 종이를 뒤집은 정도의 차이에 불과하지만, 그만큼 분명하다네. 그 이치를 알면 굳이 의문을 품을 필요도 없지."

진용의 고개가 절로 끄덕여졌다.

그때였다. 노승은 주섬주섬 승포를 뒤지더니 작은 갑 하나를 내밀었다.

"받게나. 필요할지 모르니까."

"뭡니까?"

"헐헐, 부처의 사리야. 내가 어릴 적에 몰래 꼬불쳐 둔 거지. 행여나 탁발 나갔다가 죽으면 극락정토에 갈 수 있을까 해서 말이야."

"예?"

황당한 말에 진용의 입이 떡 벌어졌다.

"마(魔)에 대항하기에 그보다 더 좋은 게 뭐가 있을까?"

어쩌면 그럴지도 모른다. 그것이 혈신에게도 통할지 그것은 미지수지만. 하나 없는 것보다는 한 가지 가능성이라도 있는 것이 나왔다.

"고맙습니다, 노 스님."

"고맙기는. 대신 싸워준다는데 내가 고맙지. 헐헐헐, 이제 가보게나. 받을 것 다 받았고, 줄 것 다 주었으니 바쁜 사람 더 붙잡을 수야 없는 일……."

소림을 나서기 전에야 요양에게서 여운각의 노승에 대해 들을 수 있었다.

주름만 많고 웃기 좋아하는 그 노승이 바로 요공의 사부이고, 효망의 사조이며, 이미 부처가 되었을 거라 소문난 공은 대선사라는 말이었다.

놀라는 진용을 향해 요양이 조용히 말했다.

"본래 다른 사형 사제들이 고 시주를 만나려 했는데, 공은 사숙의 말씀 한마디에 모두 흘러가는 대로 놔두기로 했다오."

공은 대선사가 했다는 말은 단순했다.

'너희들이 아수라를 상대할 수 있겠느냐?'

한마디로, 너희들이 아무리 찧고 까불어봐야 아무 소용 없다는 말이었다.

2

하군상의 몸은 빠르게 좋아졌다.

단 삼 일 만에 손발을 움직이더니, 열흘이 지나자 앉을 수 있을 정도가 되었다. 당연히 세르탄 때문이었다.

"몸은 어때?"

"우헤헤, 생각보다 더 좋은데? 조금만 지나면 뛰어다닐 수도 있겠어."

세르탄이 방정맞게 웃으며 즐거워한다. 진용은 피식 웃으며 세르탄에게 말했다.

"다행이네. 그럼 시작해 볼까?"

세르탄이 눈을 동그랗게 뜨고 되물었다.

"뭘?"

"천공지, 마왕후, 또 뭐가 있더라? 전에 다 가르쳐 준다며?"

빌어먹을 시르! 그런 것은 좀 잊어 먹으라구!

"시간이 없어. 잘해야 몇 달인데, 그사이 그걸 다 배우려면 지금부터 시작해도 힘들 거 같아. 그러니까 세르탄도 열심히 가르쳐 보라고."

"그, 그거야……."

"왜 싫어?"

"싫은 건 아닌데……."

"그럼 괜히 빼지 마. 군상에게 뒤통수치는 법을 알려주기는 나도 싫으니까."

"이 악랄한 시르……! 하지만, 시르의 능력으로는 아직……."

마지막 발악처럼 말하는 세르탄의 코앞에 진용이 불쑥 얼굴을 내밀었다.

"혹시 알지 모르겠는데 말이야. 세르탄이 빠져나가니까, 그곳에 흩어졌던 기운들이 다 모였거든? 내가 생각했을 때, 이제 충분한 것 같아. 그러니 이제 그건 이유가 안 돼, 알았어?"

세르탄의 눈이 휘둥그레졌다.

"어떻게 그런 일이!"

진용이 씨익 웃으며 마차 밖을 향해 눈을 돌렸다.

방성이 얼마 남지 않은 듯 전에 보았던 풍경이 달빛 아래 드리워져 있었다.

"거의 다 왔군. 오늘은 쉬고 내일부터 하자고."

"어떻습니까, 몸은?"

"많이 좋아졌습니다. 세상에, 내가 다시 살아나다니."

"그뿐이 아닐 겁니다. 일단 혈이 다 뚫리면 무공도 전보다 훨씬 강해질 겁니다."

하군상도 그걸 느끼고 있는지 묵묵히 고개를 끄덕였다.

"그랬으면 좋겠습니다. 때려죽일 놈이 하나 있으니 말입니다."

누군지 알만 했다. 삼혼신마! 아마 그를 말함일 것이다.

"세르탄하고 싸우지는 않습니까?"

하군상이 고개를 갸웃거렸다.

"조용하던데요?"

"이상하네, 그 떠버리가……."

언뜻 하군상의 한쪽 눈에서 녹광이 번뜩였다. 하지만 그뿐이었다. 지금은 아침이니까.

"좌우간 세르탄이 시끄럽게 떠들거나 귀찮게 하면……."

갑자기 녹광이 파르르 떨린다. 진용이 속으로 웃으며 말을 이었다.

"조용히 하라고 해보세요. 의외로 말 잘 들을 때도 있으니까."

"알겠습니다, 고 형."

녹광이 천천히 스러지더니 결국 하군상의 눈동자에서 사라진다.

진용은 처음서 끝까지 그 모습을 보고는 터져 나오려는 웃음을 참았다.

'크큭! 세르탄, 떠났어도 너는 내 밥이야. 어디서 잔머리를 굴리려고.'

3

방성에 도착하자 두충과 운아영, 사도괭이 광소쌍마와 함께 먼저 와 있었다.

입구에 나와 있던 사도괭이 환하게 웃으며 진용에게 다가왔다.

"고 공자! 오셨구만!"

"언제 오셨습니까?"

"이틀 됐네."

사도광은 반가움에 이런저런 인사를 나누고는 신양에서의 일을 간략하게 설명했다.

남궁환과 남궁창훈은 탕마단 사조의 잔여 세력과 남궁세가의 무사들을 이끌고 합비로 돌아갔는데, 그들이 구양한을 데려갔다고 한다.

간략하게 설명을 끝낸 사도광이 품에서 구겨진 종이를 하나 꺼내 내밀었다.

“뭡니까?”

“남궁 노인이 자네 주라고 하더군. 유태청이 죽어서 줄 사람이 자네밖에 없다면서.”

살짝 펴보자 조잡하게 그려진 그림이 그려져 있었다. 마치 검무를 추는 듯한 모습이었다.

‘혹시?’

남궁환이 유태청과 함께 연구한 것을 그림으로 표현한 것처럼 보였다. 하지만 그림이 조잡한 데다, 전체적인 배치가 엉망이라 무엇을 뜻하는지 알아볼 수가 없었다.

‘인연이 닿지 않는다면 어쩔 수 없지.’

진용이 아쉬운 마음에 종이를 잘 접어 품속에 넣자 사도광이 말을 이었다.

“남궁창훈이 언제 합비에 꼭 오라고 하더군. 구양한에 대해 상의할 것이 있다면서.”

아직은 구양무경이 구양한에 대해 모르는 상황. 구양한의 존재는 터지지 않은 활화산과도 마찬가지였다. 지금 상황이라면, 차라리 남궁세가에 숨겨지는 것이 나을 수도 있었다.

'구양무경, 어쩌면 그대의 아들이 그대의 최후를 장식할 마지막 무기가 될지도 모르겠구나.'

"예, 그러잖아도 한 번 가볼 참이었습니다. 아직 끝내지 못한 일이 남아 있으니까요."

진용은 최대한 무심한 표정을 지으려 애쓰면서 조용히 안쪽을 바라보았다. 운아영이 거기에 있었다.

상아와 놀고 있는 운아영의 얼굴은 조금 굳어 있었다. 옆에서 자꾸 말을 걸어 웃기려는 두충의 노력이 안쓰러워 보일 정도였다. 그나마 다행이라면, 더 이상 슬픈 기색을 내비치지 않는다는 것이었다.

'역시 강한 여인이다.'

사도굉이 한숨을 쉬며 고개를 저었다.

"에혀, 이놈의 강호가 어떻게 돌아가는지 정신이 없다네. 휴우, 이제 조용히 처박힐 때가 된 것인지……."

그러면서 왜 다시 돌아왔는지 모르겠다며 자신을 원망했다.

하지만 진용에게서 몸을 돌려 정광에게 다가가더니, 그동안 심심해서 혼났다는 듯이 수다를 떨어댔다.

"그래, 나 없으니까 좋던가? 심심했지? 하긴 나도 말 상대가 없으니까 되게 심심하더구만. 자네가 정말 보고 싶더라니까."

정광은 그런 사도굉의 투정 섞인 수다를 들으며 한곳을 흘끔거렸다.

상아가 운아영과 놀고 있었다. 한데 아무래도 자신하고 노는 것보다 더 재미있어 하는 것처럼 보인다.

'하긴 아이는 아무래도 여자를 더 따르는 법이지.'

그래도 조금은, 아주 조금은 서운한 마음이 들었다.

'내가 저를 얼마나 예뻐해 줬는데……. 그런데 두충 저놈은 왜 또 저기서 얼쩡거리는 거야?'

공연히 두충에게 화가 난다. 손이 근질거린다.

'저걸 한 대 패?'

한데 그때, 상아가 정광을 보고는 뽀르르 달려온다.

"어? 도사 아저씨!"

운아영마저 팽개친 채.

정광은 돌아서려다 말고, 팔을 쫙 벌리며 마주 달려갔다.

"상아야!"

그야말로 이산가족 상봉이 따로 없었다. 헤어진 지 얼마나 되었다고…….

폴짝!

정광의 가슴에 안겨든 상아가 환하게 웃으며 물었다.

"서생 오빠 부인 찾았어?"

"응? 어. 근데 어디 갔대."

"어디? 밤에 오빠 혼자 심심할 텐데, 어디 갔대?"

"……."

정광이 입만 빠끔거린다.

진용은 황급히 걸음을 재촉해 추진상을 만나러 가고, 안으로 들어서던 사람들은 모두 동작을 멈췄다. 몸이 굳어버린 것이다.

진짜 무서운 아이다.

진용은 차를 한 모금 마시고 피식 웃었다. 상아의 말 한마디에 정신 차리지 못하는 자신들이 우습기만 했다.

달깍, 찻잔을 내려놓자 기다렸다는 듯 추진상이 작은 주머니 하나를 내밀었다.

"서신과 전표가 담겨 있소이다. 허허허, 내가 서신을 제대로 썼는지 제법 많은 전표가 들어 있더구려."

주머니를 건네는 추진상의 눈이 은근히 빛을 발했다.

"그래요? 다행이군요. 그러잖아도 작은 장원을 하나 사려고 했는데."

"호오, 장원을요?"

"예, 아무래도 이곳에 더 있으면 현령께 폐를 끼칠 것 같아서요."

그 말이 뜻하는 바를 모를 추진상이 아니었다. 자신 역시 은근히 걱정이 되던 차였다. 행여나 마도의 무리가 침습한다면…….

"어디 장소는 알아봤습니까?"

"객점에 머물며 알아볼 생각입니다."

갑자기 추진상이 바짝 다가앉았다. 그러더니 조용히 말했다.

"내가 싸고 좋은 곳을 알고 있는데……. 거간비야 백 냥이면 되오이다."

흠칫했지만, 싸고 좋다는데 들어봐도 나쁠 것 같지는 않았다.

"그래요?"

"나만 믿으시구려, 고 천호. 허허허."

믿고야 싶지. 하도 당해서 미덥지가 못하니까 그렇지.

"비싸면 내 말도 꺼내지 않소이다."

진용은 차마 거절은 못하고 오후에 함께 가보기로 했다. 그리고 손을 내미는 추진상에게 냉정하게 '집을 보고 나서…'라는 말은 못하고 백 냥짜리 전표를 하나 얹어주었다.

추진상이 흐뭇한 웃음을 지으며 말했다.

"아마 다른 거간들에게서 사려면 이백 냥은 주어야 할 거외다. 험!"

장원은 넓이가 천여 평에 건물이 네 채, 방이 모두 열 개 정도 되는, 그리 크지 않은 규모였다.

진용 일행이 사용하기에 적당한 크기였다. 게다가 뒤쪽에 딸려 있는 이천여 평의 공터는 무공을 수련하는 장소로 쓰기에 안성맞춤이었다.

결국 진용은 장원을 구입하기로 하고 은자 이천 냥에 협상을 끝냈다(추진상의 말로는 오백 냥을 깎았다고 한다. 진용이야 절대! 믿지 않았지만).

다행히 금전 걱정은 하지 않아도 되었다. 추진상이 뭐라 썼는지, 황궁에서 은자 오천 냥에 달하는 전표가 내려온 것이다.

공손각의 편지와 함께.

삼왕에 대한 보고를 받았네. 수고했네. 황태자 전하께서도 만족하셨다네. 그리고 당분간 대머리 참새는 걱정하지 않아도 되네. 내가 올가미를 씌워놓았으니까. 송시명이 백인검문에서 놈들의 꼬리를 잡았거든. 한데 남진무사 양호경이 그 일에 연루된 것 같네. 해서 고민이야. 아무래도 자네가 오면 한꺼번에 처리해야 할 듯하이. 나중에 강호의 일이 끝나면 보세. 아! 돈은 내 재량껏 보냈네. 좋은 일 하는데 더 주지 못해서 미안하군.

다른 내용이야 그러려니 할 수 있었다. 한데 마지막 말이 조금 이상하다.

좋은 일 하는데 더 주지 못해 미안하다고? 무슨 소리지?

대체 추진상이 뭐라고 썼길래?

'끄응……. 좌우간 엉뚱한 양반이라니까.'

어쨌든 장원을 구하고 일할 사람 몇을 구하려면 바삐 움직여야 할 것 같았다.

한데 그 문제도 어렵지 않게 해결이 되었다. 추진상의 부인이 미안하다며 동분서주, 하루 만에 사람을 구한 것이다.

시비, 숙수, 잡일꾼까지 모조리.

수고료는 이십 냥이었다.

끄응, 부창부수라더니 대단한 부부였다.

그래도 기분은 나쁘지 않았다. 그만큼 장원이 마음에 들었다. 게다가 그 돈이 어떻게 쓰이는지 알고 있지 않은가?

모든 것이 갖추어지자 활기가 돌기 시작했다.

새롭게 장원을 마련한 지 며칠이 훌쩍 지나갔다.

진용은 세르탄을 닦달하는 일을 게을리 하지는 않았다. 그리고 시간이 날 때마다 하군상의 몸을 살펴보고, 자신 역시 신왕의 무공과 마법의 단계를 올리는 일에 심혈을 기울였다.

한데 또 그것이 다른 사람들마저 자극했다.

저런 고수도 노력하는데, 우리가 어찌 놀 수 있을까!

율천기, 포은상, 독고무종을 비롯해 모두가 하루도 쉬지 않고 자신을 가다듬었다.

특히 비류명과 서문조양은 일행 중 제일 하수가 되었다는데 충격을 받고 구슬땀을 흘리며 연무에 열중했다.

두충이야 워낙 차이가 나니까 빼고, 운아영은 여자니까 제외하고.

그렇게 모두가 각자의 무공을 다듬으며, 조금이라도 더 높은 경지를 보기 위해 불철주야 노력한 지 보름이 지났을 무렵이었다.

마침내 그렇게 원하던 율천기와 독고무종과 포은상이 맞붙었다. 몰래 장원을 빠져나가 오 리가량 떨어진 작은 계곡에서.

나중에서야 셋이 동시에 사라진 것을 안 사람들은 초조, 긴장, 궁금함을 달래기 위해 정광과 사도광의 의견으로 열 냥씩의 은자를 내기에 걸기로 했다.

만장일치로 고진용만 빼고.

한 시진 만에 돌아온 세 사람은 잔뜩 궁금해하는 사람들에게 딱 한마디로 결과를 말했다.

"내년에 다시 붙기로 했네."

승부를 가리지 못했다는 말이다.

걸은 은자도 다시 나누어졌다. 내년에 다시 걸기로 하고.

정광이 돈을 받아가는 사람들에게 일일이 말했다.

"모두 살아남아서 내년 내기에 꼭 참가해!"

4

칠월에 접어들자 수많은 소문이 뜨거운 날씨만큼이나 들불처럼 퍼지기 시작했다.

그중에 몇 가지 소문이 확인되자 전 강호가 긴장한 채 소문의 진원지를 예의주시했다.

신혈교! 그들이 움직이기 시작했다는 소문이 그 첫 번째였다. 동백산 반경 백 리 이내의 모든 문파들이 신혈교에 머리를 조아리며 충성을 맹세했다는 것이다.

그리고 두 번째는 삼존맹의 내분이 마침내 표면으로 떠오르기 시작했다는 것이다.

일양마검 천인효. 그가 뜻을 같이하는 문파들과 손을 잡고 동천무련(東天武聯)을 결성하더니 만붕성 타도에 나선 것이다.

그렇게 한창 강호가 긴장으로 냉각되어 있을 때였다. 천제성이 마침내 문을 열고 나섰다. 백리성이 아닌 백리자천이 직접 천제성의 전력을 이끌고 선두에 선 채.

폭풍이 불어오고 있었다.

누구도 앞날을 예측할 수 없는 마풍이었다.

정천무맹은 그러한 와중에도 새롭게 구성될 탕마단 결성에만 온 힘을 기울이고 있었다. 다시는 당하지 않겠다는 각오를 다지며.

강호의 무인들은 넷으로 나누어진 거대 세력의 행보에 초점을 맞추고 모든 신경을 집중한 가운데서도 한 사람의 행보에 결코 눈을 떼지 않았다.

천뢰서생 고진용.

그에게는 세력이라고 할 것도 없었다. 그러면서도 천하의 향방에 가장 큰 변수였다.

하나둘 사람들이 그가 있는 방성으로 모여들었다.

들리는 소문으로, 고진용과 함께 있는 사람들이 자신들의 조직을 '탁(卓)' 이라 부른다고 하자, 모여든 사람들은 자신들도 몇 명이 모이면 탁이라 부르기 시작했다.

그리고 스스로를 '천공삼탁을 따르는 무사들' 이라는 이름을 붙였다.

—실력이 없으면 나서지 마라!

—죽음을 각오하지 않은 자는 끼어들지 마라!

—우리는 죽음으로서 혈신을 상대할, 천공삼탁을 따르는 무

사들!

거창한 구호였다.

나중에서야 그 말을 들은 진용 일행이 동시에 입을 쩍 벌릴 정도였으니까.

"모여든 사람이 벌써 백 명에 육박하네."

"이러다 방성에 무사들이 넘치는 거 아닌지 모르겠네."

"추 현령이 돌기 직전이겠군."

마지막 사도광의 말에 모두가 희미한 웃음을 지었다.

진용이 말했다.

"정말 그들이 끝까지 따라다닌다면 그것도 문제군요."

"방법은 하나뿐이네, 장주."

율천기의 말에 진용이 조용히 입을 열었다.

"그들을 받아들이라는 말씀인가요?"

율천기가 고개를 끄덕였다.

"생각보다 괜찮은 사람들이 꽤 되네."

"후우, 여기 있는 분들만 해도 벅찹니다. 저는 조용히 살고 싶거든요."

장원에 함께 머문 지 며칠이 지나지 않아 마치 짜기라도 한 듯 모두가 진용을 장주라 불렀다. 말로는 장원의 주인이니 당연히 장주가 아니냐고 하지만, 꼭 그래서만이 아닌 것 같았다.

그때 제갈민이 조심스럽게 나섰다.

"제가 한 말씀드리겠습니다, 장주."

"말씀해 보세요."

"어차피 떠나라 한다고 해서 떠날 사람들이 아닙니다. 그렇다고 저대로 놔둘 수도 없습니다. 저런 상태가 지속되다 막상 일이 벌어지면, 중심을 잃고 제대로 된 힘을 낼 수가 없습니다. 해서 드리는 말씀입니다만, 저들에게 어떤 명분을 주고, 저들 나름대로 조직을 꾸려 나갈 수 있도록 했으면 합니다."

"명분? 조직?"

"명분이야 대의를 위한다는 명분이면 충분하고, 조직은 나중에 그 조직의 장만 장주님이 인정해 주면 됩니다. 그 정도만으로도 저들은 훨씬 강한 힘을 낼 수 있을 것입니다."

"흠, 조직을 편성해서 관리를 편하게 하되 일정한 선을 긋자는 말이군."

"그렇습니다."

어차피 떨칠 수 없다면 그리 나쁠 것 같지도 않았다. 자신이 세를 이루는 것이 싫고, 나중에 조용히 살고 싶지만 지금 당장은 어쩔 수가 없어 보였다.

나중에 정 안 되겠으면 몰래 떠나 버리지 뭐!

그렇게 생각한 진용은 결국 제갈민의 계획을 인정해 주었다.

"좋아요. 그럼 총관이 알아서 추진하세요. 너무 시끄럽지 않게."

제갈민이 조용히 허리를 숙였다.

"알겠습니다, 장주. 조용히 처리하겠습니다."

第四章

흔적(痕迹)

冠子曰聖人
上
太清下及
及萬靈則體
意圖曰王者

1

칠월 보름, 두 통의 서신이 풍림당의 정보망을 통해 장원으로 전해졌다.

하나는 천인효가 보낸 서신이었다. 아니, 이름만 천인효일 뿐 정확히는 소후천이 보낸 서신이었다. 그리고 나머지 하나는 풍림당이 안휘와 강소 일대의 동향을 조사한 전서였다.

진용은 사람들을 불러들였다. 일각도 되지 않아 커다란 탁자 주위로 사람들이 둘러앉았다.

제갈민이 일어서서 서신의 내용을 설명했다.

"구양무경이 본격적으로 천인효를 치기 시작했습니다. 강호가 혼란한 틈을 타 모든 것을 정리하겠다는 뜻인 듯합니다."

말투로 인해선지 상황이 급박하게 느껴진다.

날아가는 파리의 날갯짓 소리가 귀청을 울릴 정도로 크게 들린다. 모두가 숨도 제대로 쉬지 못하고 제갈민의 말이 이어지기만을 기다렸다.

제갈민이 간략하게 서신이 전하고자 하는 바를 말했다.

"천인효 회주가 우리의 도움을 바라고 있습니다. 자기들이 구양무경을 끌어들일 테니 만붕성을 공격해 달라는 것이 요지입니다."

항상 입던 백의가 아닌 깨끗한 청삼을 입은 진용이 조용히 입을 열었다.

"황산과 염천마곡의 이탈자들과 강남 무림이 돕고 있지만 삼존맹을 상대하기에는 역부족일 겁니다."

율천기가 진용을 바라보았다.

"하지만 장주, 신혈교가 세를 늘리고 본격적으로 움직이려 하는 마당에 그곳까지 도울 여력이 있겠소?"

신혈교뿐이 아니다. 정천무맹도 탕마단을 완벽하게 재구축했다. 거기다 백리자천이 이끄는 천제성마저 무양의 웅천산장으로 이동하고 있다.

일촉즉발! 언제 터질지 모르는 상황이다.

풍림당의 예측대로라면, 보름 전후가 문제였다.

보름, 결코 긴 시간이 아닌 것이다.

"문제는 삼존맹이 완벽히 정리된다면, 항상 등 뒤를 노리는 화살을 신경 써야 된다는 것입니다."

"거참, 능구렁이 같은 작자로구만. 교묘하게 시기를 이용하고 있어."

사도광이 눈살을 찌푸리며 중얼거렸다.

구양무경의 노련함이 적시에 드러나고 있었다. 정천무맹도 안휘의 일에 신경 쓸 겨를이 없다. 남궁세가조차 전전긍긍하며 상황을 주시하고 있을 게 분명했다. 누구도 천인효를 돕겠다고 나설 상황이 아닌 것이다.

"그래서 움직여 볼까 합니다."

진용이 갑작스레 결정을 내렸다. 사람들의 커진 눈이 진용을 향했다.

미처 반박할 시간도 없이 제갈민이 나서서 말했다.

"두 가지 방법이 있습니다. 하나는 장주님을 뺀 나머지 분들이 가서 그들을 치고 빠지는 것. 또 다른 하나는, 장주님이 함께 가서 보다 더 큰 피해를 입히는 것."

돕는다면 당연히 그 방법밖에 더 있나? 새삼스럽게…….

모두가 그런 눈으로 볼 때다. 제갈민이 말을 이었다.

"신혈교가 가장 꺼려하는 분은 장주님입니다. 장주님만 이곳에 있다면 저들 역시 함부로 움직이지 못합니다. 하나 그리 되면 죄송한 말씀이지만 그만큼 저들을 돕는 효과가 반감됩니다."

사람들의 눈이 일제히 제갈민을 향했다.

누가 뭐래? 그런 눈빛을 한 채. 기분은 조금 나쁘지만 사실이니까.

제갈민은 당연히 그런 반응이 나올 줄 알았다는 듯, 오히려 그런 눈빛을 즐기는 표정을 지으며 계속 말했다.

“하하, 뭐 너무 그렇게 보지 마십시오. 저야 거짓말을 못하는 성격이라서. 어쨌든! 제대로, 보다 빠르게 효과를 보려면 장주님이 나서야 합니다. 해서 장주님이 나설 경우를 대비해 한 가지 방법을 생각해 봤습니다.”

잡아먹을 듯이 노려보던 눈길이 호기심으로 가득 찼다.

뭔데?

“장주님이 그냥 이곳에 계시는 겁니다.”

호기심이 살기로 바뀌어갈 때였다. 제갈민이 잽싸게 말했다.

“물론, 저들이 볼 때는 말이죠.”

서서히 커진 눈들이 다시 좁아들더니 여기저기서 고개를 끄덕이는 사람들이 늘어갔다.

정광이 빽 소리를 질렀다.

“속 시원히 말 안 할래?”

도저히 참을 수 없었다. 남들은 다 고개를 끄덕이는데 자신만 머리를 싸매야 하다니.

제갈민은 한계가 왔음을 느끼고 재빨리 자신의 생각을 말했다.

“허수아비를 세우는 거죠. 장주님 대신. 단 며칠만 속일 수 있어도 그만큼 이득이 아니겠습니까? 장주님의 신법이라면, 일이 벌어지더라도 며칠이면 동백산까지 가실 수 있을 테니 말입니다. 사실 만붕성을 완전히 부순다는 것은 어려운 일이지만, 약화시키는 거라면 며칠로도 충분하다는 것이 제 생각입니다."

그제야 이해했다는 듯 정광이 고개를 끄덕였다.

"그럼 네가 대신 해라."

"제가요? 저는 장주님을 따라가서……."

"고 공자만큼 머리 잘 돌아가는 젊은 놈이 없잖아?"

"두 공자도……."

"걔는 안 돼. 머리가 받쳐 주지 않아."

구석에 앉아 있던 두충이 정광을 째려봤다.

'좌우간, 누가 말코 아니랄까 봐.'

그때 진용이 입을 열었다.

"내 생각은 총관과 조금 다릅니다."

그러려니 하고 있던 사람들이 홱 고개를 돌려 진용을 바라보았다. 진용이 차갑게 굳은 표정으로 말을 이었다.

"단순히 약화시키는 것 정도로는 안 됩니다. 아예 이 기회에 만붕성에 치명타를 가할 생각입니다. 할 수 있는 한 철저히!"

한기가 장내를 뒤덮었다.

사람들의 가슴이 싸늘히 식었다.

그런 와중에 의문이 들었다.

우리만으로 만붕성을? 가능할까?

각자가 마음속으로 내린 답은 비슷했다.

—어쩌면. 가능할지도 몰라. 천뢰서생이잖아. 괴물이 뭘 못하겠어? 더구나 구양무경도 없다는데.

한데 진용이 아쉬움을 담고 말했다.

"구양무경이 없다는 게 조금 마음에 안 들지만 하는 수 없죠."

모두가 또 생각했다.

—역시 괴물은 생각하는 것도 우리와 달라!

달조차 구름에 가린 칠흑 같은 밤이었다.

장원의 문이 열리고 마차 한 대가 장원의 문을 나섰다. 사람을 가득 태운 채.

"엉덩이 좀 치워봐."

"나도 좁소. 선배 엉덩이가 너무 커서 그런 거니 좀 참으슈."

"거 좀 조용히 합시다. 숨어 있는 놈들이 눈치 채겠소."

"그냥 무릎 위에 앉아서 갑시다. 조금만 참으면 될 테니까."

"뭐가 콕콕 찌르니까 그러지."

"늙은이 엉덩이 찔러봤자지 뭐."

멀리 나무 위에서 마차가 지나가는 모습을 바라보던 흑의인이 옆을 바라보았다.

"아무 소리도 안 들리는군. 별것 아닌 것 같네. 그도 안에 있고 말이야."

장원의 안채 창문에는 불빛에 그림자가 보이고 있었다. 항상 봐왔던 그 모습 그대로. 장원의 주인이 있는 방이었다.

주인만 있다면, 다른 사람은 나가든 들어오든 별 상관이 없었다. 그들이 교에서 받은 명은 오직 하나, '고진용의 움직임을 보고하라!' 였으니까.

"천이통을 수련한 자네가 그렇다면 그런 거겠지. 한데 마차가 좀 흔들리는군."

"길 때문에 그러겠지."

그 시각.

"나이 먹은 것도 서러워 죽겠는데, 뭐? 이놈이 어디서!"

우당탕탕!

"이 좁은 데서 뭐 하자는 겁니까?"

"뭐 하긴? 저 산적 같은 놈 때려잡으려는 거지."

"누가 사도 선배에게 죽어주기나 한대요?"

"그려, 이놈의 말코, 한 번 해보자!"

마차가 좌우로 흔들리자 결국 진용이 한숨을 쉬며 나섰다.

"후우, 지금부터 일각 동안 떠드는 분은 장원으로 돌아가겠다는 걸로 알겠습니다."

사도광이 들었던 손을 내려놓으며 자리에 앉았다.

"끄응, 늙은 내가 참아야지."

쇠 신발에 손을 대었던 정광도 슬며시 손을 무릎에 올려놨다.

"무량수불. 늙으면 어린아이가 된다 했으니 참자, 참아. 원시천존. 그러고 보니 고 공자, 경장도 잘 어울리는데?"

그제야 마차 안이 조용해졌다. 사람들이 힐끔 진용을 바라보고는 고개를 끄덕였다.

백의가 아닌 청의 서생복을 입은 진용은 백의 서생복을 입은 진용과는 또 다른 분위기를 풍기고 있었다. 무림세가의 귀공자 같다고나 할까?

진용은 어색하게 웃으며 고개를 돌렸다.

'그냥 흰옷을 입을 걸 그랬나?'

그러고는 천천히 마차 주위에 강하게 펼쳐 놨던 방음막을 조금 약화시켰다.

그러자 진용에게서 흥미를 잃은 다른 사람들은 두 사람이 조용해진 것을 아쉬워하며, '그냥 놔두지, 재미있었는데' 그런 표정으로 일각이 지나기만을 기다렸다.

멀리서 비켜보던 두 명의 흑의인은 마차의 움직임이 고요해지자 고개를 끄덕였다.

'역시 길 때문이었나 보군.'

장원 안채에는 여전히 주인이 앉아서 책을 보고 있었다. 어제와 똑같은 자세로.

2

하루에 천 리를 달리는 것은 천리마뿐만이 아니었다. 가끔은 사람도 그렇게 달릴 수가 있었다. 강호의 절정고수들이라면. 힘들어서 그렇지.

"헥, 헥!"

사도광이 거친 숨을 몰아쉬며 이마의 땀을 닦아낸다. 정광이 그 모습을 보고 한 소리 해댔다.

"그러게 오지 말라 했잖수."

"걱정 마! 헥헥, 아직 만 리도 더 갈 수 있으니까."

"만 리는커녕 백 리도 힘들겠구만. 하여간 노인네가 고집은."

사실이 그렇다. 백 리야 갈 수 있을 테지만, 더 이상은 무리다.

그냥 먼저 가라고 할까? 그런 생각을 골백번도 더 해본 사도광이었다. 정광의 비웃음만 감당할 자신만 있었다면 진즉 그랬을지도 몰랐다.

하지만 그럴 수는 없었다. 저 무식하고 산적 같은 도사놈에게 비웃음을 받을 수는 없잖은가 말이다!

다행히 하늘이 보우하사 진용이 걸음을 늦춘다.

"조금 쉬었다 가죠."

아마도 진용의 옆에서 달리고 있는, 도무지 그 정체를 알 수 없는 놈 때문인 듯했다.

온몸이 만신창이가 되어 살아난 것이 의심스러웠다는 놈. 그런 놈이 며칠 만에 일어나더니, 이제는 자신보다 더 싱싱해졌다.

회한이 들었다. 공연히 우울해진다. 이제 진짜 늙었나?

툭! 정광이 어깨를 치더니 씩 웃는다.

"내가 놀렸다고 화난 거유?"

"에휴, 관둬라. 너하고 무슨 말을 하겠냐."

"너무 그러지 마슈. 내가 그렇게 했으니까 그래도 여기까지 따라온 것 아뇨."

그건 그렇지.

'썩을 놈. 그럼 좋은 말로 하지 왜 성질을 건드려? 어디 두고 보자, 이놈!'

*　　　*　　　*

천중산의 산꼭대기가 까마득히 보이고 있었다.

저곳을 지나 조금만 더 가면 안휘다.

'영하(潁河)를 타고 내려가면 바로 팔공산으로 갈 수 있다고 했지? 좋아! 구양무경은 천인효를 직접 상대하기 위해 만봉성을 떠나 있는 상황. 놈들의 심장부를 친다! 그러고 나서 천인효를 만난다.'

이미 나름의 계획은 서 있는 상태였다.

짧으면 닷새, 길면 열흘. 그 안에 결말을 봐야 한다. 신혈교가 그동안 조용히 해주기만을 바란 채.

정천무맹과 천제성이 다시 움직이기 시작한 이상, 곧 신혈교가 본격적으로 움직일 것이다. 어쩌면 이미 움직이기 시작했을지도 모른다.

그들이 본격적으로 움직이면, 지금까지처럼 조용히 움직이지는 않을 거라는 것이 진용의 생각이었다. 그리고 그것이 문제였다.

열흘. 짧다면 짧지만, 길다면 긴 시간이었다. 강호의 판도가 완전히 뒤바뀔 정도로.

풍림당이 예측한 보름 전후와 자신이 생각하고 있는 열흘. 그 차이는 사실 아무런 의미가 없었다. 막상 상황이 벌어지면 중요한 것은 결과일 뿐.

제갈민에게는 따로 명을 내려두었다.

"열흘이 지나면 장원을 떠나라. 주위에 모여든 무사들과 함께. 장소는 무양 오십 리 남쪽의 무강. 천제성의 영향권 아래로. 그리고 천제성이 신혈교를 상대하기 위해 남하하면 그 뒤를 따라 남으로 내려와라. 심양에서 만나자."

진용은 천중산에서 고개를 돌려 하군상을 바라보았다.

지금은 낮, 당연히 하군상이 의지를 지배하는 시간이었다.

"견딜 만합니까?"

"솔직히… 제가 이렇게까지 달라질 수 있다는 것이 놀랍기만 합니다, 고 형."

"아마 앞으로 더 놀랄 일이 많이 있을 겁니다."

세르탄이 슬슬 제 힘을 찾기 시작했으니까.

"하 형은 세르탄의 엉뚱한 짓만 단속 잘하면 됩니다."

하군상이 피식 웃었다.

"솔직히 하루의 반만이 나의 생활이지만, 세르탄에게 고맙기만 합니다."

—음하하하! 당연히 그래야지. 저 시르 같은 악당만 그런 것을 느끼지 못할 뿐이라고!

진용은 꼭 그런 목소리가 들려오는 것만 같았다. 세르탄이라면 충분히 그러고도 남을 테니까.

어쨌든 하군상의 밝은 표정을 보는 것이 그리 나쁜 기분은 아니었다.

그때 정광이 다가오더니 하군상을 요모조모 살펴봤다.

"알 수 없단 말이야. 너, 정말 하군상 맞아?"

"맞는데요? 정광 도장님이야말로 정말 도장님 맞아요?"

"나야 당연히 맞지. 좌우간 이상해. 얼마 전만 해도 다 죽어가던 놈이 갑자기 살아나더니 절정고수로 탈바꿈했으니 말이야."

그러면서 슬쩍 진용을 훔쳐보는 정광이다.

혹시 고 공자가 무슨 수작을 부린 것이 아니야? 그런 의심의 눈빛으로.

진용이 말했다.

"정 의심스러우면, 도장님도 한 번 똑같이 되어보세요. 제가 한 달 정도 지나서 하 형처럼 만들어볼 테니까."

미쳤나? 차라리 그냥 살고 말지.

이각가량의 휴식 동안 간단하게 운기를 마친 사람들이 일어서자 진용은 다시 출발을 알렸다.

밤이 다가오고 있었다. 어두워지기 전에 천중산 자락까지는 도착을 해야 내일의 일이 수월해질 터였다.

그렇게 달린 덕분인지, 어둠이 그물처럼 내려앉을 즈음 일행은 여녕(汝寧)에 도착할 수 있었다.

한데 지친 일행이 여녕의 객점에 들어가려 할 때였다. 서너 명의 포졸이 창을 내밀며 앞을 가로막았다.

"잠깐! 정지!"

진용은 의아한 표정을 지으며 그들 중 포두로 보이는 자에게 물었다.

"무슨 일이오?"

어지간해서는 포졸들이 강호 무인들의 앞을 막지 않는다. 자기들도 죽기는 싫으니까.

그러한 만큼 앞을 막았다는 것은, 그만한 절박한 이유가 있다는 말이다.

"전에 머물렀던 곳은 어디였소?"

사도굉이 으쓱 어깨를 추켜올리고 고개를 저었다.

"우리는 서쪽에서 왔네. 오후에 각산을 들렀지."

풍채 좋고 근엄해 보이는 사도굉이 나서자 포졸들의 표정도 다소 누그러졌다.

포두로 보이는 자가 다시 물었다.

"오는 중에 혹시 수상한 자를 보지 못했소? 도복을 입었는데."

사람들의 눈이 일제히 정광을 향했다.
포두도 뒤늦게 정광을 봤는지 눈을 부라리며 정광을 불렀다.
"거기, 도장 양반!"
정광이 멀뚱한 표정을 지으며 손가락으로 자신을 가리켰다.
"나?"
"당신 말고 도장이 또 누가 있소?"
정광이 포두를 뚫어지게 바라보더니 천천히 다가갔다.
"다시 묻지, 나?"
"그, 그렇소. 당신!"
포두가 꽤나 강단이 있는 자인지 쉽게 정광의 기세에 기가 꺾이지 않았다.
코앞까지 다가간 정광이 머리를 내밀며 물었다.
"왜? 왜 부른 거냐니까!"
움찔 놀란 포두가 입을 반쯤 벌린 채 말했다.
"포두를 해치면 중죄라는 것을 모르는 것은 아니겠지?"
정광이 씩 웃었다.
"보통 사람이라면 그렇겠지. 하지만 말이야……."
그러고는 덥썩! 포두의 멱살을 잡아 코앞으로 끌어당겼다.
"금의위의 백호라면 이야기가 달라지지. 안 그래?"
어느새 꺼내 들었는지 손에는 금의위의 백호패가 들려 있었다.
'내가 이런 날이 있기만을 기다렸지! 우흐흐! 얼마나 멋지냔 말이야!'

사도굉이 입을 떡 벌리고 있다. 자신의 의기양양한 모습에 피식 웃음을 흘리던 다른 사람들도 슬쩍 고개를 끄덕인다. 잘한다는 뜻이 아니면 뭐란 말인가.

그리고 고 공자마저 피식 웃으며 어쩔 수 없다는 듯 고개를 젓는다. 천하의 천뢰서생 고진용이!

그래, 오늘의 영웅은 바로 나야, 나. 태산거사 정광!

"우리 이야기를 해보자고. 응?"

포두의 눈은 이미 더 할 수 없이 커져 있었다.

정신없이 고개를 끄덕이는 포두를 향해 정광이 눈을 부라리며 말했다. 역시 눈을 부라리는 것은 정광이 훨씬 나아 보였다.

"말해봐. 왜 우리를 잡고 지랄을 떠는지."

"그, 그게……."

"무량수불, 현청을 찾아가서 싸그리 모아놓고 난리를 쳐 볼까?"

도호를 외지나 말든지. 정광은 도호를 앞세우고 포두를 몰아쳤다.

이미 포졸들은 포두가 꼼짝 못하면서부터 어쩔 줄 몰라하고 있었다.

진용은 심하다 생각했는지 안으로 걸음을 옮기며 정광에게 말했다.

"대충 하세요. 그래도 치안을 위해서 열심들이신데."

"알았네."

정광은 말로만 알았다고 답하고는 나직이 포두를 닦달했다.

"빨리 말 안 해?"

포두가 황급히 대답했다.

"호숫가에서 사람이 죽었습니다. 한데 그들 중에 화우방의 아들이 섞여 있어서……."

"뭐야? 그럼 단순 살인사건? 별것도 아니잖아?"

정광이 포두의 멱살을 풀어주고 김샜다는 표정으로 객점을 향해 몸을 돌렸다.

그때다. 포두가 기어들어 가는 목소리로 중얼거렸다.

"그놈의 쪼끄만한 붉은 손바닥만 이상하지 않았으면 내가 왜 이 지랄을……."

정광이 멈칫했다. 안으로 들어가려 주렴을 걷던 진용도 걸음을 멈췄다.

포두는 기겁하고 입을 닫았다. 자신의 방정맞은 주둥이를 원망하면서.

"좀 전에 뭐라고 하셨죠?"

진용이 물었다. 포두는 정광의 눈치를 살피며 머뭇거렸다.

"그게, 그냥, 제가 잘 몰라서……."

"작고 붉은 손바닥이라고 했나요?"

포두가 정광을 힐끔거린다. 정광이 성큼성큼 포두에게 걸어가더니 싱긋 웃으며 조용히 말했다.

"이분은 금의위 천호이신 고 공자시란다, 포두 나리야."

멍하니 정광을 보던 포두의 얼굴이 시커멓게 죽어갔다. 늑

대도 무서운데, 호랑이가 나타나지 않았는가 말이다.
"예, 나으리! 작고 붉은 손바닥, 맞습니다!"
순간!
"뭐야! 누가 혈수인을 들먹인 거지?"
안에 들어갔던 광소쌍마가 번개처럼 튀어나왔다.
포두는 후들거리는 다리를 간신히 붙잡고 울상을 지었다.
이제는 호랑이도 아니고 곰이다! 그것도 성난 불곰 암컷! 씨발!
진용이 어쩔 줄 모르는 포두에게 말했다.
"따라 들어오세요. 물어볼 게 있으니까."

진용이 물었다.
"혹시 그 장인이 어린아이 손바닥만큼 작았습니까?"
"예, 꼭 갓난아이 손만 했습니다."
소서노인이 옷자락을 들어 올렸다. 희미한 손자국이 드러났다.
"혹시 이렇게 생기지 않았던가?"
포두의 눈이 휘둥그레졌다. 고개를 갸웃거리며 그가 답했다.
"그보다 조금 작았습니다. 그리고 피처럼 붉은색이었습니다."
소서노인의 얼굴이 와락 일그러졌다.
"전보다 더 강해졌나 보군."

진용이 고개를 끄덕였다. 작아졌다는 것은 그만큼 응집력이 강해졌다는 말이다.

"포두, 그 시신이 지금 어디에 있소?"

"화우방에 있습니다, 나리."

식사를 미룬 채 포두를 앞세우고 화우방으로 향했다.

모두가 긴장으로 굳은 얼굴이었다.

혈선인(血仙人)!

그 이름을 모르는 사람은 독고무종과 하군상뿐. 그러나 두 사람마저도 분위기에 휩쓸려 표정이 굳어 있었다.

다만 사도광은 긴장한 중에도 고개를 갸웃거리며 뭔가를 생각하느라 머리를 쥐어뜯고 있었다.

'화우방이라… 어디서 들었지? 언젠가 들어본 것 같은데…….'

"정말 혈선인일까?"

가면서 정광이 물었다. 진용은 물론이고, 아직도 혈선인의 장인을 장식처럼 달고 다니는 소서노인조차 정확한 대답을 할 수가 없었다.

침묵에 잠긴 채 여녕을 빠져나가자 강줄기가 내려다보이는 야산 중턱에 한 채의 장원이 보였다. 드넓은 대지에 세워진 장원은 끝이 보이지 않을 정도로 컸다.

여녕 일대를 아우르는 화우방의 총단이 바로 그곳이었다.

어둠을 헤치고 진용 일행이 다가가자 수문 위사가 막아섰다. 하지만 포두 송두승을 보고는 당황한 표정으로 물었다.

"무슨 일이오, 송 포두?"

"높은 분들께서 소방주의 시신을 검시하시겠다고 하시오. 즉시 안에 기별을 넣어 보고해 주시오."

"높은 분들?"

수문 위사는 포두의 뒤에 늘어선 진용 일행의 기세가 심상치 않음을 느끼고 옆을 향해 소리쳤다.

"안에다 송 포두가 소방주의 시신을 검시할 분들을 모시고 왔다고 전해라!"

"끌끌, 그놈 제법이군."

사도광이 끌끌거렸다. 밤에 소리치는 이유는 멀리 있는 누군가에게 말을 전하기 위해서다. 결코 옆 사람에게 전하기 위해 하는 행동이 아니다. 수문 위사가 제법 머리를 굴린다.

정광이 앞으로 나섰다.

"이보게, 도우. 시간이 없다네."

"예?"

수문 위사가 의아한 표정을 지을 때다. 정광이 성큼성큼 앞으로 걸어갔다. 순간, 진용은 북경에서 흑호의 장원에 들어갈 때가 생각났다. 급히 정광을 불렀다.

"도장님!"

하지만 이미 때늦은 뒤였다.

쾅!

굉음이 일더니, 화우방의 거대한 정문이 비명을 질렀다.

대문의 한가운데에 뚫린 커다란 발자국 구멍! 경첩 떨어진 문짝이 덜렁거리더니 더는 참지 못하고 뒤로 기울어진다.

씨익! 정광이 웃으며 수문 위사에게 말했다.

"열렸군. 도우, 들어가도 되겠나?"

멍하니 서 있던 수문 위사가 황급히 검을 빼 들었다.

하지만 반도 뽑기 전이었다.

우르르! 십여 명의 무인이 안으로 밀려들어 갔다. 들어가면서 수문 위사의 손을 눌러 반쯤 뽑힌 검을 다시 검집 안으로 되돌려 보낸 사도광이 조용히 말했다.

"그냥 가만히 있어라. 너도 다치고 싶지는 않지?"

풍채 좋은 사도광의 점잖은 말에 수문 위사가 고개를 끄덕인다. 진용은 그 곁을 스쳐 안으로 들어갔다.

갑작스런 굉음에 놀라 사람들이 뛰쳐나오고 있다. 적어도 이십여 명은 되어 보인다. 소식은 제대로 전해진 것 같다. 좀 소란스러워서 그렇지.

"웬 놈들이냐!"

앞서 오던 장한 하나가 대뜸 소리쳤다.

앞장서 가던 정광이 눈을 부라린 채 그에게 다가가며 마주 소리쳤다.

"방주는?!"

장한이 뜨끔한 표정으로 재빨리 정광의 뒤쪽을 바라보았다. 하나같이 태연한 표정들이다. 마치 제집에 찾아온 사람들 마냥.

"방주는 어딨냐니까!"

정광이 빽 고함을 질렀다. 내공이 실린 목소리. 장원 전체가 뒤흔들렸다.

장한이 해쓱하니 질린 얼굴로 정광을 바라보았다.

그때 안에서 몇 사람이 빠르게 날듯이 걸어나왔다. 그중 풍성한 수염을 가슴까지 늘어뜨린 노인이 이마를 잔뜩 찌푸린 채 물었다.

"나는 부방주 전우근이라 하오. 뉘신데 방주님을 찾으시는 것이오?"

더 이상의 소란은 득될 게 없었다. 행여 자신들에 대한 정보가 삼존맹의 귀에 들어갈 지도 모르는 일.

정광이 나서기 전에 진용이 먼저 나섰다. 품속을 뒤져 금의위 천호패를 꺼내 들고서. 최소한 천뢰서생이라는 이름보다는 사람들의 관심을 덜 끌 테니까.

"금의위의 천호요. 방주 아들의 사인에 대해 알아볼 것이 있어서 왔소."

금의위? 게다가 천호?

비록 나이가 어린 것이 의아했지만 화우방의 부방주 전우근은 함부로 대하지 않고 조심스럽게 물었다.

"소방주의 죽음을 왜 금의위에서 조사한단 말이오?"

"소방주의 몸에 붉은 손바닥 자국이 있다 들었소만?"

"그건 그렇소이다."

진용의 눈빛이 번뜩였다. 무의미하게 시간을 끌 수는 없었다. 절대음이 실린 목소리가 진용의 입에서 흘러나왔다.

"안내해 주시겠습니까?"

전우근의 몸이 부르르 떨렸다. 입술을 깨문 그의 얼굴이 창백하게 굳어버렸다. 진용이 말했다.

"설마 거부하겠다는 것은 아니겠지요?"

"으음, 따, 따라오시오."

화우방주인 은천신도 정태청은 갑자기 들이닥친 금의위로 인해 정신이 없었다.

더구나 그들이 온 이유가 자신의 아들 사인 때문이라지 않는가 말이다.

그는 전우근이 금의위와 함께 아들의 시신이 있는 지하의 석실로 갔다는 말을 듣고 황급히 옷을 챙겨 입었다.

아들이 죽었다는 게 아직도 실감이 가지 않는 그였다. 슬픔과 고통이 아직도 가슴에 그대로 멍울져 남아 있는 그였다.

경호무사들을 대동하고 지하 석실로 다가가자 입구에 서 있는 사람들이 보였다.

몇 사람이 지하 석실의 입구를 막고 서 있었다. 결코 방의 무사들이 아니었다. 방의 무사들은 주위를 빙 둘러싼 채 상황을 주시하고 있을 뿐이었다.

정태청의 눈빛이 가늘게 흔들렸다.

입구를 막고 서 있는 자는 단 몇 명. 한데 보는 것만으로도 가슴이 답답해진다. 이곳은 화우방, 자신들의 대지이거늘.

정태청은 어깨에 힘을 주고 그들을 향해 다가갔다.

"대체 무슨 일인가?"

방주가 나타났음을 안 화우방의 무사들이 곧바로 자신을 중심으로 둘러선다. 정태청의 얼굴에 자신감이 떠올랐다.

"아무리 금의위라도 그렇지……."

"조용!"

미처 말을 끝내기도 전에 한 사람이 손을 들어 막는다.

"뭐라고? 감히 이곳이 어딘 줄 알고!"

정태청의 분노 어린 눈이 그를 향했다. 순간 어둠 속에 드러난 그의 얼굴을 보고 정태청의 눈이, 몸이 딱딱하게 굳어버렸다.

"다, 다, 당신은?"

월조옹. 천하에서 제일 골치 아픈 자들 중 한 사람인 월조옹 사도괭이 거기에 있었다. 자신의 치부를 알고 있는 유일한 사람.

어떻게 저 인간이 이곳에 있단 말인가!

사도괭도 동그래진 눈을 뛰룩뛰룩 굴리며 정태청을 바라보았다.

"맞아! 그랬어! 자네 집이 화우방이랬지? 오랜만이네. 내 깜박했군. 어쩐지 화우방이라는 이름이 낯설지 않더라니……."

묘하게 빛나는 눈빛. 느물거리는 목소리.

정태청의 얼굴이 몇 년 묵은 똥통에 빠진 듯 새카맣게 죽어갔다. 사도괭이 다시 은근한 어조로 말했다.

"걱정 말게. 내 자네 마누라에게 그날의 일은 절대 말하지 않을 테니까. 그런데 먹을 것 좀 없나? 제대로 먹지도 못하고 달려와서 말이야."

정태청이 옆을 향해 빽 소리쳤다.

"가서 숙수에게 음식을 준비하라 일러라!"

진용은 젊은 자의 시신에 난 손자국을 바라보았다.

포두의 말대로였다. 갓난아이의 손바닥만 했다. 죽은 지 하루가 지났다는데도 붉은 손바닥은 금방 찍은 듯 선명했다.

"맞습니까?"

진용이 묻자 소서노인이 고개를 끄덕였다. 보는 순간 굳어버린 소서노인의 표정은 좀처럼 펴질 줄을 몰랐다.

"왜 이런 자에게 손을 썼는지 모르겠군."

의문이 일만도 했다. 혈선인이 이제 서른도 되지 않고, 무공도 그리 강해 보이지 않는 자를 죽이기 위해 혈수인을 쓰다니.

진용은 시신의 손을 가리켜 보이며 입을 열었다.

"마공을 익혔습니다. 생각보다 그리 약했던 것 같지는 않습니다."

"마공? 저게 마공을 익힌 흔적이란 말인가?"

그때 밖에서 소란스런 목소리가 들려왔다. 진용은 입구 쪽을 향해 조용히 말했다.

"방주께서 오신 것 같군요. 방주님과 사도 노선배께선 안으로 들어오시지요."

전우근은 마공이라는 말에 한마디 하려다 자신도 모르게 힐끔 입구 쪽을 바라보았다. 어이가 없었다. 옆에서도 겨우 들을 정도인데 밖에 있는 사람에게 말하는 투가 아닌가.

하지만 그가 비웃을 새도 없이 사도괭과 정태청이 안으로 들어온다. 일그러진 정태청의 표정. 즐거움이 가득한 사도괭의 얼굴. 괴이하긴 했지만 그건 아무래도 좋았다.

전우근은 정태청과 눈이 마주치자 가볍게 고개를 숙였다. 정태청이 무슨 말인가를 하려다 입을 닫고 석실을 훑어본다.

대체 이게 무슨 일이야? 그런 표정이다.

"금의위가 소방주의 사인을 조사한다 합니다, 방주."

이미 알고 있는 사실. 정태청은 고개를 끄덕이고는 자신의 아들 손을 살펴보는 진용을 바라보았다.

진용은 고개를 들고 정태청에게 단도직입적으로 물었다.

"방주신가요?"

"그렇소. 내가 방주인 정태청이라 하오."

은천신도 정태청. 비록 강호를 뒤흔들 정도는 아니었지만, 그래도 한때는 제법 이름을 날린 그였다. 눈앞의 젊은이 정도는 가소롭게 볼 정도로.

"대체 무슨 일이오? 금의위에서 왜 내 아들의 사인을 조사한단 말이오?"

"그보다 한 가지 물어볼 게 있습니다."

정태청의 눈썹이 꿈틀거렸다. 그는 입가의 커다란 점을 씰룩이며 진용에게 냉랭하게 말했다.

"물어보시오."

"아드님이 익힌 무공이 무엇인지 아십니까?"

"악이가 익힌 무공? 그야 당연히 본 방의 자랑인 화연신공을 익혔소만."

"제가 묻는 것은 그것이 아닙니다. 설마 화연신공을 익혀서 이손이 이렇게 된 것은 아니겠지요?"

무슨 말이냐는 듯 정태청의 눈이 아들의 시신을 향했다. 시커먼 손이 보인다.

어? 왜 내 아들의 손이 새카맣지? 한데 저게 어떻단 말인가?

진용이 말을 이었다.

"아직도 마기가 다 사라지지 않은 상태입니다. 다시 말해서 아드님은 마공을 익히고 있었단 말이지요."

"무슨 소리요? 내 아들이 왜 마공을 익힌단 말이오? 그런 헛소리를 나더러 믿으란 말이오?"

정태청이 버럭 소리를 질렀다. 사도광이 말했다.

"믿게. 고 공자가 그렇다면 그런 것이야."

"뭐요?"

정태청은 눈을 부라리며 사도광을 노려보았다. 그러다 홱 고개를 돌리고 말했다.

"절대 그럴 리가 없소! 악이가 마공을 익혔다니, 말도 안 되는 소리요!"

사실 정수악이 마공을 익혔든, 익히지 않았든 그것은 그리 중요하지 않았다. 중요한 것은 정수악의 가슴에 난 손바닥 자국이 정말 혈수인인가, 하는 것이었다.

마공은 그걸 증명하기 위한 하나의 조건일 뿐이었다. 혈선인이 혈수인을 펼쳐야만 했던 합당한 조건.

진용은 일단 마공에 대한 것은 제쳐 두고 다른 것을 물었다.

"범인을 목격한 사람이 있다 들었습니다. 만날 수 있겠습니까?"

정태청이 고개를 끄덕였다.

"당시 멀리서 그 광경을 본 사람이 있소. 죽은 아들놈의 친구요. 바로 데려올 수 있을 것이오."

전우근이 말을 이었다.

"바로 내 아들 놈이외다."

전우근의 아들인 전상의는 죽은 정수악과 둘도 없는 친구였다. 그리고 그는 정수악에 대해 누구보다도 많은 것을 알고 있는 사람이기도 했다. 심지어 그 아버지인 정태청이 모르는 것까지.

"붉은 도복을 입은 노인이었는데, 얼굴은 잘 기억나지 않습니다."

전상의는 창백하게 질린 표정으로 그때의 일을 설명했다.

진용은 마안의 능력을 끌어올린 채 그에게 물었다. 쓸데없이 시간을 보내기에는 할 일이 너무나 많았다.

"왜 그 도장이 정수악을 죽였다 생각합니까?"

"그, 그것이……."

전상의의 얼굴이 푸들거리며 떨렸다. 진용은 마안의 능력을 조금 더 끌어올리고서 전상의를 다그쳤다.

"말해보세요! 어제 있었던 일을 모두!"

그것은 결코 전상의 정도가 견딜 수 있는 것이 아니었다. 전상의의 입이 느릿하게 열리기 시작했다.

"수악이 한 아가씨를 겁탈하는 것을 그 노 도장이 봤습니다."

장내가 조용해졌다. 정태청이 눈을 부릅뜨고서 소리쳤다.

"거짓말! 어디서 말도 안 되는 소리를 하는 것이냐!"

진용이 그를 향해 손을 휘저었다.

부드러운 기운이 밀려갔다. 순간, 정태청의 몸이 주르륵 밀려가더니 석고상처럼 굳어버렸다.

"누구도 말을 끊는 자는 용서치 않을 것이오."

침묵. 가벼운 손짓에 정태청이 제압당하자 화우방의 누구도 입을 열지 못했다. 전우근마저 경악한 표정을 지은 채 정태청과 진용을 번갈아 볼 뿐이었다.

"계속 말하시오."

전상의가 넋이 빠진 듯 멍한 표정으로 말을 이었다.

"저는 술을 사러 갔다 오던 중이었습니다. 노도장이 호통을 치더니 가볍게 손을 저었습니다. 그러자 붉은빛이 번뜩이더니 수악이 무너져 내렸습니다. 겁이 났습니다. 수악이는 방주님 몰래 한 가지 무공을 익히고 있었는데, 그런 수악이조차 한 수를 견디지 못하고 쓰러졌으니 저는 상대조차 되지 않을 것이

뺀했습니다. 그래서…… 죽어가는 친구를 놔두고 정신없이 도망쳤던 것입니다. 크흑!"

눈물을 주르륵 흘리는 그를 향해 진용이 물었다.

"그가 익힌 무공이 뭐였소?"

전상의가 움찔 몸을 떨더니 말했다.

"흑양마수(黑陽魔手)였습니다."

*　　*　　*

여녕에도 풍림당의 지부가 있었다.

진용은 풍림당에 혈선인의 존재를 알리고 붉은 도복을 입은 노도인을 추적해 줄 것을 부탁했다. 그리고 아침이 되자 여녕을 떠났다.

그가 나타난 것이 득이 될까, 아니면 해가 될까?

아무도 그에 대한 결론을 내릴 수는 없었다. 시간만이 그 결과를 알려줄 것이다.

괴이한 것은 그가 북에서 왔다면 남으로 가고 있다는 것.

과연 혈선인은 어디로 가고 있는 것일까?

길을 가면서도 그에 대해 고심하던 진용은 문득 공은 대선사가 했던 말이 떠오르자 하늘을 올려다봤다.

"얼마 전 하늘이 붉어졌지. 천기를 볼 수 있는 선인들은 그 기운을 느꼈을 것이네."

혈선인. 그도 공은 대선사가 말한 선인 중 한 사람일까?
혹시 그 기운을 느꼈기에 은거처에서 나온 것이 아닐까?
만일 그렇다면, 그는 어느 쪽에 설까?

第五章

만붕성(萬鵬城)

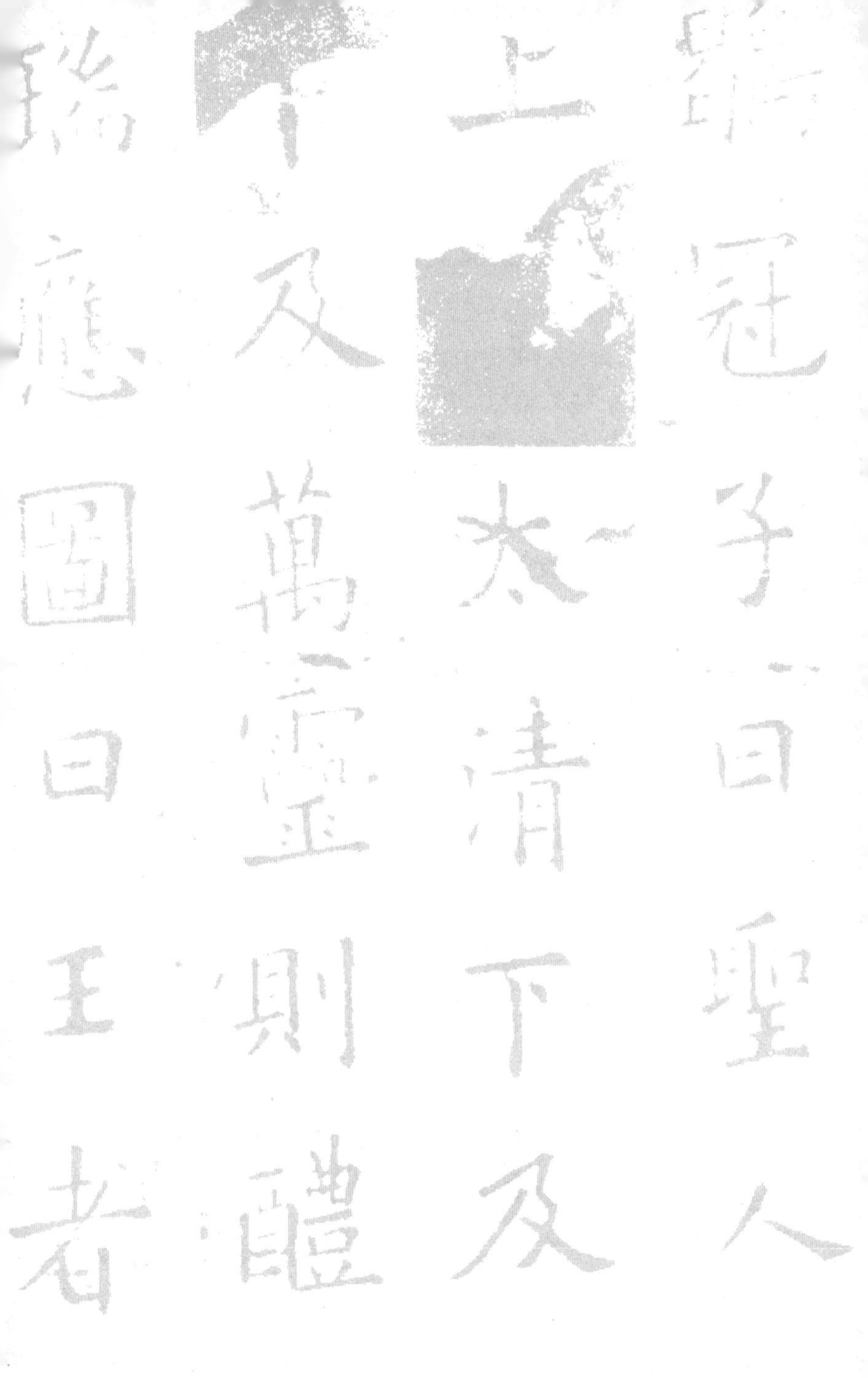

冠子曰聖人
上
太清下及
下及萬靈則醴
應圖曰王者

1

영하의 물살은 거칠었다.

강물이 지난 이틀간 내린 비 때문에 상당히 불어 있었다. 그래선지 상선 한 척을 빌리는데 반나절이나 걸렸다. 선원들이 거친 물살에 배를 띄우려 하지 않았기 때문이다.

결국 정상 비용보다 두 배 가까운 돈을 주고서야 진용 일행은 배를 빌릴 수 있었다. 그 과정에 약간의 잡음이 있었지만 전체적인 행로에 영향을 미칠 정도는 아니었다.

어쨌든 겨우 배를 빌려 영하의 거친 물살을 타고 내려간 지 이틀, 상선은 영하와 회하가 만나는 정양관에서 오십여 리 못 미치는 영상에 닻을 내렸다.

이제 팔공산까지는 백 리 정도. 강호의 절정무인들에게는 지척이었다.

뱃머리에 고(高) 자를 쓴 깃발을 내걸고 영상현에 닻을 내리자 상인으로 보이는 자가 다가왔다.

"혹시 해가 지는 곳에서 오신 분들이 아닌지요?"

뱃머리에 느긋이 앉아 있던 사도광이 빙그레 웃었다. 마치 나른한 일상에 하릴없는 노선비처럼.

"맞네. 천후소를 찾아가는 길이지. 한데 뭘 파는가? 책인가?"

"그렇습니다, 대인. 한 권 사시지 않겠습니까?"

대인이라는 말에 사도광이 흐뭇한 표정으로 손짓을 했다.

그놈, 사람 볼 줄 아는군.

"이리 올라오게. 어디 한 번 보세."

그때다. 저 멀리 정박한 커다란 배에서 이십수 명의 상복을 입은 사람이 하나의 관을 앞세운 채 내리는 것이 보였다.

사도광은 힐끔 그들을 바라보고는 고개를 돌렸다.

'상문(喪門)의 아이들이 이곳에 웬일이지?'

상문에는 그의 친구가 있었다. 십여 년 동안 얼굴 한 번 보지 못한 친구가.

'죽어 관 속에 들어가기 전에 언제 한 번 찾아가 봐야 하는데.'

하지만 지금은 그보다 눈앞의 일에 더 신경을 써야만 했다. 상인이 배에 올라오고 있었다.

"그래, 뭔 책이 있는가?"

상인이 배에 올라왔다 내려간 시간은 일각도 되지 않았다. 하지만 그가 남겨놓고 간 두툼한 서책이 진용 일행을 한 시진째 움직이지 못하도록 붙잡아놓았다.

서책은 단순한 책이 아니라 팔공산에 대한 지리를 상세히 그려놓은 지도였다.

"만붕성이 있는 곳이 바로 이곳이군요."

진용이 손가락으로 한곳을 짚었다. 유난히 굵은 글씨로 만붕곡이라는 글자가 쓰여 있는 곳이었다.

"육로로 이동한 후 회하를 건너기로 하지요."

"차라리 계속 배로 가는 것이 낫지 않을까?"

율천기가 물었다. 진용이 고개를 저었다.

"그리되면 정양관에서 놈들의 검문을 피해야 하는데, 잘못하면 팔공산에 들어가지도 못하고 놈들과 부딪치게 될 것입니다."

그 말에 포은상이 입을 열었다.

"우리의 목표는 속전속결로 만붕성에 치명타를 가하는 것이니만큼 최대한 행적을 조심해야 하네. 해서 말인데, 조금 늦더라도 밤에 가는 것이 어떨까 싶군."

"일리있는 말씀입니다. 아무래도 밤에 움직이면 그들의 눈에 걸려들 가능성이 그만큼 줄어들 것입니다. 어차피 거리도 그리 멀지 않으니 술시쯤 출발하지요. 대신 그때까지 서책에

적힌 지리를 모두 숙지하시기 바랍니다. 밤에 가다 보면 자칫 헤어질 수도 있으니까요."

사람들이 포은상을 힐끔거렸다.

자네 때문에 골 아프게 공부해야 하잖아!

영락없이 그런 눈빛들이었다.

술시, 어둠이 강물을 검게 물들였을 무렵이었다. 근 일각에 걸쳐 사람들이 한 사람 한 사람 배에서 내렸다.

그들은 자연스런 걸음으로 선착장을 빠져나가더니, 영상현의 외곽에 이르자 빠르게 동쪽으로 나아갔다. 각자의 거리는 백여 장. 열세 명이 늘어선 거리는 십 리에 이르렀다.

진용은 하군상, 아니, 세르탄과 함께 맨 뒤에서 따라갔다. 실피나를 앞세운 채.

세르탄은 요즘 시무룩해져 있었다. 실피나 때문이었다.

방성을 떠나기 전날이었다. 실피나가 능력을 찾아가는 자신을 두려워하자 세르탄이 기고만장해 눈을 부라렸다.

"건방진 정령, 감히 마계의 대전사인 나를 그동안 잘도 모욕했겠다."

—내가 언제?

주인에게도 반말을 하는 실피나였다. 당연하다는 듯이 세르탄에게도 반말로 말했다. 세르탄 역시 실피나의 반말에는 조금도 신경을 쓰지 않았다.

"멍청한 마족이라고 놀렸잖아!"

실피나가 찔끔해서 기어들어 가는 목소리로 말했다.

—그거야 멍청하니까 멍청하다고 한 거지 뭐.

"뭐야! 감히 천 년도 더 산 나를 놀리겠다는 거냐?"

그 말이 잘못이었다. 실피나가 주춤거리며 가까이 오더니 슬며시 물었다.

—정말 천 년을 살았어?

"물론! 그리고 몇십 년은 더 살았지!"

—그럼 이천 살은 안 되었겠네?

"그거야 그렇지!"

실피나가 씨익 웃더니 호쾌한 웃음을 터뜨렸다.

—오호호홋! 나는 이천 살 넘었는데. 나보다 한참 어리잖아? 너 이제부터 내 동생해라!

그 이후로 세르탄은 실피나와 말을 섞지 않았다. 아무리 실피나가 꼬여도 넘어가지 않고 묵묵히 자신의 능력을 되찾는 일에만 열중했다.

차라리 보이지 않았으면, 말을 들을 수 없었으면 이런 일도 없었을 것을. 하루도 빠짐없이 그런 후회를 하며.

진용이 세르탄의 시무룩한 표정을 보고 속으로 '그러게 왜 건드냐?' 하고 있을 때였다.

앞쪽 고개 너머에서 소란스런 소리가 들려왔다.

'무슨 일이지?'

곧이어 실피나가 밤하늘을 가르며 득달같이 날아왔다.

—주인아! 앞에서 싸우려고 해!

"누가?"

—말 많은 늙은이하고 산적 같은 도장하고 굉장히 많은 사람들하고 말싸움하고 있어!

사도굉과 정광을 말함이다. 아무래도 재수없이 적과 조우한 듯싶다.

진용은 즉시 발을 굴렀다. 빨랫줄처럼 어둠을 가르며 날아가는 진용. 그 옆에서 조금도 뒤지지 않고 세르탄이 날아갔다. 비마법(飛魔法)을 이용한 신법을 펼치며.

재수없는 놈은 뒤로 자빠져도 코가 깨진다더니, 딱 그 꼴이었다.

정광은 쇠 신발을 손에 들고는 이 일을 벌어지게 만든 원흉, 사도굉을 바라보았다.

그냥 조용히 지나가면 될 일이었다. 그런데 왜 급하게 달려가는 사람들을 막고 시비를 건단 말인가. 그것도 살벌하다고 소문난 상문(喪門) 놈들을!

곧 진용이 올 테니 걱정이야 되지 않지만, 어쨌든 한밤중에 이게 무슨 짓이란 말인가. 만붕성 놈들에게 들키기라도 하면 어쩌려고!

그런데도 사도굉은 꽤나 심각한 표정이다.

"대체 무슨 일인데 저들을 가로막은 거요?"

사도굉은 대꾸를 하지 않고 굳은 표정으로 자신들을 에워싸는 자들만 바라보았다.

"관 속에 누가 누워 있는지만 확인해 보자니까?"

에워싼 자들은 이십여 명. 그중 한 사람이 앞으로 나섰다. 중년으로 보이는 자였다. 그자의 옆구리에 꽂힌 곡상봉(哭喪棒)에는 붉은 매듭이 달려 있었다. 사도굉이 알기로, 적어도 상문에서 열 손가락에 들어가는 지위를 지닌 자라는 말이었다.

"사도 선배, 본 문의 규율이 얼마나 엄중한지 잘 아는 분이 왜 이러시는 거요?"

그는 사도굉을 잘 알고 있는 듯했다.

"아니까 묻는 거다. 알지 못했다면 손을 먼저 썼을 것이야!"

"우리 상문을 너무 우습게보시는 것 아니오?"

그의 기세는 결코 정광에 비해 크게 뒤떨어지지 않았다. 절정의 고수라는 말이다. 더구나 자신들을 둘러싼 자들도 하나같이 일류고수들이다.

정광이 미간을 찌푸리며 쇠 신발을 든 손에 내력을 집어넣을 때다. 때마침 진용이 세르탄과 함께 도착했다.

사도굉과 정광을 에워싸고 있던 자들이 실피나에 의해 좍 갈라졌다.

"어? 뭐, 뭐야?"

"왜 이래? 누가 미는 거지?"

그들은 자신들이 왜 물러났는지 이해하지 못하겠다는 듯 어리둥절한 표정으로 서로를 바라보았다.

진용은 그들 사이를 걸어 사도굉에게 다가갔다. 그리고는 주위를 훑어보고 미간을 찌푸렸다.

"시간이 없다는 것 잘 아시지 않습니까? 무슨 일입니까?"
사도굉이 입술을 깨물며 말했다.
"저들은 상문의 사람들이네."
상문이라면 음지에 속한 문파였다. 백도도 아니고 흑도도 아니고, 그렇다고 마인들도 아니었다. 그들은 말 그대로 음지에서 조용히 자신들만의 세계를 지키는 자들이었다.
사도굉이 말을 이었다.
"저 관 옆에 표식이 하나 있네. 내가 알고 있는 표식이지. 해서 관 안을 보고자 하는 것일세."
"무슨 표식인데요?"
사도굉이 한쪽에 내려진 관을 가리켰다.
"두 개의 열십 자. 내 친구가 자주 쓰는 표식이네."
"친구요?"
"오랫동안 못 만난 친구지. 상여충이라고. 그가 바로 상문의 문주야. 처음에는 그 친구가 표시한 관이려니 했는데, 알고 보니 그것이 아닌 것 같아. 저놈 말 들어보니까, 저 관에 그 친구가 들어 있는 것 같네. 그래서 나는 정말 상문의 문주가 죽었는지 그걸 알고 싶은 거네."
중년인의 얼굴이 회칠을 한 것처럼 창백해졌다. 두려움 때문이 아니었다. 그가 독문의 내공을 끌어올렸다는 증거였다.
"사도 늙은이, 공연한 일에 끼어들어 명을 재촉하는군. 그냥 가라면 갈 것이지……. 쯔쯔쯔, 거기 두 사람도 참 안 됐군. 죽어 저승에 가거든 재수없는 늙은이 때문에 왔다고 해라."

정광이 뚤래뚤래 주위를 둘러보고는 피식 웃었다.

“우리? 우리가 재수가 없다고? 크크크, 그렇게 재미있는 말은 오랜만에 들어보는군. 안 그런가, 고 공자?”

어이가 없었다. 단지 그 사실을 알고자 하는 것만으로 자신들을 죽이겠다니.

진용이 무심한 표정으로 말했다.

“무슨 일인지는 모르지만, 시간이 없으니 일단 다 때려눕혀 놓고 물어보지요.”

“그럴까? 하긴, 진작 그렇게 했어야 했는데.”

진용과 정광의 대화에 중년인이 냉소를 날렸다.

“상문에 대적하겠다니, 용기가 가상하긴 하다만…….”

하지만 진용의 말대로 시간이 없었다.

“말은 나중에 하고, 일단 시작하자고!”

정광이 쇠 신발을 날렸다. 동시에 진용이 상문의 무사들 틈으로 스며들었다. 세르탄도 실피나에게 당한 기분을 이곳에서 풀기라도 하려는 듯 그들 사이로 뛰어들었다.

야밤에 천둥이 우르릉거리고, 번쩍! 벼락이 쳤다.

쇠 신발이 허공을 날고, 시퍼런 손바닥이 파리채처럼 휘날렸다.

그리고 딱, 열을 셀 정도의 시간이 흐를 즈음 싸움이 끝났다.

상문의 무사 스물다섯이 바닥을 기었다.

정광은 진용에 의해 삼 초만에 쓰러진 중년 무인에게 다가

가고, 사도광은 초조한 표정으로 관을 향해 걸어갔다. 세르탄은 분이 좀 풀리는지 하늘에 떠서 구경하고 있는 실피나를 흘겨봤다.

진용이 사도광을 향해 말했다.

"거리가 너무 벌어졌습니다. 볼일을 빨리 보시기 바랍니다."

사도광은 두말도 않고 관 뚜껑을 잡아 올렸다.

한 노인이 수의를 입은 채 안에 누워 있었다. 자신의 친구, 상문주 상여충이었다.

그는 누워 있는 노인의 목에 손을 대보았다. 맥이 느껴지지 않았다. 이미 죽은 지 상당히 된 듯싶었다.

사도광의 눈에 눈물방울이 맺혔다.

십 년 만이거늘, 죽어서야 만나다니.

그는 홱 고개를 돌려 멍하니 허공을 바라보고 있는 중년인에게 소리쳤다.

"도지명! 어찌 된 거지? 왜 상 형이 여기에 누워 있는 거지? 상문에 반란이 일어났단 말인가?"

중년인 도지명은 정신이 없었다. 꿈을 꾸고 있는 것만 같았다. 사도광의 말도 귀에 들어오지 않았다. 양쪽 어깨뼈가 조각조각 부서졌는데도 아무런 통증조차 느껴지지 않았다. 그는 멍하니 진용만 바라보았다.

"대체 어떻게 이런 일이……. 당신은 누구지?"

사도광이 그의 궁금증을 해소시켜 주었다.

"그는 천리서생 고진용이라는 공자다. 네놈 따위는 백 명이 달려들어도 어림없는 고수지. 빨리 말해! 왜 상 형이 죽어 있느냔 말이다!"

저자가 바로 그자? 맙소사!

도지명의 눈이 튀어나올 듯이 부릅떠졌다.

상문의 정예 스물네 명이 자신과 함께 십 초를 넘기지 못하고 쓰러졌다. 벼락이 치고, 시퍼렇게 물든 커다란 손이 허공을 휩쓴다 싶으면 서너 명이 한꺼번에 날아갔다.

순식간에 무기가 부서지며 항거불능이 되어버렸다. 팔다리가 꺾인 수하들에게 도망가라고 말할 틈도 없었다. 자신 역시 도망갈 시간도 없이 어깨뼈가 부서져 버렸으니까.

듣던 것보다 더한 강함이었다. 세상에 저렇게 강한 자가 있다는 것이 믿어지지 않을 정도였다.

하지만 눈앞의 현실이 모든 것을 말해주고 있었다. 자신은 꿈을 꾼 것이 아니다.

그는 마지막 끈이라도 붙잡으려는 표정으로 입을 열었다.

"상문은 삼존맹과 함께하기로 했소."

하지만 삼존맹의 이름은 그에게 아무런 도움도 되지 않았다. 오히려 사도괭의 화만 부추겼을 뿐이다.

짝!

사도괭이 도지명의 얼굴을 후려치고는 침을 튀기며 소리쳤다.

"미친놈들! 갑자기 웬 삼존맹이란 말이냐? 그놈들이 네놈들을 부자로 만들어준다고 하든? 아니면 제놈들 들어갈 관을 만들어달라고 하든? 상 형이 원치 않았을 텐데, 어떻게 그런 결정을 내린 것이지?"

"그래서 죽은 것이오. 그가 보낸 살귀들에게. 나는… 우리는, 문주의 시신을 그에게 보내기로 했소. 충성의 대가로."

빽!

사도광이 끝내 참지 못하고 발길질로 도지명 턱을 날려 버렸다.

"곧 뒈질 놈들에게 충성은 무슨, 개뿔이나!"

잠시 후, 상문의 행렬은 다시 이어졌다.

선두는 진용이 세르탄과 함께 섰다. 그리고 정광과 사도광이 뒤를 이었다. 그 뒤를 관을 맨 상문의 제자들이 뒤따랐다. 모두 마안에 의해 정신이 제압된 상태로.

"어쩌면 생각보다 쉽게 만붕성에 들어갈 수 있을 것 같습니다."

그 말이 떨어짐과 동시 한 가지 계획이 세워진 것이다. 말 그대로 무혈 입성을 위한 계획이.

회하의 강변에 도착하자 사람들이 기다리고 있었다. 그들은 난데없는 행렬에 어안이 벙벙한 표정으로 진용 등을 바라보았다.

진용은 자신의 계획을 말하고 좀 더 치밀한 계획을 짰다. 모두가 감탄한 표정으로 고개를 끄덕였다.

선두는 사도광이 서기로 했다. 강호에 대해 사도광만큼 아는 사람이 누가 있을까. 모두가 만장일치로 사도광을 밀어주었다.

사도광도 복수의 칼날을 갈았다.

"좋네! 내 무슨 수를 써서라도 놈들의 심장부까지 들어갈 수 있도록 최선을 다할 것이네!"

일단 계획이 서자, 관 안에 들어 있던 상여충은 근처의 양지바른 야산에 임시로 묻었다. 사도광은 눈물을 찔끔거리며 친구의 천당행을 기원했다. 그리고 나머지 사람들은 상여충의 넋이 자신들의 안전을 보살펴 주기를 바랐다.

향도 피우지 않은 채 간단하게 고인을 위한 의식을 끝내고, 일행들은 강변을 거슬러 올라갔다.

이들이 이곳으로 왔다는 것은 강을 건널 준비가 되어 있다는 말이었다.

실피나가 날아가더니 얼마 있지 않아 되돌아왔다.

—주인아! 배가 있다!

"사람은?"

—두 명 있어.

아니나 다를까, 십 리 정도를 거슬러 올라가자 배가 한 척 보였다. 이십여 명이 탈 수 있을 정도로 제법 큰 배였다. 배를 몰 선원 두 명을 빼고는 주위에 다른 사람들은 보이지 않았다. 아마도 상문 사람들에게 배를 빌려주기는 하지만 왠지 께름칙한 기분에 가까이 하지 않으려는 듯했다.

배는 팔공산(八公山)의 서북쪽, 야트막한 둔덕이 선착장 구실을 하는 곳에다 진용 일행을 내려놓았다.

진용 일행이 관을 든 채 배에서 내리자 미리 알고 있었던 듯 세 명의 무인이 다가왔다.

진용 일행들은 속으로 흠칫 놀라지 않을 수 없었다.

만일 자신들이 상문 일행으로 꾸미지 않고 그냥 건너왔다면 어떻게 되었을까. 모르긴 몰라도 팔공산에 들어가기도 전에 적에게 발각당했을 게 뻔했다.

"상문에서 오신 분들이오?"

세 명의 무사 중 옆구리에 칼을 찬 자가 물었다.

사도광이 싸늘한 목소리로 대답했다.

"그렇다네. 안내해 주겠나?"

그자는 사도광을 위아래로 훑어보고는 뒤돌아섰다.

"따라오시오. 혹시라도 길을 잃을지 모르니 바짝 따라와야 될 거요."

굳이 걱정해 주지 않아도 될 말이었다. 진용 일행은 결코 그들로부터 멀어질 마음이 없었으니까.

강변에서 이십 리를 들어갔는데도 만붕성이 있다는 만붕곡은 나오지 않았다.

중간에 만붕성의 비밀 초소를 세 군데 지나쳤지만, 그들은 진용 일행을 이끄는 세 사람을 보고 별 의심 없이 통과시켰다.

은근히 긴장된 마음에 사도광이 물었다.

"만붕곡이 무척 험하게 생겼다고 하던데, 얼마나 더 가야 그 장관을 구경할 수 있겠나?"

앞서 가던 세 사람 중 도를 찬 자가 멈칫하며 걸음을 멈췄다. 그는 천천히 몸을 돌리더니 이상하다는 표정으로 사도광을 쳐다보았다.

사도광은 뜨끔한 심정으로 냉랭한 표정을 더욱 싸늘하게 굳혔다. 뒤따라가던 사람들도 여차하면 손쓸 준비를 하고 슬며시 내공을 끌어올렸다.

밤공기가 싸늘히 가라앉았다.

도를 찬 자가 눈을 가늘게 뜨고 말했다.

"이상하군. 얼마 전에 직접 오지 않았소?"

"나는 처음으로 와봤네."

"처음으로 와봤다?"

그가 더욱 굳은 표정으로 사도광을 노려보았다. 말없이. 그러자 뒤에 서 있던 두 사람이 슬며시 검을 잡아갔다.

그가 말했다.

"젠장, 기왕에 보낼 거면 와봤던 사람을 보내야 내가 고생을 덜할 것 아닌가? 도대체 상문은 무슨 생각으로 초행인 사람을 보낸 거요?"

사도광이 고개를 흔들며 화가 난 목소리로 말했다.

"솔직히 나도 오고 싶지 않았지. 그런데 장로들이 그러더군. 젊은 놈들만 보내면 무시당할지 모르니 장로들 중에 한 사람을 뽑아서 보내자고 말이야. 재수없게 내가 뽑혔지. 내 이렇게 푸대접받을 줄 알았으면 죽어도 오지 않았을 것이네. 제기랄!"

어찌나 실감나게 말하는지 도를 찬 자가 조금 미안한 표정을 지었다. 그는 그 마음 이해하겠다는 듯 고개를 끄덕이고는 다시 돌아섰다.

"험, 그런 일이 있었군요. 조금만 더 가면 되니 따라오시구려."

검을 잡았던 자들도 검을 놓고 돌아섰다. 행렬이 다시 움직이기 시작했다.

뒤따라가던 진용 일행은 모두가 감탄한 눈으로 사도광의 뒤통수를 바라보았다.

—역시 대단하군. 거짓말을 저렇게 능숙하게 하다니!

한편으로는 앞으로 사도광의 말을 세 번은 의심해야겠다는 생각이 들었다.

도를 찬 자의 말대로 오 리 정도를 더 가자 밝게 빛을 발하는 계곡이 보였다.

그리고 조금 더 들어가자 은은히 퍼지는 불빛 사이로 고루거각의 지붕들이 하나둘 보이기 시작했다.

만붕성이 이제 코앞이었다.

세 사람이 마치 성문처럼 보이는 곳으로 다가가자 몇 사람이 앞을 가로막았다.

"정지! 어디의 누구인가?"

도를 찬 자가 대답했다.

"백수전의 대주 나인겸이라 한다. 상문에서 온 손님들을 모시고 왔다. 알고 있을 텐데?!"

정문의 위사 중 수장으로 보이는 자가 앞으로 나왔다.

"상문? 아! 말은 들었소. 한데 저들이 그 죽은 사람들만 상대한다는 상문의 사람들이오?"

"맞네."

"흠, 알았소. 여기서부터는 우리가 맡을 테니 돌아가서 쉬도록 하시오, 나 대주."

"고맙군. 그럼 수고하게나."

나인겸이 사도굉에게 다가왔다.

"편히 쉬도록 하시오. 어지간하면 다음에 보지 맙시다. 일찍 관에 들어가고 싶지는 않으니까."

사도굉이 속으로 말했다.

'글쎄, 어쩌면 곧 볼지도 모르지.'

끼이익!

성문이 열리고 있었다. 여기저기 밝혀진 횃불에 계곡을 빽빽하게 메운 고루거각이 보였다.

사람들의 가슴이 두근거렸다. 마침내 만붕성의 심장부에 도착한 것이다.

"따라오시지요!"

정문의 위사장이 손가락을 까닥였다.

건방진 놈! 어디서 손가락으로!

생각 같아서는 저 괘씸한 놈의 손가락을 부러뜨리고 싶은 사도광이었다. 하지만 아직은 아니었다. 아직은 조금 더 참아야 할 때다. 내부의 상황을 정확히 알기 전까지는.

사도광이 화를 꾹 참고 안으로 들어가자 관을 든 상문의 제자들과 진용 일행이 우르르 따라 들어갔다.

안은 조용했다. 밤이어서인지 돌아다니는 사람도 없었다. 정문의 위사장이 걸음을 멈춘 곳은 백여 장쯤 들어간 곳에 서 있는 커다란 전각 앞이었다.

만혈전(萬血殿)이라는 현판이 핏빛으로 쓰여 있는 곳.

"이곳이외다. 잠시만 기다리시오."

그는 들어가자마자 바로 나왔다. 상문에서 손님들이 도착했다는 전갈만 전하고 나왔으니 그럴 수밖에 없었다.

"험. 안에 전갈을 전했으니, 그럼 일들 보시오."

그는 마치 자신이 모든 것을 주관하는 사람이라도 되는 것처럼 거들먹거리고는 안에서 누군가 나오는 소리가 들리자 재빨리 돌아서서 정문 쪽으로 걸어가 버렸다.

나온 사람은 사십대의 중년인이었다. 긴 머리가 어깨까지 덮은 그는 언뜻 보기에도 마치 잘 갈린 칼을 보는 듯했다. 그는 사도광을 보고는 의외라는 표정을 지었다.

"처음 보는 분이구려."

사도광이 조금도 흔들리지 않고 맞받아쳤다.

"상문의 제자는 일천이 넘는다네. 모두 알 수는 없는 일이지."

도전당주 위평은 사도광을 응시하더니 입 꼬리를 비틀었다.

"하긴… 들어오시오. 곧 전주님께서 나오실 것이외다."

대전 안은 백여 평에 달할 정도로 넓었다. 진용 일행이 모두 들어갔는데도 좁다는 생각이 들지 않을 정도였다.

한쪽에 관을 내려놓고 기다린 지 일각이 지날 즈음이었다. 안쪽으로 통하는 문이 열리더니, 초로의 노인이 네 명의 중년인을 대동한 채 나타났다.

한데 삼 장쯤 떨어진 곳까지 다가오던 초로의 노인이 걸음을 멈추고는 고개를 모로 꼬았다.

그의 눈은 사도광의 어깨너머, 정광의 귀를 지나 율천기에게서 멈춰 있었다.

그의 입이 서서히 열렸다.

하지만 말은 율천기가 먼저 했다.

"막진학, 만혈전주 혈사마군(血邪魔君) 막수인이 너였을 줄이야……."

"벽월 율천기가 왜 여기에 있는 것이지? 내가 잘못 본 것은 아닌 것 같은데 말이야."

율천기의 입가로 가느다란 미소가 맺혔다. 조금도 열기가 느껴지지 않는 무심한 미소였다.

"지난 이십 년을 찾아도 보이지 않더니, 이곳에 있었나?"

"무의 도를 추구한다고 산속에 처박히더니, 요즘 들어서 심심찮게 소문이 들리더군. 한데 왜 왔지?"

"그 일에 대해선 저 공자에게 물어보게나."

막진학의 눈이 율천기의 눈을 따라가 진용에게서 멎었다.

그의 전신이 가늘게 떨리기 시작했다.

그라 해서 모르는 바가 아니다.

벽월 율천기. 그가 이곳에 나타났다는 말은 한 가지 사실을 의미했다. 강호의 소문이 그렇게 말했다.

진짜 그란 말인가? 그가 이곳에 왔단 말인가?

"그대가 천뢰서생 고진용?"

막진학의 나직한 말에 뒤에 서 있던 네 명의 중년인과 위평의 눈이 더할 수 없이 커졌다.

진용이 앞으로 천천히 나섰다.

"우리가 왜 왔는지는 이제부터 알게 될 거요."

"흥! 아무리 그대의 이름이 천하를 뒤덮는다고 해도 이곳은 만붕성. 그대는 이곳에 온 것을 후회하게 될 것이다."

"글쎄, 그것도 두고 봐야 알겠지. 그건 그렇고, 한 가지 물어볼 게 있소만."

막진학, 막수인의 얼굴이 조금씩 펴졌다.

어쩌면 소문처럼 만부막적(萬夫莫敵)의 고수가 아닐 수도 있었다.

어쩌면 율천기 등으로 인해 그의 이름이 과대포장된 것일 수도 있었다.

어쩌면 그는 겉멋만 잔뜩 든 애송이일 수도 있었다.

어쩌면…… 말이다.

"뭘 말이냐?"

그의 말에 힘이 실렸다. 눈빛도 다시 살아나고 있었다.

그의 일 장 앞에서 걸음을 멈춘 진용이 물었다.

"암흑마련과 만붕성은 무슨 관계요? 구양무경이 암흑마련의 힘을 얻었소?"

순간 막수인의 얼굴이 흙빛으로 물들었다.

"무, 무슨 헛소리냐!"

"구양한이 흑암수를 쓰더군. 그래서 안 것뿐이오. 다만 내가 궁금한 것은 만붕성 자체가 암흑마련인지, 아니면 구양무경이 그저 암흑마련의 힘을 얻었을 뿐인지 그게 궁금해서 말이오."

막수인이 압박감을 참지 못하고 고함을 질렀다.

"헛소리 작작 하거라! 암흑마련은 무슨 암흑마련!"

"확실한 것 같군. 그랬어. 만붕성이 암흑마련이었던 거야."

진용이 홱 고개를 돌려 위평과 네 명의 중년인을 바라보았다.

"그대들도 알고 있었소?"

위평과 네 중년인은 입술을 깨물고 충혈된 눈을 파르르 떨었다.

한마디 한마디에 심장이 떨렸다.

뇌리에선 난데없는 매미 울음소리가 들려왔다.

절대음, 마안. 두 가지 능력이 동시에 펼쳐진 것이다.

일순간 대전 안이 괴이한 기운으로 뒤덮여 버렸다.

끈적끈적하면서도 심장이 얼어붙는 듯한 느낌. 진용의 뒤에서 있던 사람들마저 질린 안색으로 진용의 등을 바라보았다.

역시 사람이 아니야! 모두가 그런 마음이었다.
바로 그때였다!
진용의 신형이 흐릿하니 사라져 간다!
"시작하지요."
허공을 울리는 음성. 전신을 짓누르는 거대한 압력!
대경한 막수인이 다급히 뒤로 물러서며 소리쳤다.
"가까이 오지 마!"
자신도 모르게 목소리가 떨려 나왔다.
뭔가가 심장을 움켜쥐고 놓아주지 않는 것 같은 기분이다!
'말도 안 돼! 내가 왜 이러는 거지?!'
와중에도 막수인은 흐릿해진 진용을 향해 사력을 다한 장력을 내쳤다.
하지만 소용없었다. 진용이 두 손을 휘감듯 휘두르며 건곤미기를 펼치자, 소용돌이에 말려든 장력이 마치 솜에 물이 스며들 듯 허공에서 사라진다.
막수인의 안색이 백짓장처럼 하얘졌다.
한데 그때, 율천기가 움직였다.
"그는 내가 맡지."
"그렇게 하세요."
두 사람이 아는 사람임을 안 순간부터 율천기가 나설지 모른다 생각했다. 한데 역시나 그가 나선다.
'풀어야 할 일이 있다면 푸는 게 좋겠지.'
대신 진용의 신형은 막수인의 뒤에 서 있는 네 명의 중년인을 덮쳐 갔다. 열 손가락에서 피어난 시퍼런 벼락이 그물이 되어 드리워진다.

물러설 수도 없었다. 온몸이 그물에 감긴 것만 같다.

하는 수 없음을 느꼈는지, 네 명의 중년인, 혈사사마령은 각자의 무기를 뽑아 들고 사력을 다해 진용의 공세를 맞이했다.

단 한 번, 굉음이 일었다.

콰르릉!

혈사사마령의 몸이 벼락 맞은 늑대새끼처럼 뒤로 튕겨졌다.

동시에 조용히 서 있던 사람들 중 몇 명이 그들을 향해 몸을 날렸다.

"고 공자는 물러서게. 그들은 우리들로도 충분하네!"

동시에 한쪽에서 답답한 신음이 흘러나왔다.

"크윽!"

대전을 빠져나가려던 위평이 포은상의 곤에 튕겨지고 있었다.

진용은 조용히 서서 돌아가는 상황을 지켜보았다.

시간을 끌 수는 없었다. 그렇다고 자신이 모든 것을 처리할 수도 없었다. 자신 혼자 움직이는 것이 아니니까.

잠시 생각에 잠긴 사이.

쾅! 떠덩!

율천기와 막수인의 접전이 격렬해졌다.

두 사람의 접전을 바라보는 진용의 눈이 깊어졌다.

벽월은 이미 예전의 벽월이 아니었다. 그의 검에서 이는 벽광은 이미 석 자를 넘어서고 있었다. 막수인이 결코 감당할 수 있는 검이 아니라는 말이었다.

'십 초면 되겠군.'

진용은 속으로 율천기와 막수인의 대결 결과를 점치며 슬그머니 대전 전체를 실드로 감싸 버렸다.

아직은 이곳의 소란이 밖에 알려질 때가 아닌 것이다.

2

붉은 눈이 천천히 뜨였다. 혈신의 눈이었다.

"마침내, 그 지겨운 놈의 정신을 완전히 묶어놓았다. 징그런 놈. 인간 중에 이런 놈이 있을 줄은 생각도 못했군."

이제 둘로 나뉘었던 정신은 완전한 하나가 되었다. 조금 걸리는 점이 없는 것은 아니지만, 그것은 시간이 해결해 줄 문제일 뿐.

한편으로는 은근히 화가 났다.

인간 정신 하나를 묶기 위해 몇 달이 걸리다니. 그로 인해 새로운 세상을 세우는 게 몇 달이나 늦어지다니!

"이 세상에 있는 고씨는 싸그리 씨를 말려 버리리라!"

하지만 그는 채 하루가 지나기도 전에 또 다른 고씨에 대해 들어야만 했다.

"그놈이 고씨라고?"

혈신이 갑자기 엄청난 마기를 쏟아내며 화를 내자 야율립은 정신이 없었다.

대체 무슨 일이 있었던 거지? 왜 고씨에게 저렇게 과민반응을 보이는 것이지?

그때 혈신이 물었다.

"하늘 아래 고씨가 얼마나 되느냐?"

야율립이 대답했다.

"잘은 모르지만 몇만 명은 될 것이옵니다, 혈신이시여!"

혈신의 얼굴이 서서히 일그러졌다.

"새로운 세상을 세우기가 쉽지 않겠군."

"……?"

무슨 말이지? 야율립은 골치가 아팠다.

그래서 곧바로 본론으로 들어갔다.

"혈신이시여, 천제성과 정천무맹이 본 교로 다가오고 있습니다. 명을 내려주소서!"

혈신을 붉은 눈을 빛내며 이를 갈고 말했다.

"가까이 오거든, 쓸어버려라! 한 놈 한 놈 죽이다 보면 다 죽겠지!"

역시 조금 이상한 명령이었다. 하지만 그런 것은 중요하지 않았다.

명령이 떨어졌다는 것. 중요한 것은 그것이었다.

"존명! 새로운 세상을 위해!"

3

비명이 계곡을 떨어 울리고, 붉은 선혈이 계곡의 누런 바위들을 붉게 물들였다.

죽어간 사람들의 대부분은 자신이 이끌고 온 사람들.

천인효의 눈이 부릅떠졌다.

구양무경의 강함을 이미 알고 있는 자신이었다.

하지만 설마하니 이 정도로 강할 줄은 생각지도 못했었다.

자신과 절정고수 팔 인의 합격을 아무렇지도 않게 막아낼 수 있을 정도였을 줄이야.

"구양무경! 네놈이 여태 천하를 속이고 있었구나!"

두 손을 늘어뜨린 채 고요히 서서 대지를 굽어보는 구양무경의 입가에 잔혹한 미소가 드리워졌다.

"그걸 몰랐던가? 그것도 모르고 감히 나의 뜻을 거스를 생각을 한 것인가?"

구양무경의 주위로는 그의 두 손에 죽어간 수많은 사람들의 시신이 낫에 베어진 보릿대처럼 널려 있었다.

무려 일백이 넘는 고수들이 구양무경 단 한 사람에 의해 죽어간 것이다.

그뿐이 아니다. 구양무경의 주위에 늘어선 채 말없이 살겁을 자행하는 자들. 저들이 바로 그들이다, 무영천귀!

미처 몰랐다. 기껏 일백 명의 호위만을 이끌고 남경의 천화상단으로 향한다 해서 공격했거늘 그것이 구양무경이 파놓은 함정이었을 줄이야…….

이십 명 정도로 알고 있었던 무영천귀가 설마 삼십이 넘을 줄이야.

그걸 모른 대가는 너무도 컸다.

반 시진 만에 죽어간 사람이 삼백에 이른다. 반면에 놈들은 기껏 일이십 명만이 줄어들었을 뿐이다.

게다가 자신을 비롯해 연합 세력의 최강 고수라는 사람들은 구양무경 한 사람을 막기에도 벅찬 상황이다.

빌어먹을! 작전은 완전 실패다!

이제 마지막 남은 희망은 한 가지뿐이다.

어떻게 되었을까? 그가 정말 소문대로 그런 고수일까? 그가 정말 사람들을 이끌고 팔공산에 갔을까?

천인효는 이를 지그시 깨물고 주위를 훑어보았다.

더는 견딜 수가 없다. 후퇴해야 남은 사람들이라도 살릴 수가 있다. 그래야 다음을 기약할 수 있을 것이 아닌가. 문제는 계곡의 양쪽을 놈들이 틀어막고 있다는 것이다.

'희생이 많아도 살아 갈 사람은 살아 가야 한다. 하는 수 없어! 내가 죽더라도…….'

하지만 그런 선택마저 천인효의 것이 아니었다.

천인효의 마음을 눈치 챘는지 구양무경이 입을 열었다.

"천인효, 도망갈 생각은 하지 않는 것이 좋을 것이다. 본좌는 오늘 무리를 해서라도 네놈들을 모두 쓸어버릴 작정을 하고 왔으니까."

바로 그때였다!

피에 물든 검을 치켜든 소후천이 말했다.
"흥! 구양무경! 우리를 모두 죽이겠다고? 시간이 적지 않게 걸릴 텐데?"
"시간이 얼마가 걸려도 상관없다. 더 이상 등 뒤에 칼을 겨눌 놈들을 남겨놓을 생각이 없는 본좌다."
"과연 그렇게 할 수 있을까?"
소후천이 입술을 비틀며 하얗게 웃었다. 상황에 맞지 않는 웃음이었다.
구양무경은 미친 놈 본다는 눈빛으로 소후천을 바라보았다. 이미 그의 눈은 흰자위가 사라진 채 먹물이 가득한 것처럼 시커멓게 변해 있었다.
동시에 묵기가 넘실거리기 시작하는 두 손.
"누구도 나의 뜻을 막지 못할 것이다!"
금방이라도 눈이 터질 것 같았다. 하지만 고개를 돌릴 수는 없었다. 마지막 기회였다. 소후천이 혼신을 다해 입을 열었다.
"하지만 구양무경! 너도 이것만은 미처 몰랐을 것이다!"
구양무경이 비릿한 조소를 지으며 자신을 바라본다. 묵기가 넘실거리는 손을 뻗으며.
"늦었다, 어리석은 놈!"
이판사판이다. 고민은 나중에 해도 될 일이다.
우선은 이곳의 사람들을 구하는 것이 먼저다.
지금도 동료 무사들이 비명을 지르며 쓰러지고 있지 않은가.
시간이 없어! 늦으면 다 죽어!

소후천은 다른 생각할 겨를도 없이 구양무경을 향해 소리쳤다. 묵기가 일 장 앞까지 밀려오고 있었다.

"과연 그럴까? 아느냐, 구양무경? 네놈이 여기 있는 지금, 만붕성의 총단이 무너져 가고 있다는 것을 말이다!"

구양무경의 입가에 걸쳐진 미소가 조금 더 짙어졌다.

웃기는 소리. 누가 감히 만붕성을 친단 말인가? 신혈교가? 천제성이? 정천무맹이? 흥! 그들이 아니라면 누가?

그때 천인효가 소후천을 향해 다급히 외쳤다.

"후천! 우리가 모두 죽더라도 신의를 배신해선 안 된다! 입을 다물어라!"

"회주님, 죄송합니다! 이 일에 대해선 제가 따로 벌을 받겠습니다!"

소후천은 천인효를 향해 소리치고는, 악에 바친 표정으로 구양무경을 노려보았다. 뒤로 물러선다면 놈의 공격을 한두 번은 피할 수 있을 것이다. 하지만 물러서지 않을 것이다. 그래 봐야 달라질 것은 없으니까. 죽는 시간만 조금 늦춰질 뿐.

한데 그 순간, 묵기가 주춤거리더니 뒤로 물러난다. 천인효의 예상치 못한 말에 구양무경이 흔들리고 있다는 말이다.

소후천이 다시 입을 열었다.

"천뢰서생 고진용이 지금쯤 만붕성을 박살 내고 있을 것이다! 으하하하! 네가 여기서 머뭇거리다 돌아가면 나중에 재로 변한 만붕성을 볼 수 있을 것이다!"

구양무경의 입가에 서려 있던 미소가 천천히 걷혀졌다.

"고진용이라 했느냐?"

"흐흐흐, 그렇다. 그가 만봉성을 친다고 했다. 우리가 네놈을 잡고 있는 사이에. 크크크……. 어떠냐? 재미있는 일이 아니더냐?"

미소가 걷혀진 구양무경의 눈빛이 처음으로 흔들렸다.

잠시 잊었다. 그놈! 그놈이 남아 있었어!

만일 저놈의 말이 사실이라면, 자신과 만봉성의 핵심고수 칠십과 무영천귀가 빠져나온 만봉성으로선 놈을 막기가 어렵다.

더구나 그놈이 이끌고 있다는 놈들 또한 최강의 고수들이 아니던가!

구양무경의 시커먼 눈에서 불길이 일었다.

"그 말이 사실이더냐?!"

그가 손을 휘두르자 묵기가 다시 쏘아지더니 소후천의 몸을 휘감았다. 죽음을 각오한 마당. 소후천은 반항하지 않고 그대로 놔두었다.

"아우!"

천인효가 소리쳤다.

이미 흘러나온 말을 주워 담을 수는 없었다. 하나 그렇다고 해서 자신의 의제가 죽는 것을 그냥 놔둘 수도 없었다.

하지만 소후천이 끌려가는 와중에도 고개를 젓는다. 걱정 말라는 듯이.

"오지… 마십시오……."

"천 회주, 소 군사에게 맡겨두십시다."

황산의 정운백이 안타까운 표정으로 머뭇거리며 입을 열었다. 그라 해서 지금 상황을 보고만 있고 싶겠는가. 그러나 나머지 사람들을 살릴 수만 있다면 어쩔 수 없었다. 젠장할!

일순간, 소후천의 멱살이 구양무경의 손아귀에 잡혔다.

"내가 그깟 말에 속을 줄 알더냐? 우리의 정보망은 놀고 있는 줄 아느냐?"

소후천은 멱살이 잡힌 상황에서도 굴하지 않고 말했다.

"끄으윽, 어제저녁에 연락이 왔다. 그들이 영상에 도착했다더군."

"그래 봐야 회하를 건너기도 전에 발각되었을 것이다."

"그랬다면…… 지금쯤 소식이 전해졌어야 하지 않겠나?"

구양무경의 눈에서 묵광이 폭사되었다.

퍽!

소후천의 한쪽 눈이 터져 나갔다.

그럼에도 소후천은 흔들리지 않고 말했다.

"결정하시지. 우리도 더 이상의 희생은 원치 않으니까."

구양무경의 안면이 푸들거렸다.

감히! 감히!

홱! 구양무경이 손을 뿌렸다.

"좋다! 네놈의 말이 맞든 틀리든 살려주마! 하나 만일 네놈의 말이 사실이 아니라면, 피바람이 더욱 무섭게 불 것이다!"

소후천의 몸이 십 장 밖으로 날아갔다.

"후천 아우!"

천인효가 재빨리 몸을 날려 소후천의 몸을 안아 들었다.

다행히 소후천은 살아 있는 상태였다. 비록 눈 하나가 터져 외눈이 되긴 했지만, 그의 입가에는 웃음이 걸려 있었다.

"회주, 고 공자가 제 눈 하나로 용서해 줄까요?"

이 멍청한 아우야, 뭐가 좋아서 웃고 있는 거냐! 걱정 말아라! 만일 용서해 주지 않는다면 내 팔이라도 잘라서 주마!

그때 구양무경의 목소리가 들려왔다.

"모두 돌아간다!"

4

우르르릉!

만혈전이 무너져 내리는 소리에 벌 떼처럼 만붕성의 무사들이 쏟아져 나왔다.

"뭐야? 무슨 일이야?"

"만혈전이 무너진다!"

"지진인가?"

웅성거리던 그들은 무너지는 만혈전 앞에 선 사람들을 향해 다가갔다.

"무슨 일입니까? 왜 만혈전이 무너진 겁니까?"

정광이 힐끔 뒤를 돌아다보고는 어깨를 으쓱하며 말했다.

"별거 아니네. 우리가 무너뜨렸을 뿐이야."

"예?"

그들이 정광의 말뜻을 깨닫는데는 한참이 걸려야만 했다.

그나마 사도광이 도와줬기에 보다 빨리 깨달을 수가 있었다.

"막수인을 죽이고 기둥을 뽑아버렸더니 무너지더군."

다가왔던 자들이 튕기듯이 뒤로 물러났다.

미처 물러서지 못한 한 놈이 더듬거리며 말했다.

"그, 그럼 당신들은… 적?"

그를 향해 정광의 신발이 날았다.

딱!

"멍청한 놈! 그럼 만혈전주를 죽였다는데, 적이지 같은 편이냐?"

그때였다. 무너진 만혈전의 내부에서 불길이 일자 일대가 환하게 밝아졌다.

그제야 상황을 깨달은 무사들이 일제히 무기를 꺼내 들었다.

불빛에 비친 무기들이 붉은 빛을 발했다.

"적이다!"

"놈들이 만혈전을 무너뜨렸다!"

여기저기서 목소리들이 커지기 시작했다. 하지만 한 놈도 먼저 덤벼드는 놈이 없었다.

진용이 소리쳤다.

"열을 셀 때까지 도망가는 자는 살려준다! 덤비는 자들 중 악착같이 덤비는 자는 죽이고, 대충 덤비는 자는 무공을 폐할 것이다! 선택은 그대들이 해라!"

계곡이 진짜 지진이라도 만난 듯 거세게 뒤흔들렸다.
일행들이 일제히 진용을 돌아다보았다.
그걸 말이라고 하는 거요? 어이가 없다는 듯 그런 눈빛으로.
만붕성의 무사들도 어이가 없는지 세르탄이 열을 다 셀 때까지 움직이지를 않았다.
"…여덟, 아홉!"
세르탄이 아홉을 세었을 때다.
"미친놈들! 뭐 하는 거냐?! 모두 저놈들을 죽여라!"
흑염에 애꾸눈을 한 노인이 붕새처럼 몸을 날리며 진용 일행을 향해 날아왔다.
그제야 만붕성의 무사들도 높이 치켜든 무기를 앞세우고 진용 일행을 향해 달려들었다.
순간, 만붕성의 무사들 틈에서 한 사람이 앞으로 나섰다. 얼굴이 새파래진 그는 무벽도 구언양이었다.
그가 더할 수 없이 놀란 표정으로 다급히 소리쳤다.
"조심해! 저들은 천뢰서생 고진용과 천탁의 무사들이다!"
한여름 밤의 날벼락이 달려들던 무사들의 뇌리를 때렸다.
마법이라도 쓴 것처럼 달려들던 무사들이 일제히 걸음을 멈추고 굳어버렸다.
오직 흑염에 애꾸눈을 한 노인, 만붕오로 중 설진강만이 날아가던 몸을 멈추지 못하고 진용 일행 한가운데로 떨어져 내렸다.
그때다. 그를 향해 독고무종이 번개처럼 몸을 날렸다. 그의 옆구리에서 완만히 휘어진 무류도가 하얀 도신을 드러낸다!

순간이었다!

불빛에 붉게 물든 밤하늘이 길게 갈라졌다.

그 동선에 놓여 있던 설진강이 기겁한 표정을 한 채 한철로 만든 시커먼 호조수를 내쳤다.

쩡!

맑은 단발음이 밤하늘에 울려 퍼졌다.

와락 표정이 일그러진 채 다시 허공으로 튕겨 나간 설진강. 그를 향해 독고무종이 다시 자신의 무류도를 휘둘렀다.

하늘이 열십 자로 갈라졌다!

쩌정!

"크윽!"

허공에 뜬 설진강의 입에서 답답한 신음이 흘러나왔다. 그러자 독고무종의 신형이 둥실 떠오르더니 설진강을 향해 쇄도했다.

그와 동시!

하얀 도기가 하늘에 백색 그물을 펼쳤다.

그것으로 끝이었다.

서걱!

묘한 기음과 함께 설진강의 머리가 그의 어깨에서 떨어지며 피분수가 뿜어졌다.

그때 세르탄이 마지막 열을 세었다.

"열!"

누가 먼저라 할 것도 없었다.

선기를 독고무종에게 빼앗긴 일행들이 일제히 앞으로 뛰쳐 나갔다.

마치 거대한 해일이 밀려가는 듯했다.

그들의 뒤에서 진용이 뇌전이 가득 실린 열 손가락을 떨쳤다.

옆에서 세르탄도 똑같이 손을 떨쳤다.

불빛에 붉게 빛나던 하늘이 일순간에 시퍼런 벼락으로 가득 찼다.

콰과과과광!!

굉음! 비명! 아우성!

혼란스런 상황이 그들의 의지마저 앗아가 버렸다.

일반 무사들은 공포에 질린 채 정신없이 뒤로 물러섰다. 개중에는 슬그머니 도망치는 자들도 보일 정도였다.

그나마 절정고수라 할 수 있는 자들만이 겨우 벼락을 받아치고 물러서서 이를 악문 채 진용 일행을 노려볼 뿐이다.

그들을 향해 천탁의 무사들이 들이닥쳤다.

"그래야 무사지! 이놈들! 네놈들이 암흑마련의 졸개들이냐!"

"무슨 개소리냐! 암흑마련은 무슨 암흑마련!"

몇 사람은 말도 안 된다는 소리를 하며 덤벼든다. 그러나 더 많은 절정의 고수들이 굳은 얼굴로 아무런 말도 하지 않는다.

다른 말이 필요 없었다. 그들은 암흑마련을 알고 있다는 말이었다.

"암흑마련의 마귀들은 모두 죽여요!"

만봉성의 고수들 중 몇 사람이 뒤로 물러선다. 암흑마련이라는 말에 충격을 받은 표정이다.

진용은 자신의 생각이 먹혀든 것에 내심 만족하며 더 크게 소리를 질렀다.

"강호의 공적인 암흑마련 사람이라는 소리를 듣고 싶지 않은 사람들은 뒤로 물러서시오!"

고수들 중 열 명 정도가 뒤로 물러섰다. 의문에 찬 표정들이다. 아마도 나중에서야 만붕성에 가담한 자들인 듯하다.

순식간에 전력 중 이 할 이상이 빠져나간 상황. 그래도 만붕성은 만붕성이었다.

구양무경이 없고, 절정의 고수 수십 명이 빠져나갔는데도 만붕성에 남은 절정의 고수들이 수십 명에 달했다. 게다가 일류무사들이 수백 명이나 되었다.

하지만 그들만으로는 이미 살생을 하기로 작정한 진용 일행을 막기에 역부족일 수밖에 없었다.

하위 무사들이 두려움을 떨치고 죽을 각오로 덤볐다면 모르지만, 그들은 이미 싸울 의지를 상실한 상태였다.

남은 자는 삼백여 명 정도. 그들이야말로 만붕성의 핵심 중 일부였다.

진용이 혈전을 벌이고 있는 그들 사이로 몸을 날리며 말했다.

"그대들을 시작으로 만붕성은 무너질 것이다!"

진용이 그들 사이로 뛰어들자 마지막까지 남아 있던 세르탄과 비류명과 서문조양이 뛰어들었다.

그리고 채 일각이 지나기도 전이었다.

만봉성의 중추 기둥이 흔들리기 시작했다.

물론 이들을 다 죽인다 해도 무너질 만봉성이 아니다. 구양무경이 건재하고, 그가 데리고 간 고수들이야말로 만봉성의 진짜 핵심일 테니까.

그러나 다시 본래의 힘을 갖추는데 상당한 시간이 걸릴 것은 분명했다.

일단 그 정도면 됐다.

5

노인은 고개를 들어 남쪽 하늘을 바라보았다.

붉은 기운이 점점 더 강해지고 있었다.

'얼마 남지 않았군.'

오던 중에 노기를 참지 못하고 젊은 놈을 하나 때려죽인 일이 마음에 걸렸다. 사실 음행을 저지르던 놈이었으니 죽여도 좋을 놈이었다. 문제는 놈을 죽였다는 것이 아니었다.

어설픈 놈이라 생각하고 아무런 생각도 없이 때려 죽였는데, 놈이 죽기 직전에 마지막 발악으로 자신의 발등을 손바닥으로 내려친 것이다. 괴상한 마기가 잔뜩 실린 손바닥으로.

전이었다면 절대 당하지 않았을 텐데…….

'너무 오래 쉬었어.'

第六章

시간은 멈춰 있지 않다

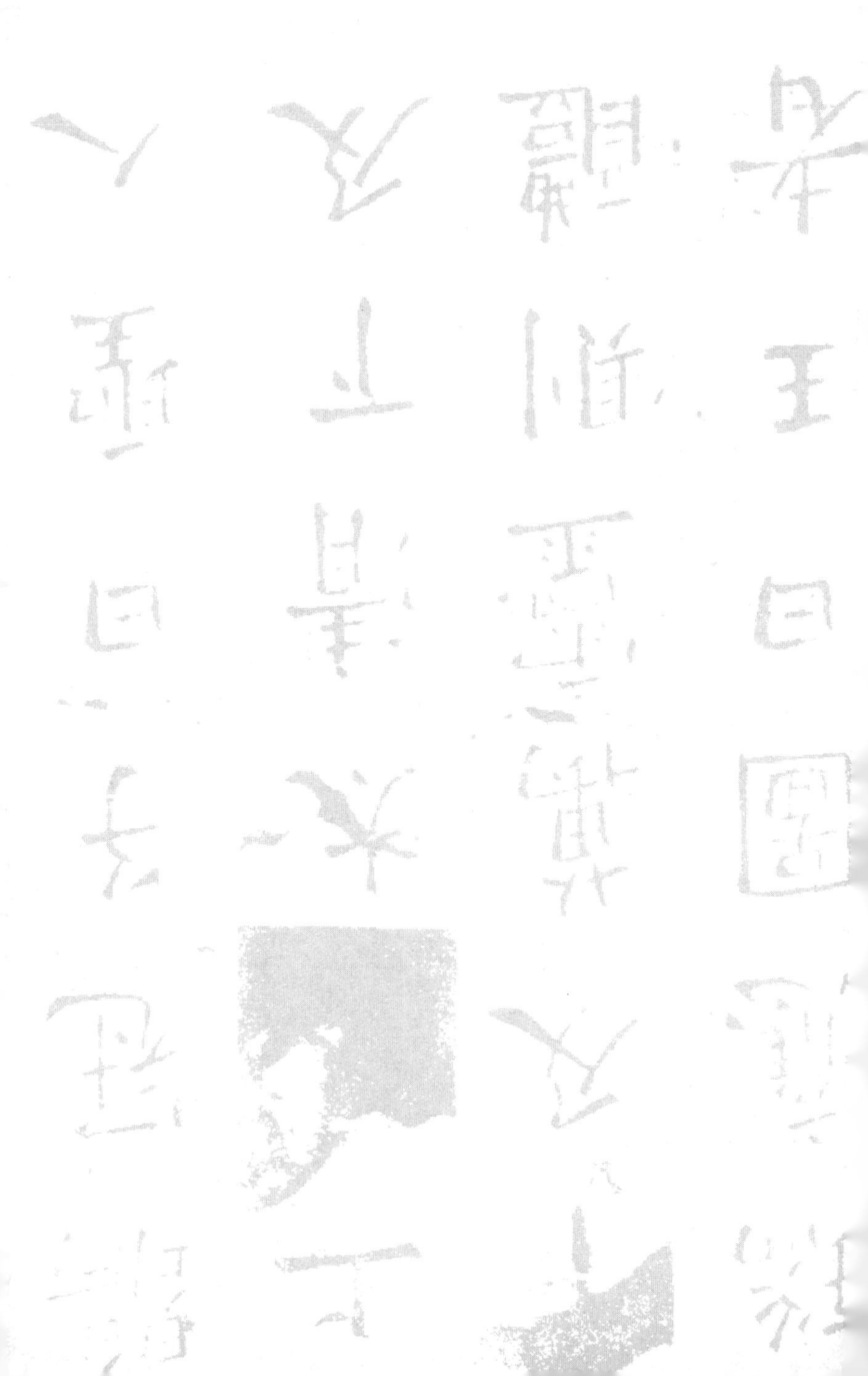

1

"너무 오래 강호의 일에 관여를 안 했더니 세상이 우리 천제성을 우습게보는구나."

허공에 걸쳐져 있던 백리자천의 눈이 천천히 아래로 내려오더니 백리성의 어깨에 머물렀다.

"무양까지 오는 동안에 사람들의 눈빛이 어떠했는지 느꼈느냐?"

"예, 아버님."

"그래? 그럼 알겠구나. 그게 누구 때문인지. 앞으로 네가 어떻게 해야 하는지."

"소자, 목숨을 걸고 놈들을 칠 것입니다."

"당연히 그래야지. 이번에는 확실하게 처리해야 한다. 아니면 본 성의 명예는 땅에 떨어져 다시는 주워 담을 수도 없을 것이다. 네놈이 앞장서고, 죽어도 네놈이 먼저 죽어라!"

백리자천의 말에 백리성은 숙인 고개를 들지 못했다.

화가 났다.

'그것이 어찌 저만의 잘못이란 말입니까? 적유를 받아들인 것은 아버님이 아니십니까?'

하지만 말을 할 수가 없었다. 마지막 기회라 했다. 언제든 지금의 위치에서 끌어내릴 수 있다는 말이다.

한편으로는 웃음이 나왔다.

껍데기뿐인 성주가 되었다고 그리 좋아했던가?

남들 몰래 몇 년을 속으로 웃은 자신이 어이없기만 했다.

"알겠습니다, 아버님. 제가 제일 먼저 죽겠습니다."

말투에 섞인 반항심을 읽었는지 백리자천의 눈매가 굳어졌다.

"멍청한 놈. 제놈의 잘못도 모르고……. 한심한 놈. 나이 오십이 넘은 놈이……. 쯧쯧쯧……."

저런 말이 싫었다.

겉으로는 모든 것을 맡긴 것처럼 하고서 둘만 있을 때면 한심한 놈 취급하는 아버지의 이중성이 싫었다.

그래서 패왕의 길을 가려 했다. 비록 지금은 죽도 밥도 되지 않고 다시 아버지에게 한심하다는 소리나 들어야 하는 진짜 한심한 놈이 되어버렸지만.

그때 백리군학이 나섰다.

"소손이 보좌할 것이옵니다. 할아버님, 너무 걱정 마십시오."

"음, 그래. 차라리 네가 네 아비보다 낫겠다. 조심하거라. 너는 다음 대의 성주가 될 사람이란 것을 항상 명심하고."

"알겠사옵니다."

"그래, 천추무령공은 얼마나 성취했느냐?"

"얼마 전에 십성의 경지에 도달했습니다. 곧 완성을 볼 수 있을 것이옵니다, 할아버님."

"그래? 허허허허! 정말 대단하구나! 정말 대단해!"

백리성의 입술이 보이지 않게 깨물어졌다.

'화령옥을 나를 위해 썼다면, 내가 이렇게 쉽게 혈신에게 패해 물러나지도 않았을 것을…….'

그랬을지도 몰랐다. 백리자천이 화령옥의 존재를 알고 백리군학에게 넘겨주라 하지 않았다면, 어쩌면 그랬을지도 몰랐다.

그렇다고 아들을 시기해서는 아니다. 자신의 씨가 맞는지 의심이 들긴 하지만 그래도 자신의 아들이니까.

다만 백리자천이 그렇게 하지만 않았다면 자신이 지금 이런 지경에 이르지 않았을 것이 아니라는 것에 화가 날 뿐이었다.

'좋습니다, 아버님. 한 번 혈신을 마주해 보시지요. 그가 얼마나 무서운 자인지, 이 아들이 왜 그렇게 허겁지겁 도망쳐야 했는지 알 테니 말입니다.'

부자간에 금이 가고 있었다. 작은 금이.

한데 그것을 아는지 모르는지, 백리자천은 흐뭇한 표정으로 백리군학을 바라보며 입을 열었다.

"봉황곡의 화인화라는 계집아이가 있다. 그 아이라면 네 배필로 잘 어울릴 것이다. 어떠냐? 한 번 만나보겠느냐?"

백리성이 고개를 번쩍 들었다.

"아버님, 그 여인은 천뢰서생 고진용이라는 자의 여인이라는 소문이 있습니다."

순간, 백리자천의 눈에서 싸늘한 빛이 뿜어졌다.

"흥! 아직 정혼을 올리지 않았다면 아무런 상관이 없다. 나는 무슨 수를 써서라도 그 아이를 손자며느리로 맞을 것이다. 그리 알고 너는 신경을 쓰지 마라!"

백리성의 입술이 악 다물렸다.

'이, 이런! 대체 어쩌려고!'

하지만 자신은 껍데기뿐인 성주다.

말뿐인 아들, 별 볼일 없는 아버지.

'후회하지 않기를 바랍니다, 아버님!'

2

비록 목적대로 만봉성을 박살 내긴 했지만, 진용 일행도 그리 좋은 상황은 아니었다.

죽은 자는 없었으나 부상자가 상당수였던 것이다.

자존심 때문에 쉬쉬하다가 팔공산을 벗어나자 너도나도 쉬자는 말이 나오면서 드러난 것이다.

정광은 팔이 하나 부러졌는지 퉁퉁 부어 있었고, 사도괭은 옆구리가 길게 찢어져 있었다. 비류명이 금창약을 발라주자 죽는다고 소리를 질렀다.

제일 심한 사람은 서문조양이었다. 갈비뼈가 몇 대 부러졌는데도 아무런 내색을 하지 않다가, 세르탄과 툭 부딪치자 자신도 모르게 허리를 접고 꼬꾸라졌다.

그 외에도 작고 큰 상처들을 여기저기 간직한 사람들이 대부분이었다.

진용과 세르탄, 율천기와 포은상만이 그나마 큰 상처 없이 멀쩡할 뿐이었다.

하는 수 없었다. 진용이 말했다.

"마침 서신을 보낼 것도 있고 하니 회남에서 쉬었다 가도록 하지요."

회남에 이르러 몇 사람을 의원에 처박아놓고 진용과 세르탄만 풍림당의 지부를 찾아갔다.

찾는 것은 결코 어렵지 않았다. 현령을 찾아가 풍림당에 속한 자에 대한 정보만 얻으면 될 일이었으니까.

회남의 현령은 진용이 내민 천호패를 보더니 고개가 땅에 닿게 허리를 숙이고 발발 떨었다. 그러더니 진용의 말을 듣고는 아랫사람들을 닦달했다.

일각이 지나기도 전이었다. 현령은 재주도 좋게 풍림당에 속한 학자의 이름을 다섯 명이나 알아냈다.

이후의 일은 간단했다. 진용은 아전 한 사람을 앞세우고 그들을 찾아가기만 하면 되었다.

작은 서당을 하는 조 학사는 그래서 아침이 밝아오자마자 손님을 받아야 했다.

"정주 풍림장의 운 당주님께 서신을 보내야겠습니다. 그리고 몇 개의 서신을 더 보내야 할 것 같습니다."

조 학사는 손님을 내치려다 진용의 첫마디에 다시 문을 열지 않을 수 없었다.

문을 빼꼼히 연 조 학사가 물었다.

"뉘신데 정주에 서신을……?"

"혹시 아실지 모르겠습니다만, 저는 고진용이라 합니다."

그 말에 조 학사는 벌떡 일어서서 진용을 맞이했다.

진용은 방 안으로 들어가서는 별다른 말도 하지 않고 문방사우를 먼저 찾았다.

조 학사가 쓱 서탁을 밀어주는 것으로 준비가 끝났다. 먹도 쓸 만큼은 갈아져 있었다.

진용은 머뭇거리지 않고 네 장의 서신을 썼다.

한 장은 풍림장에, 한 장은 방성에, 한 장은 남궁세가에. 그리고 나머지 한 장은 천인효에게 썼다.

그사이 조 학사는 서동을 시켜 몇 사람을 불러 모으라 지시했다.

그리고 이각 후 네 장의 서신을 매단 전서구들이 네 곳을 향해 날아올랐다.

조 학사가 진용을 찾아온 것은 그 일이 모두 끝나고 나서였다.

“서신은 이틀 안에 목적지에 전해질 것입니다.”

“수고하셨습니다.”

“저, 한데 조금 전에 한 가지 소식이 들어왔습니다, 고 공자.”

“소식이요? 무슨 소식입니까?”

“고 공자가 내려오고 나서 한 시진이 지나지 않아 만붕성주가 팔공산으로 들어가는 것이 목격되었다고 합니다.”

진용의 표정이 굳어졌다.

생각보다 빨리 돌아왔다. 빨라도 너무나 빨랐다. 급전을 띄웠다 해도 하루는 걸릴 거라 생각했거늘.

‘혹시……?’

짐작할 수 있는 이유는 두 가지다. 그만큼 빨리 동천무련이 패했거나, 아니면 누군가가 자신들의 공격을 구양무경에게 알렸다는 말이다.

하지만 지금으로서는 어느 것이든 상관없었다. 소기의 목적은 충분히 달성되었으니까.

진용은 문득, 구양무경이 폐허가 되다시피 한 만붕성을 보고 어떤 반응을 보일지 궁금해졌다.

‘구양무경, 이루어놓은 것이 한순간에 부서진 지금 기분이 어떠냐!’

금방이라도 분노에 찬 괴성이 들려오는 것만 같았다.

'그 정도로 구양 할아버지의 한을 알려면 아직 멀었다, 구양무경!'

이틀이 흘렀다.

만붕성이 지척인데도 태평한 진용 일행이었다.

올 테면 와라!

그럴 정신도 없을 테지만, 노화가 만장 끝에 치밀었다 해도 함부로 움직이지 않을 사람이 구양무경이었다.

아마 이리 재고 저리 재다 결국은 노화를 꿀꺽 삼키고 고개를 돌릴 게 분명했다. 간악한 자일수록 확률이 낮은 도박에 절대 손을 뻗지 않는 법이니까.

사람들은 진용의 간덩이가 몸뚱이보다 클 거라는 웃기지도 않는 농담을 하면서도 초조한 마음으로 몸이 낫기만을 기다렸다.

그렇게 이틀이 지나자 그럭저럭 상처들이 아물었다.

만붕성의 추적조는 보이지 않았다. 몇 명의 감시자가 있기는 했지만, 그들은 멀찌감치 떨어진 곳에서 가까이 다가오지 못하고 있었다.

이틀째 저녁, 밤이 깊어질 무렵에서야 진용 일행은 회남을 떠났다. 감시자들도 움직이기 시작했다.

진용은 실피나를 시켜 뒤따라오는 감시자들을 회하 강물에 처박아 버렸다.

한바탕 몸을 풀고 온 실피나는 세르탄의 어깨에 앉아서 신나게 자신의 무용담을 자랑했다.

—오호호호! 이 누나가 말이지…….

일각, 이각…… 멈출 줄을 몰랐다. 부글부글 끓어오른 세르탄은 반 시진이 지나자 더 이상 참지 못하고 버럭 소리를 질렀다.

"시끄러! 떠버리 정령아! 누가 누나라는 거야! 감히 마계의 대전사를 어떻게 보고!"

그러고는 밤이 샐 때까지 입을 다물어 버렸다.

덜 떨어진 줄만 알았더니 나보다 더 떠버리잖아!

3

산서를 내려와 여산에 이르는 관도.

한 대의 마차가 한여름 바위도 녹일 듯한 태양 빛 아래서 빠르지도 느리지도 않은 속도로 달려가고 있었다.

작은 마차는 그리 화려하지 않았다. 그럼에도 많은 사람의 시선을 집중시켰다. 마차를 호위한 사람들로 인해서였다.

도검을 등에 맨 호위무사 모두가 여자들이었으니까.

여산이 저만치 보이는 갈림길에 들어설 즈음이었다. 마차의 창문에 걸쳐진 휘장이 젖혀지더니 한 여인이 얼굴을 반쯤 내밀었다.

"얼마나 가야 낙양인가요?"

마차 옆을 따라가던 여인이 나직하면서도 뚜렷한 목소리로 말했다. 지극한 공손함이 느껴지는 음성이었다.

"사흘이면 도착할 수 있을 것이옵니다, 소궁주님."

마차 안의 여인이 아련한 눈빛으로 여산을 바라보았다.

그녀의 입에서 탁한 목소리가 새어나왔다.

"저 산이 여산인가 보군요."

"예, 저 산이 바로 양귀비의 화청궁이 있었다는 여산입니다."

양귀비는 행복했을까?

문득 그런 생각이 들었다.

그럼 자신은?

고 공자가 나를 싫어하지 않을까?

변해 버린 얼굴, 탁해진 목소리. 싫어하면 어쩌지?

여인은 그녀였다. 초연향.

그녀가 두 달 만에 다시 중원으로 들어서고 있는 것이다.

팔월이 시작되는 초하룻날이었다.

4

희끗희끗한 백발이 단 몇 달 사이에 반을 차지해 버렸다.

천인효는 동경에 비친 자신의 모습에 웃음이 나왔다.

"이제 나도 늙었나?"

절로 자조 섞인 말투가 흘러나왔다.

몇 달 전만 해도 그런 말을 하는 사람을 볼 때마다 혀를 차던 그였다. 한데 이제 자신의 입에서 자연스럽게 흘러나온다. 오늘 하루만 해도 벌써 몇 번째인지 모른다.

어찌 우스운 일이 아니랴.

그래도 그렇게 보기 싫지는 않다. 솔직히 나이 쉰여섯이면 적은 나이가 아니다. 사십 년 가까이를 강호에서 보낸 자신이 아니던가.

뭐 사실 이 정도의 흰머리는 그럭저럭 용납할 만도 했다.

진짜 용납 못할 일은 자신의 마음이었다.

왠지 두려워진다. 실패가. 남들의 질책이.

언제부터 이런 마음이 들었더라?

아마도 만붕성에서 구양무경에게 패배한 후 도주하면서부터 그랬던 것 같다. 단 한 번의 패배였거늘.

"허허허, 확실히 늙었어."

더구나 며칠간 빌린 장원에 웅크리고 있어야 하는 자신이 한없이 초라해 보이는 그였다.

'후우, 조금만 참자. 언제고 돌아갈 날이 있겠지.'

그때 비양객 홍연수의 목소리가 들려왔다.

"주군, 천뢰서생 일행이 곧 도착한다 합니다."

천인효의 얼굴이 급변했다.

마침내 그가 왔다.

단 몇 달 만에 천하를 뒤흔든 사나이. 그 이름 석 자만으로 삼존맹주 천수무적 구양무경의 발길을 돌리게 만든 사나이,

그가!

일어서는 사이, 천인효의 얼굴에서 자조 섞인 표정은 온데간데없이 사라졌다.

"알았다. 곧 나갈 것이다."

천인효는 다시 동경을 바라보았다.

거기에 자신이 있었다.

힘없는 백발노인이 아닌, 일양마검 천인효가!

'좋아! 아직은 쓸 만하군!'

덜컹! 방문을 열고 나서자 소후천과 흑백쌍로와 정운백이 보였다.

"가십시다."

작은 장원을 나서는 천인효의 발걸음에 힘이 붙었다.

'처음부터 젊은이에게 밀리고 들어갈 수는 없지!'

진용은 맞은편에서 걸어오는 사람들을 보고 걸음을 멈췄다.

청의노인이 선두에 서서 걸어오고, 정운백과 흑백쌍로, 그리고 소후천이 그 뒤에 있다. 한데 이상하다. 소후천의 한 쪽 눈이 하얀 천으로 가려져 있다.

삼 장의 거리, 청의노인이 걸음을 멈춘다.

"고진용이라 합니다."

진용이 먼저 두 손을 맞잡고 포권을 취했다.

"동천무련을 맡고 있는 천인효라 하오."

천인효가 반존대를 하며 마주 인사를 한다.

"이렇게 오시라 한 점, 이해하시기 바랍니다."

진용의 말에 천인효가 고개를 저었다.

"별말씀을. 고 공자 덕분에 무사할 수 있었으니 천 리라 한들 못 갈 것이 무어겠소."

"소 대협께서는 부상이 심하신 것 같은데… 굳이 나오실 것까지는 없었는데 그랬습니다."

"아니오. 다른 사람은 몰라도 그는 꼭 나와야만 하는 사람이오."

진용은 무심한 눈으로 천인효와 소후천을 바라보았다. 미미하게 흔들리는 눈빛.

진용이 조용히 웃으며 물었다.

"혹시, 구양무경이 예상보다 빠르게 돌아온 것과 관련이 있습니까?"

소후천이 입을 열었다.

"그렇습니다. 제가 그에게 정보를 흘렸습니다. 고 공자가 만붕성을 치고 있다고 말입니다."

진용 일행 중 몇 사람이 소후천을 바라보며 눈살을 찌푸렸다. 하마터면 큰일 날 뻔하지 않았는가 말이다.

그런데도 진용의 반응은 엉뚱하기만 하다.

"좀 더 일찍 알리지 그랬습니까?"

"예?"

소후천은 어리둥절해졌다.

진심일까? 아니면 비꼬려는 걸까?

진용이 말을 이었다.

"그랬으면 구양무경을 좀 더 곤란하게 만들었을 텐데 말입니다. 잘하면 때려잡을 수 있었을지도 모르고 말입니다."

무심한 눈빛. 결코 거짓이 아닌 듯하다. 정말 구양무경이 왔으면 때려 죽였을 거라는 말투다. 도대체가 자신의 판단으로는 가늠할 수 없는 자다.

"그, 그게……."

천하의 소후천이 당황한 표정으로 천인효를 바라봤다. 눈이 마주치자 천인효가 전음으로 물었다.

"진심이라 생각하느냐?"

"그게…… 에…… 후우, 그런 것 같습니다."

천인효는 속으로 어이없어 하면서도 최대한 인내심을 발휘해 표정을 유지했다.

"어쨌든 우리의 잘못이 크외다. 해서 원한다면 내 팔이라도 하나 내주리다."

난데없는 말에 소후천이 외눈을 크게 뜨고 황급히 나섰다.

잘못을 했으니 그에 합당한 대가를 내놓기는 해야 한다. 하지만 그것이 결코 천인효의 팔은 아니다.

"형님! 그게 무슨 말씀입니까? 자르려면 제 팔을 잘라야지, 왜 형님 팔을 자른단 말입니까?"

"형제이기 전에, 나는 단체의 수장이다. 수하가 잘못했으면 당연히 수장도 그만한 책임을 져야 하는 법이다. 잔말 말아라!"

"안 됩니다!"

쩡!

갑자기 버럭 소리를 지른 소후천이 검을 잡아 뺐다. 그러더니 망설임 하나 없이 자신의 어깨를 내려쳤다.

사람들은 놀라 말릴 겨를도 없었다.

옆에 있던 천인효조차 손쓸 시간이 없었다.

푸른 검광이 어깨를 갈라갔다.

피가 분수처럼 뿜어지는 모습이 눈에 선하다. 바로 그 순간이었다.

땅!

청음(淸音)이 울리고, 검병 위로 반 자 길이만 남긴 채 부러진 검날이 허공으로 솟구쳤다.

사람들의 입이 쩍 벌어졌다. 거짓말 같은 광경이었다.

피분수가 아니라 검이 솟구치다니! 금강불괴는 아닐 텐데!

"성질들도 참……."

진용이 고개를 절레절레 흔들며 소후천과 천인효를 번갈아 보았다.

사람들은 홱, 고개를 돌려 진용을 돌아다보았다.

진용이 천공지를 펼쳐 공간을 가르고 손가락을 접고 있었다.

"저는 기왕이면 힘 쓸 수 있는 팔이 필요하지, 잘라진 팔은 필요가 없습니다."

천인효의 표정이 딱딱하게 굳었다.

다섯 자밖에 떨어져 있지 않던 자신이었다. 그런데도 아우의 행동을 말리지 못했다.

한데, 삼 장 거리에 있던 진용이 번개처럼 내려치는 검날을 찰나에 꺾어버렸다.

보고도 눈이 의심되는 광경이 아닌가!

입이 굳어버린 천인효를 향해 진용이 다시 말했다.

"가시지요. 어디 시원한 물이라도 마시면서 이야기를 나눠봅시다."

"그, 그럽시다……."

천인효의 입이 겨우 열렸다.

조금 전에 한 진용의 말이 그제야 실감이 난다.

잘하면 때려잡았을지도 모른다 했던가?

'구양무경, 왜 자꾸 웃음이 나오려는지 모르겠구나. 조금만 기다려라!'

임시 거처로 돌아오자 진용과 율천기와 포은상이 천인효와 소후상, 흑백쌍로, 정운백과 함께 마주 앉았다.

탁자에는 시원한 물 대신 뜨거운 차가 올라왔다.

천인효는 찻잔을 입가로 가져가다 말고 진용의 말에 눈을 크게 떴다.

"그러니까, 남궁세가와 손을 잡으라 이 말이오?"

"어차피 남궁세가도 구양무경의 삼존맹 통합을 바라지 않습니다. 그동안 소원한 관계였지만, 그것은 일양회가 삼존맹에 속했을 때의 일이 아니겠습니까?"

천인효가 소후천의 의향을 물었다.

"네 생각은 어떠냐?"

소후천이 잠시 숨을 고르고는 조용히 말을 시작했다.

"지금 저희 동천무련 사람들 중에는 황산검문과 강남의 명숙들이 섞여 있습니다. 그들이 함께하는 이유는 둘, 삼존맹이 강남에도 위협이 되기 때문이라는 것과 저희가 과거의 일양회가 아니라는 것 때문이지요. 문제는 남궁세가의 태돕니다."

"음… 쌍로는 어찌 생각하시오?"

"우리는 무조건 련주의 의견에 따를 것이오."

"정 형은?"

"이미 한 배를 탄 몸, 크게 거슬리는 일만 아니라면 함께할 것입니다."

결국 천인효더러 결정하라는 말이다. 그때 진용이 말했다.

"그건 걱정하실 것 없습니다."

너무나도 자신만만한 말에 천인효와 소후천이 진용을 바라보았다.

"그들 역시 발등에 불이 떨어져 있는 상탭니다. 먹히기 싫다면 손을 잡을 수밖에 없습니다. 더구나 황산검문의 합류는 그들에게도 좋은 명분이 되는 셈, 굳이 망설일 이유가 없지요."

"하지만 그들은 신혈교와의 싸움에 당분간 정신이 없을 게 아니겠습니까?"

소후천이 묻자 진용은 조용히 고개를 저었다.

"정신이 없기는 만봉성도 마찬가지입니다."

천인효를 비롯해 동천무련 쪽 사람들이 모두 의아한 표정을 지었다.

구양무경이 조금 손해를 입었다고 해서 과연 웅크리고만 있을까? 그런 정도의 구양무경이었다면 우리가 왜 이런 고생을 하고 있단 말인가.

그때 조용히 앉아 있던 율천기가 옆자리의 포은상을 향해 물었다.

"무너뜨린 게 열두 채지 아마?"

포은상이 고개를 갸웃거리며 말했다.

"글쎄, 좌우간 불난 것까지 다 합하면 열 채는 넘을 것이네."

"집이 반쯤 무너지고, 수하들도 대부분 죽거나 팔다리가 부러졌는데 과연 그가 다른 곳을 치겠다고 팔공산을 떠날 수 있을까?"

"그래도 만붕성이니 한 일 년쯤이면 어느 정도 정리가 되지 않을까 싶군."

율천기가 자기 생각도 그렇다는 듯 고개를 끄덕였다.

"하긴, 구양무경이 너 죽고 나 죽자고 무작정 뛰쳐나올 정도로 무모한 사람도 아니고……."

두 사람의 말을 듣고 있던 동천무련의 사람들이 멍한 표정으로 진용을 쳐다보았다.

만붕성을 공격했다는 것은 이미 알고 있는 사실이었다. 상당한 피해를 줬을 거라는 것도 어느 정도는 짐작하고 있던 바였다. 하지만 설마하니 만봉성을 완전히 박살 내놓았을 줄은 꿈에도 생각지 못하고 있었다.

만봉성에 간 사람들이 이곳에 온 열몇 명 말고 또 있었나? 그런 말은 들은 적이 없는데?

진용은 사람들의 의문에 찬 눈빛을 받으며 넌지시 말했다.

"이 기회에 염천마곡과 일양회의 일을 먼저 정리해 버리십시오."

"저희도 기회만 되면 그럴 생각입니다. 한데 문제는 역시 구양무경입니다. 뭐, 두 분 말씀대로 그 정도 피해를 입었다면 조금 안심이긴 합니다만."

율천기와 포은상이 동시에 소후천을 바라보았다. 우리말을 못 믿는단 말인가! 그런 눈빛으로.

진용이 걱정 말라는 듯 슬며시 미소를 지었다.

"구양무경으로서는 머리 꼭대기까지 화가 나도, 막상 사람을 보내지는 못할 것입니다. 어쩌면… 그동안 도와주었던 힘마저 철수시킬지 모르는 판국이니까 말이지요."

동천무련 다섯 수뇌의 고개가 끄덕여졌다. 충분히 일리있는 말이었다.

그러자 진용이 고개를 조금 앞으로 내밀었다. 다섯 사람도 자동적으로 진용을 향해 고개를 내밀었다.

두 자의 거리에서 다섯 명의 눈을 번갈아 보며 진용이 말했다. 더욱 은밀해진 목소리로.

"만일 철수를 망설이고 있는 것처럼 보이면, 우선적으로 그들 중 몇을 골라서 사정없이 때려잡으세요. 나머지를 빨리 데려가라고 말입니다."

사람들이 흠칫 눈을 떨었다.

절정고수들을 개 취급하다니. 공연히 등골이 오싹해진다. 만일 적이었다면……?

와중에도 소후천의 눈빛은 빠르게 변화를 거듭했다.

그는 결코 멍청한 사람이 아니었다. 아니, 멍청하기는커녕 군사 직을 맡을 만큼 머리가 뛰어난 사람이다.

진용이 한마디 하면 금방 상황을 깨닫고 그다음 계획까지 세울 수 있는 사람 말이다.

그의 머릿속이 정신없이 돌아가기 시작했다.

그러더니 차 한 잔 마실 시간이 지나기도 전에 한 가지 계획이 세워졌다.

"저…… 한 가지만 더 부탁해도 되겠습니까?"

참 낯도 두껍다.

율천기와 포은상이 눈을 내리깔고 소후천을 바라보았다.

소후천은 조금도 흔들리지 않고, 마치 군사 직을 맡으면 이 정도 낯 두께는 되어야 하는 거요, 하는 표정으로 입을 열었다.

"남경성주를 통해 천화상단에 가셨다는 이야기를 들었습니다. 가능하다면 천화상단과 만붕성과의 관계를 잠시만이라도 단절시켰으면 합니다만."

자금 유입을 차단하겠다는 말이다.

당연한 일인데도 진용이 놓친 부분이었다. 전에도 천혈교와

천화상단의 사이를 갈라놓기 위해 탁인효에게 엄포를 놓았었다. 그리고 어느 정도는 가시적인 효과를 얻은 것도 사실이었다.

은밀히 들어간 부분은 어쩔 수 없지만, 적어도 공식적인 유입은 확인된 것이 없지 않던가.

"그런 문제라면 마침 적당한 이유가 있습니다. 제가 즉시 손을 써보도록 하지요. 적어도 공식적인 자금 유입은 막을 수 있을 것입니다."

그럼 만붕성의 재건에 시간이 더 걸릴 것이다.

만족한 듯 소후천이 깊숙이 허리를 숙였다.

"감사합니다, 고 공자."

진용이 일어서며 말했다.

"좋습니다! 그럼 그쪽은 그쪽대로 각자 맡은 일을 하기로 하고, 천 련주께선 저와 함께 남궁세가로 가십시다!"

"남궁세가로?"

그야말로 번갯불에 콩 구워 먹는 식이었다. 이야기를 마치자마자 다음 일을 하자고 하다니.

동천무련의 수뇌들이 머뭇거리며 서로의 눈치를 살폈다. 너무 급하게 돌아가는 것이 아닌가, 하는 표정들이다.

순간 진용의 얼굴이 굳어졌다.

"시간은 멈춰 있지 않습니다. 하루가 늦으면 그만큼 수하들의 피로 그 시간을 채워야 할 것입니다. 어떡하시겠습니까?"

천인효가 벌떡 일어섰다.

"갑시다! 내 나이가 먹다 보니 그만 실수를 한 것 같소. 입이 백 개라도 할 말이 없소이다, 고 대협."

천인효의 정중한 말투 끝에 '고 대협'이라는 말이 나오자 진용의 얼굴이 살짝 붉어졌다.

"제가 무슨 대협입니까? 소협도 되지 못하는데."

천인효가 처음으로 부드러운 표정을 지었다.

"이 천인효, 나이 쉰여섯이외다. 강호 생활 사십 년이지요. 한데 그 사십 년이 이렇게 부끄럽게 느껴지기는 처음이외다. 허허허, 고 대협은 대협이라 불릴 자격이 있소이다. 너무 괘념치 마시구려."

第七章

신혈의 세상을 위해!

1

그를 처음 본 순간 어디서 본 것만 같았다.

어디서 봤을까? 분명 처음 보는 자는 아닌데?

아무리 기억을 더듬어봐도 떠오르지가 않았다.

한데 며칠 전이었다. 목은산장의 은성여가 놀러왔다. 그제야 그가 누군지 생각이 났다. 그리고 자신이 왜 그를 기억 못했는지 그 이유를 알 수 있었다.

그가 너무 많이 변해 있었던 것이다.

둥글둥글하던 얼굴은 홀쭉해졌고, 강한 힘이 느껴지던 넓은 어깨는 축 처져 있다. 그는 이제 예전의 그가 아니었다.

그걸 느낀 순간, 남궁도의 가슴속에서 잠자던 살의가 꿈틀대기 시작했다.

'한구양! 네놈 때문에 은 낭자가 내 곁을 떠났다. 죽일 놈의 새끼!'

하지만 쉽게 움직일 수가 없었다.

무엇 때문인지 세가의 어른들은 그를 매우 중요시 다루고 있었다. 세가에서 함부로 외인에게 내주지 않는 별원까지 내주더니, 그를 위해 세가의 정예인 창궁검대가 호위를 서고 있는 것이다.

그러고는 누구도 가까이 접근을 하지 못하게 했다. 심지어는 세가의 자식들조차 그가 있는 별원에는 들어가지 못했다.

대체 저놈이 누구기에 저런 대접을 받는 걸까?

남궁도는 넌지시 부친에게 물어봤다.

"아버님, 그자가 누구기에 저리도 호위에 신경을 쓰는 것입니까?"

부친인 남궁창훈이 미간을 찌푸린 채 말했다.

"그에 대한 것을 미리 알려고 하지 마라. 나중에 알게 될 테니까."

단호했다. 너무 단호해서 입술을 깨무는 바람에 비릿한 맛이 느껴질 정도였다.

하긴 그가 누구면 무슨 상관인가? 나에게는 그저 연인을 빼앗기게 만든 원수 같은 작자일 뿐이거늘!

결국 남궁도는 그의 정체를 상관하지 않기로 했다.

증거없이 죽이는 거야! 누가 알겠어!

해가 질 무렵, 진용은 천인효와 함께 남궁세가에 도착했다.
이미 알고 있었는지 남궁창훈이 문밖에까지 나와 있었다. 전과는 확연히 다른 대접이었다.
"오랜만이외다, 고 공자."
"반갑습니다, 남궁 대협."
남궁창훈은 진용 일행을 향해 조용히 포권을 취하고는 자잘한 인사는 생략한 채 안으로 안내했다.
어둠이 내려앉기 시작한 남궁세가의 거대한 장원은 쥐 죽은 듯이 조용했다. 알 수 없는 긴장감이 장원 전체를 짓누르고 있는 것만 같았다.
밤새 소리도, 귀뚜라미 소리도 들리지 않았다. 들리는 것은 오직 저벅거리며 묵묵히 걸어가는 사람들의 발자국 소리뿐.
적막감이 감도는 가운데 마당에 하나둘 횃불이 밝혀졌다.
그렇게 백여 장을 들어갔을 때다. 어둠이 꼬리를 흔들며 스러지는 사이로 문이 환하게 열린 커다란 전각이 보였다.
진용은 일행과 함께 거침없이 대전 안으로 걸음을 옮겼다. 순간 안에 모여 있던 사람들이 일제히 일어섰다.
"어이! 젊은 친구!"
남궁환이 진용을 알아보고는 환하게 웃으며 손을 흔들었다. 진용도 빙그레 웃으며 허리를 숙였다.
"강녕하셨습니까, 어르신!"
"나야 뭐. 조금 심심하긴 했지만, 맛있는 것도 많이 먹고 잘 지냈어."

여전히 어린아이 같은 말투에 남궁세가의 장로들은 어색한 표정을 지었다. 더구나 남궁환과 같은 배분으로 보이는 세 명의 노인은 남궁환을 넌지시 꾸짖기까지 했다.

"어허, 아우. 체통을 지키시게."

"헤헤, 원 형도. 저 젊은 친구가 저랑 얼마나 친한데요?"

"어허! 그래도!"

찔끔한 남궁환이 입을 삐죽이며 개중에 제일 맏형인 남궁관에게 말했다.

"내일부터는 그냥 용소나 천벽애에서 살 거야. 여긴 너무 답답해."

노안을 부릅뜨고 남궁환을 노려보던 남궁관이 어색한 표정으로 절레절레 고개를 저었다.

어느새 팽팽하게 당겨졌던 분위기는 온데간데없이 사라져 버렸다.

남궁환으로 인해서였다.

진용은 빙그레 웃으며 남궁창훈에게 포권을 취했다.

"오랜만에 뵙습니다. 한데 어르신께서 그동안 심심하셨나 봅니다."

"허허허, 하루에 열 번도 더 유 노사와 자네에 대한 말씀을 하신다네. 그때가 재미있었다고 말이네."

"하긴 워낙 자유분방하신데다 대자연에 안겨 살던 분이 좁은 곳에 갇혔으니 그럴 만도 할 겁니다."

"하하하하, 아마 본 가의 장원을 좁은 곳이라 하는 사람은 고 공자뿐일 거네."

어느 정도 분위기가 무르익은 듯하다.

진용은 조용히 웃으며 천인효를 남궁창훈에게 소개했다.

"동천무련의 천인효 련주십니다."

웅성거리던 장내가 갑자기 찬물을 끼얹은 듯 조용해졌다.

십천존의 일인! 일양마검 천인효! 그가 왔다고?!

진용의 서신을 받고 언젠가는 그가 올 거라 생각은 하고 있었다.

하지만 오늘일 줄은 미처 생각지 못했던 일이었다.

"시간이 없어서 오던 길에 만나 모시고 왔습니다."

진용이 사정을 설명했다. 그제야 정신을 차린 남궁창훈이 황급히 천인효를 향해 인사를 했다.

"남궁창훈이라 합니다."

이번에는 천인효가 놀랐다.

전대의 정천무맹주, 창궁검신 남궁창훈!

무위를 떠나 그 인격만으로 강호에서 존경을 받는 사람이 몇이나 될 것인가. 남궁창훈이 바로 그 몇 되지 않는 사람 중 하나였다. 그것은 맹주의 자리에서 떠난 지금도 마찬가지였다.

"영광이외다. 남궁 맹주를 뵙게 되다니."

"과찬의 말씀을. 앉으시지요."

천인효가 진용을 바라보았다.

진용이 말했다.

"모두 좌정하시지요. 할 얘기가 많을 테니, 시간을 아끼도록 하는 게 어떨까 합니다만."

남궁세가의 원로들과 장로들은 다시 한 번 놀란 표정으로 진용을 바라보며 자리에 앉았다.

일양마검 천인효가 진용의 움직임에 맞춰 움직이고 있다!

그것은 새로운 충격이었다.

그리고 앞으로 이어질 충격의 신호탄이었다.

"남궁 대협, 그는 잘 있습니까?"

남궁창훈이 고개를 끄덕였다.

"건강하게 잘 있네."

남궁창평이 답답하다는 표정으로 물었다.

"형님, 대체 그가 누구기에 저희들에게도 비밀로 하신 겁니까?"

그뿐이 아니었다. 남궁세가의 모든 사람들이 남궁창훈을 바라보며 은근히 불만을 표시했다. 심지어 세 명의 원로는 불쾌감마저 얼굴에 그대로 드러냈다.

"그동안 미안하게 생각하고 있었네. 그리고 어르신들께도 송구스럽기 그지없었습니다. 하나 그만큼 중요한 일이었으니 이해해 주시기 바랍니다."

남궁관이 콧소리를 내며 불만 섞인 목소리를 뱉어냈다.

"큼! 그럴 거라 생각했기에 참았던 것이 아닌가?"

"사실 그 사람은 본래 저희 손님이 아니었습니다. 여기 고 공자와 돌아가신 유태청 노사가 데리고 있던 자였지요. 해서

고 공자의 허락 없이는 그의 정체를 밝힐 수 없었습니다."

"그럼 저 젊은이가 왔으니 이제 밝혀도 되겠군."

남궁창훈이 진용을 바라보았다.

진용이 천천히 자리에서 일어서며 말했다.

"그의 이름은……."

바로 그때 덜컹! 대전의 문이 거칠게 열렸다.

사람들의 눈이 일제히 문이 열린 곳을 향했다.

당황한 표정의 남궁현이 대전의 문을 붙잡고 서 있었다.

"현아! 어른들이 계신 곳이다! 무슨 짓이냐!"

입구에 가까이 있던 남궁창평이 눈을 부라리며 나무랐다.

남궁현이 당황한 얼굴로 말했다.

"그가…… 별원에 있던 그가……."

별원? 그?

구양한에게 무슨 일인가가 벌어졌다. 그러한 느낌이 들었다.

사람들의 신경이 남궁현에게 집중된 사이, 진용은 급히 자그마한 목소리로 실피나를 불러냈다.

"실피나."

실피나가 황촛불을 흔들며 졸린 얼굴로 나타났다.

진용은 미처 실피나가 대답하기도 전에 명령을 먼저 내렸다.

"장원의 뒤쪽에 있는 별원으로 가서 무슨 일이 벌어졌는지 살펴 봐! 주위까지 샅샅이. 혹시 이상한 것이 있으면 잘 기억해 놨다 나에게 말해주고! 알았지? 빨리 가봐!"

—어, 알았어.

실피나도 급한 분위기를 눈치 채고 곧바로 밖으로 날아갔다.

동시에 남궁창훈의 다그치는 목소리가 대전을 울렸다.

"그가 어쨌단 말이냐?"

"그가 쓰러졌는데, 아무래도 독에 당한 것 같습니다."

"뭣이!"

남궁창훈이 홱 고개를 돌려 진용을 바라보았다. 진용은 조금도 머뭇거리지 벌떡 일어섰다.

"그가 있다는 별원으로 안내해 주시겠습니까?"

망설이는 남궁현을 제치고 남궁창훈이 빠르게 밖으로 나섰다.

"내가 안내하겠네. 따라오시게, 고 공자!"

갑작스런 상황에 남궁관이 이마를 찌푸리며 소리쳐 물었다.

"창훈! 대체 그가 누군데 이 소란이란 말이냐!"

진용이 남궁창훈을 따라 나가며 말했다.

"그의 이름은 구양한입니다. 삼존맹주 구양무경의 단 하나뿐인 아들이지요."

순간, 충격의 회오리가 대전 안을 얼려 버렸다.

*　　*　　*

남궁도는 싸늘히 웃으며 별원을 바라보았다.

"후후후, 놈! 네놈 때문에 사랑하는 여인을 빼앗긴 내 심정을 아느냐? 찢어 죽이지 않고 곱게 죽여준 것만으로도 고마워해야 할 것이다."

조금만 늦었으면 들킬 뻔했다. 다행히 자신이 빠져나옴과 동시에 형이 들어섰다. 한데 허겁지겁 되돌아가는 꼴이라니. 뭐가 겁이 난다고!

저런 형에게 지금까지 눌려 지내왔다는 게 우습기만 하다.

'흥! 이제부터는 아무것도 빼앗기지 않을 것이야. 아무리 형이라도 양보하지 않을 것이야. 두고 봐!'

남궁도는 비릿한 조소를 지으며 몸을 돌렸다. 구석진 곳에 한 사람이 정신을 잃은 채 누워 있었다. 창궁검대의 대원 중 한 사람이었다. 남궁도는 그의 혈을 풀어주고 재빨리 가산의 뒤쪽으로 몸을 날렸다.

이제 자신의 거처로 돌아가 창궁검대의 복장만 없애 버리면 모든 것이 끝나는 거다. 누구에게도 들키지 않았고, 그가 죽어간 시간 자신이 자신의 거처에 있었다는 것을 증명해 줄 사람이 있는 이상은.

어쩌면 백 냥짜리 전표를 욕심내다 자신에게 제압당한 그 멍청한 놈이 범인으로 몰릴지도 모르지만, 그것은 자신과 아무런 상관도 없었다.

설마 그깟 놈 하나 죽는다고 대남궁세가가 어떻게 되겠어?

그는 자신의 거처로 스며들며 하얗게 웃었다.

'됐어! 완벽해!'

웃고 있는 그를 실피나가 옆에서 빤히 쳐다봤다.

*　　　*　　　*

새파랗게 변색된 구양한이 침상에 반듯이 누워 있었다.

가슴의 기복이 거의 보이지 않는다. 당장 숨이 멈춘다 해도 이상할 게 하나도 없는 모습이다.

진용과 남궁창훈은 굳은 표정으로 중독된 구양한을 내려다보았다. 그때 한 사람이 밖에 둘러선 사람들을 비집고 안으로 들어섰다.

"형님! 무슨 일이기에 이렇게 급하게 저를 찾으신 겁니까?"

남궁창훈이 한 가닥 희망을 건 표정으로 다급히 말했다.

"어서 오게, 아우. 이 사람을 진맥 좀 해주게나."

그의 이름은 남궁창원으로, 남궁세가의 의약당을 책임지고 있는 사람이었다. 또한 합비 제일의 의원이기도 했다. 간혹 안휘의 유력인사들이 거액을 싸들고 남궁세가를 찾아오곤 했는데, 다름이 아니라 그에게 치료를 받고 싶어서였다.

그런 남궁창원이기에 남궁창훈은 기대감을 가질 수밖에 없었다.

하지만 반 각도 지나기 전에 남궁창원은 고개를 저었다.

"아직 숨이 완전히 끊어지진 않았습니다만, 죽은 거나 다름없습니다."

방 안이 조용해졌다. 구양한의 가느다란 숨소리만이 간간이 들려왔다. 금방이라도 끊어질 것 같았다.

—주인아!

그때 실피나가 방 안으로 들어왔다.

"뭐 알아낸 것 있어?"

—어. 조금 전에 수상한 인간 하나가 몰래 도망갔는데, 따라갔다 왔어.

"지금 어디 있는 줄 알아?"

—응.

진용이 눈을 빛내며 남궁창원에게 물었다.

"원인이 무엇입니까?"

남궁창원이 바늘로 구양한의 손등을 찍어 솟아난 피를 혀에 대더니 눈살을 찌푸리며 말했다.

"생각대로 독입니다. 식물에서 추출한 독 같은데 지독하군요. 정확한 것은 더 조사를 해봐야만 알 것 같습니다."

"독을 알아내고 해독하려면 얼마나 걸릴까요?"

남궁창원은 이미 끝난 일이라는 듯 고개를 저으며 말했다.

"사실 그래서 죽은 거와 다름없다고 한 것이기도 합니다. 독을 밝혀내고 그 해독제를 찾으려면 아무리 빨라도 며칠은 걸릴 텐데, 이 사람이 견딜 수 있는 한계는 길어야 날이 샐 때까지 뿐이니까 말입니다."

"만일 한 시진 이내에 독에 대해 알아내면 가능하겠습니까?"

진용의 말에 남궁창원이 어이없는 표정을 지었다.

"그건 당가의 가주가 와도 불가능한 일입니다. 식물독은 워낙 광범위해서……."

"가능하겠습니까?"

진용이 다시 한 번 물었다.

남궁창원이 잔뜩 찌푸린 얼굴로 천천히 자신의 생각을 말했다.

"우선 아주 뛰어난 중화제(中和劑)를 복용시키면, 반나절 정도는 더 생명을 유지할 수 있을 것입니다. 그 안에 해독제를 찾아낸다면……. 그래도 가능성은 반반입니다."

"알겠습니다. 일단 무슨 독인지 알아보도록 하죠."

진용을 말을 마치자마자 실피나에게 물었다.

"어디야? 가자!"

—알았어!

실피나가 휭 하니 밖으로 나갔다.

남궁창훈이 궁금함을 못 참겠는지 곤혹한 표정으로 물었다.

"어떻게 하려는 것인가?"

진용이 말했다.

"범인을 찾는다면 독이 뭔가 알 수 있지 않겠습니까?"

그때였다.

"이놈이 범인입니다!"

밖에서 왁자지껄한 소리가 들렸다.

방을 나가자 창궁검대의 대원 하나가 무릎이 꿇려진 채 억

울하다는 표정을 짓고 있었다.

"저는 아닙니다! 저는 잠시 정신을 잃고 있었을 뿐입니다!"

"이놈! 그게 말이 되는 소리냐?"

창궁검대를 이끌고 있는 대주 남궁창상이 대뜸 고함을 지르며 무릎을 꿇고 있는 대원의 등을 검집으로 후려쳤다.

퍽! 앞으로 꼬꾸라지면서도 창궁검대의 대원은 억울한 표정을 지었다.

그러자 허공에 떠 있던 실피나가 말했다.

—저 인간은 범인이 아니야. 그 나쁜 놈이 저 인간을 이용했을 뿐이야.

"그래? 그럼 빨리 앞장 서!"

진용이 쓰러진 창궁검대 대원의 옆을 스쳐 그냥 지나가자 멈칫 했던 남궁창훈이 즉시 그 뒤를 쫓았다.

동시에 진용 일행이 바로 뒤를 따라 움직였다.

마지막까지 남은 장로들의 망설임도 잠깐이었다.

"그자를 우선 옥에 가두어 놓게."

남궁창평이 창궁검대주에게 명령을 내리고 남궁창훈을 따라가자 다른 사람들도 일제히 그 뒤를 따랐다.

실피나가 멈춘 곳은 남궁세가의 직계가족들이 머무는 청수원이었다.

진용이 청수원으로 들어가자 남궁창훈의 얼굴이 딱딱하게 굳었다. 진용이 이곳으로 왔다는 말은 둘 중 하나를 말함이었다. 이곳에 범인이 있든지, 아니면 의심이 갈 만한 사람이 있다는 말이었다.

그것이 어느 것이든, 남궁창훈으로선 속편한 일이 아니었다.

"이곳에 의심 가는 사람이 있는가?"

진용은 남궁창훈의 말에 한쪽에 있는 방을 가리켰다. 그 방의 방문 앞에는 실피나가 둥실 떠 있었다.

"저 방이 누구의 방입니까?"

"도아의 방이네."

도아? 그럼 남궁도?

문득 오래전의 일이 생각났다.

그제야 이 일이 왜 벌어졌는지 감이 잡혔다.

'그가 모습이 변한 구양한을 알아봤구나!'

마침 방문이 열리더니 남궁도가 금방 잠이 깬 표정으로 걸어나왔다.

"무슨 일입니까, 아버님?"

남궁창훈이 대답할 틈도 없이 진용이 물었다.

"조금 전에 한구양을 찾아가지 않으셨습니까?"

움찔한 남궁도가 눈을 부릅뜨고 소리쳤다.

"무슨 말이오? 내가 왜 그자를 찾아간단 말이오?"

"그럼 그가 있는 별원에는 무슨 일로 가셨습니까?"

"가지 않았다고 하지 않았소? 당신은 누군데 나를 핍박하는 것이오?"

"그럼 한구양이 별원에 있다는 것은 어떻게 알았습니까?"

묘한 물음이었다. 강력하게 부인하던 남궁도도 이상함을 느끼고는 말을 더듬었다.

"대체 무슨……. 나는……."

남궁창훈이 의아하다는 투로 물었다.

"한구양이 누군가?"

남궁현이 참담한 목소리로 대답했다.

"아버님, 그자는 제가 압니다."

"네가?"

"예, 저는 이제야 그가 누군지 알았습니다. 멍청하게, 도아는 그가 누군지 알아봤는데도 저는 까맣게 모르고 있었습니다."

"누구냐고 묻지 않았느냐!"

남궁현이 일그러진 얼굴로 대답했다.

"별원의 그 사람. 구양한, 그가 바로 한구양입니다."

남궁창훈의 얼굴이 딱딱하게 굳어졌다.

"그와 도아가 무슨 관계냐?"

"그게……."

"빨리 대답하거라!"

처음으로 보는 부친의 노화에 남궁현은 고개를 푹 숙인 채 말했다.

"봄에 정천무맹을 가던 중 마주쳤던 자입니다. 약간의 다툼이 있긴 했지만, 그뿐이었습니다."

남궁창훈이 떨리는 손을 움켜쥐고 진용을 바라보았다.

"고 공자가 알아서 하시게. 더 이상 나에 대해 신경 쓰지 않아도 되네."

진용은 착잡한 표정으로 남궁창훈을 바라보았다.

부모의 심정이 어디 말 같으랴.

'모든 것을 원상으로 되돌리면 그나마 좀 나아지겠지. 그러기 위해선 좀 심해도 하는 수 없겠어.'

진용은 마음이 정해지자 남궁도를 향해 마지막 물음을 던졌다.

"그때의 복수를 하기 위해 죽이려 한 겁니까?"

"무슨……. 난 죽이지 않았어! 난 여태 이곳에 있었다고! 시녀에게 물어봐!"

고개를 돌리자 어린 소녀가 벌벌 떨고 있었다. 아마도 남궁도는 저 시녀를 철석같이 믿고 있는 듯했다. 자신을 위해 무엇이든 할 수 있을 거라고 말이다.

하지만 남궁도의 말이 거짓이라는 것을 알고 있는 진용에게는 그가 믿고 있는 모든 것을 무너뜨릴 방법이 있었다.

진용이 소녀에게 말했다. 마안을 펼친 채.

"말해보거라. 네가 본 것을. 네 주인이 네게 말한 것을. 네 주인이 계속 방 안에 있었느냐?"

벌벌 떨던 소녀가 진용을 바라보고는 움직일 줄을 몰랐다.

남궁도가 다그쳤다.

"산아야, 말해! 걱정 말고 말해!"

소녀가 입을 열었다. 여전히 벌벌 떠는 눈으로 진용을 바라보며.

"둘째 공자님은…… 조금 전에 들어오셨어요."

남궁도의 입이 쩍 벌어졌다.

"거짓말! 그게 무슨 소리냐! 나는 분명……."

"둘째 공자님은…… 저더러 거짓말을 하면 백 냥을 주신다고 했어요. 어머니의 약값이 필요해서 저는 그렇게 하기로……."

"이년이 어디서!"

남궁도가 미친 듯이 소리치더니 갑자기 손을 들어 산아라는 시녀의 뒷목을 쳐갔다.

순간! 와직! 뼈 부러지는 소리와 동시!

"크윽!"

고통에 찬 신음 소리가 터져 나오더니 남궁도의 몸이 방문을 부수며 튕겨졌다.

손을 거두어들인 진용이 차가운 표정으로 튕겨진 남궁도를 따라 방 안으로 들어갔다.

먼저 들어가 있던 실피나가 천장의 한구석을 가리켰다.

진용의 손이 휘둘러졌다.

천장이 뜯겨지며 온갖 물건이 다 쏟아졌다.

개중에는 창궁검대로 변신하기 위해 준비했던 청색 무복도 있었고, 뭔지 모를 물건이 담긴 자그마한 함도 있었다.

진용은 자그마한 함을 집어 들고, 고통에 몸부림치는 남궁도의 얼굴 앞으로 내밀었다.

"이건 뭡니까?"

항거할 수 있는 상대가 아니었다. 한마디 한마디, 눈빛만 마주쳐도 온몸이 떨려왔다.

"그, 그건……."

"남궁 대협이 당신을 용서할 수 있는 길은 한 가지뿐입니다. 모든 것을 원 상태로 돌리는 것. 물론 완전히 과거의 상태로 돌아갈 수는 없겠지만, 지금으로선 그것이 최선입니다. 다시 묻겠습니다. 이게 뭡니까?"

남궁도의 눈빛이 태풍 속에 떠다니는 조각배처럼 정신없이 흔들렸다.

"그, 그건…… 도, 독병……."

진용은 함을 열고 솜으로 감싸진 옥병을 집어 들었다. 아무런 표기도 보이지 않았다.

"무슨 독입니까?"

"광대버, 버섯과… 처, 천남성을 섞었다고……."

진용은 옥병을 다시 함 속에 집어넣고 뒤돌아섰다.

그러고는 급한 걸음으로 청수원을 빠져나가며 남궁창훈에게 말했다.

"별원으로 가보겠습니다. 다행히 남궁 공자가 순순히 답해줘서 별일은 없을 것 같군요."

남궁창훈의 딱딱하게 굳은 표정이 순간적으로 흔들렸다. 그는 아는 것이다. 왜 진용이 저리 급하게 서두르는지. 그가 왜 그런 말을 남기고 가는지.

'정말 미안하네. 그리고…… 고맙네. 또 한 번 신세를 지는군.'

그는 널브러진 채 고통과 두려움에 신음하고 있는 남궁도를 보고는 천천히 몸을 돌렸다.

"못난 놈! 현아! 저놈을 옥에 집어넣어라!"

진용은 병을 내밀었다. 남궁창원의 눈에 어리둥절한 빛이 서린다.

"저 사람에게 쓴 독입니다."

남궁창원은 아연한 입을 크게 벌렸다.

한 시진이 아니라 이각 만에 가져왔다. 그것도 아예 독 자체를.

"광대버섯과 천남성을 섞은 거라는데 확실한지는 잘 모르겠습니다."

게다가 그 성분까지? 눈마저 휘둥그레졌다.

남궁창원은 급히 뚜껑을 열고 바늘로 조금 찍어 천 위에 묻혔다. 그리고 혀끝으로 살짝 핥아보았다.

혀끝에 짜르르한 느낌이 들고, 신맛이 난다.

적어도 광대버섯과 천남성이 들어갔다는 말은 맞는 것 같다. 그렇다면 설령 다른 것이 섞였다고 해도 그리 문제될 것이 없을 듯했다. 그 두 가지를 해독할 수 있다면 어지간한 독은 다 해독할 수 있기 때문이다. 그걸 아는 자가 그 이상 불필요하게 다른 독을 섞었을 리도 없고 말이다.

"마침 두 가지 해독제가 일부 있소. 두어 시진이면 해독제를 만들 수 있을 것 같구려."

"제가 내력으로 독의 확산을 막고 할 수 있는 데까지 독을 태워보지요."

"그렇다면야 그리 크게 걱정할 것 없소이다. 조금만 기다리시오."

두 시진이 지나자 남궁창원이 탕약을 들고 왔다.

방 안팎에서 수십 명의 사람들이 초조한 표정으로 지켜보는 가운데 해독이 시작되었다.

채 일각이 지나기도 전이었다.

"커억!"

구양한이 시커먼 피를 연거푸 토해냈다. 고약한 냄새가 방 안을 진동시켰다. 한데 무엇 때문인지 남궁창원이 놀란 눈으로 진용을 바라본다.

진용이 태연한 얼굴로 말했다.

"다행히 저에게 양강의 기운이 있어서 독 성분을 좀 많이 태울 수 있었습니다."

바로 그것 때문이었다. 단 두 시진 사이에 구양한의 몸에 퍼져 있던 독이 반쯤 사라진 것이었다.

'세상에! 얼마나 강한 기운이었으면…….'

오직 남궁창원만이 알 수 있는 놀람이었다.

어쩌면 해독제가 없었어도 구양한은 쉽게 죽지 않았을 게 분명했다.

하지만 그가 모르는 것이 있었다. 진용은 내력을 이용해 독을 태운 것이 아니고, 마법을 이용해 독을 태운 것이었다. 남궁창원으로서는 죽을 때까지 짐작조차 할 수 없는 일이겠지만.

어쨌든 족히 서너 사발의 피를 토해내자 피 색깔이 점점 붉은색으로 돌아오기 시작했다.

그리고 반 시진쯤 지나자 구양한의 눈이 떠졌다.

얼굴색도 어느새 붉은색으로 돌아와 있었다.

"구양 형, 정신이 드십니까?"

구양한의 눈꺼풀이 잠자리 날개처럼 파르르 떨렸다.

"누구……?"

"간단하게 한 가지를 묻겠습니다. 거기에 대해 대답만 하시고 편히 쉬십시오."

천천히 고개를 끄덕이는 구양한의 얼굴에는 올 것이 왔다는 표정이 떠올랐다.

진용이 물었다.

"암흑마련을 아시지요?"

구양한의 얼굴이 창백하게 굳어졌다.

"이미 알고 있는 사실입니다. 다만 확인할 것이 있어서 묻는 것입니다."

구양한은 체념한 목소리로 답했다.

"뭘 알고 싶소."

"그대의 부친, 구양무경 맹주가 암흑마련의 암흑천마공을 얼마나 익혔습니까?"

그것까지 알고 있었단 말인가?

"쿨럭!"

심적인 충격 때문인지 구양한이 다시 한 움큼의 피를 토해냈다.

진용은 묵묵히 그의 입가에 묻은 피를 닦아주고 눈을 직시했다.

"만인의 생명이 달려 있는 일입니다."

구양한이 멍하니 허공을 바라보더니 조용히 입을 열었다.

"아마…… 십성에 이르렀을 거요."

"음……."

"아!"

"그럴 수가!"

신음, 탄성, 놀라움이 여기저기서 터져 나왔다.

진용이 얻고자 하는 말은 바로 그 말 한마디였다. 다른 말은 다 부수적인 것일 뿐이었다.

"편히 쉬시오."

진용이 일어섰다. 방 안에 둘러서 있던 사람들이 일제히 길을 터줬다.

밖으로 나서자 놀란 표정을 한 사람들이 일제히 진용을 쳐다보았다.

천인효와 율천기를 비롯한 진용 일행, 그리고 남궁창성과 남궁창훈을 비롯한 남궁세가의 원로와 장로들. 누구 하나 놀라지 않은 사람이 없었다.

진용이 그들을 향해 말했다.

"왜 힘을 합쳐야 하는지 아셨을 겁니다. 그의 암흑천마공이 만약 십이성의 경지에 이른다면, 그는 악마가 될 것입니다. 지금으로서는 혈신 하나만도 벅찬 상황입니다. 거기에 암흑천마마저 탄생한다면, 강호는 진짜 혈해가 되고 말 것입니다."

전설이 그렇게 말했다. 그리고 그 사실을 뒷받침이라도 하듯이 구양무경의 무위는 십천존의 누구도 감당하지 못할 만큼 강했다. 그 사실을 누구보다 잘 알고 있는 사람이 천인효였다.

"고 공자의 말을 어찌 모르겠소. 지금으로서도 내가 이삼십 초를 버티기 힘든 판국이거늘."

남궁세가의 장로들은 안색이 창백하게 변한 채 서로를 돌아다보았다.

십천존 일양마검 천인효가 이삼십 초를 버티기 어렵다는 구양무경이 더 강해지고 있다니.

망설이고 자시고 할 시간이 없었다.

가주인 남궁창성이 말했다.

"구체적인 계획을 세워봅시다. 일단 창궁전으로 가시지요!"

2

제갈운문이 주욱, 선을 그었다.

"여기까지가 현재 신혈교에 완벽히 넘어가 있는 지역입니다."

동쪽은 오점(吳店), 서쪽은 당하(唐河), 북쪽은 심양(沁陽), 그리고 남쪽으로는 호북성 수주(隨州)까지 선이 그어졌다.

하남 전체에 비하면 일 할은커녕 오 푼도 되지 않는 지역이었다.

하지만 누구도 쉽게 생각하는 사람은 없었다.

동백산 한곳에서 일천이 넘는 무인들이 몰살당했다. 그것도 일류 이상의 고수들만 몰려가서. 물론 기관과 함정에 빠져 그리되었다고 하지만 그것은 변명이 되지 않았다. 앞으로도 그러지 말란 법이 어디 있단 말인가.

제갈운문은 장내가 조용해지자 말을 이었다.

"아시다시피 놈들은 생각보다 강하고, 교활하고, 잔인합니다. 한데 우리는 그동안 정해진 틀대로 움직였습니다. 경고를 보내고, 듣지 않으면 치겠다고 엄포를 놓고, 그리고 나서 그들에게 힘을 보여주기 위해 움직였습니다. 한마디로 정정당당히 행동했습니다. 그리고 그 결과! 단 한 번의 싸움에서 칠백이 넘는 희생자가 나왔습니다."

제갈운문이 말을 멈췄다.

조용하던 장내에 소란이 일었다.

"험, 그래도 정파가 남들 뒤통수를 칠 수야……."

"그것은 비겁한 짓이지, 암."

"남자란 자고로 정정당당해야 하는 것이야."

그때 웅성거리는 소리를 뚫고 뚜렷한 목소리가 장내에 울려 퍼졌다.

"그래, 제갈 전주의 생각은 무엇인가? 한 번 들어보고 싶군."

화산제일검 검성 우양자였다.

제갈운문은 자신을 바라보는 삼십여 명의 원로를 향해 천천히 말했다.

"첫 번째는 힘을 나누어야 합니다. 두 번째는 나누어진 힘이 상시 유기적으로 움직여야 합니다. 세 번째는 상관의 명에 절대복종해야 합니다."

"이미 그리해 오지 않았던가?"

"그리하고자 했지요. 그러나 세 번째, 명에 대한 규율이 서지 않아 결국은 오합지졸이 되어버렸지요."

제갈운문의 말에는 칼이 숨겨져 있었다.

그대들이 맹주의 명을 듣지 않아 그토록 많은 피해가 났다!

그걸 모를 원로들이 아니었다.

몇 사람이 헛기침을 하며 오히려 남궁창훈과 제갈운문을 탓했다.

"그것도 다 능력이 아니겠는가?"

"솔직히 전대 맹주가 마음이 좀 약했어."

"군사가 보필만 잘했어도 그렇게까지 되지는 않았을 거네. 결국 정보망이 아무런 쓸모도 없는 꼴이 되지 않았던가?"

무당의 영천 도장이 은근히 쏘아붙이자 제갈운문이 고개를 끄덕였다.

"그래서 이번에는 확실히 하자는 것입니다. 그 세 가지가 지켜지지 않을 것 같으면 지금이라도 길을 돌아가야 합니다."

우양자가 말했다.

"이전의 탕마단에 비해 적어도 두 배의 힘으로 알고 있네만, 그래도 그리 불리한가?"

"그렇습니다. 세 가지가 지켜지지 않는다면."

"지킨다면?"

"그럼 조금이나마 희망이 있습니다."

우양자가 언뜻 놀란 표정을 지었다.

"겨우 '조금의 희망' 정도인가?"

"천제성이 함께한다면 좀 더 많은 희망이 될 것입니다."

"으음……. 천제성과 함께하고도 완벽한 승리를 보장 못한다는 말 같군."

"사실이 그렇습니다."

"하면 승리를 보장받기 위한 조건은 뭔가?"

"오 할 이상의 승리를 보장받기 위해선 둘 중 하나가 보충되어야 합니다. 하나는 아직도 나오지 않은 명사들을 빠른 시일 내에 끌어들여야 합니다. 그리고 두 번째는… 천뢰서생이 동시에 움직여야만 합니다."

웅성거리던 사람들이 일제히 입을 닫고 제갈운문을 쳐다보았다.

"정천무맹이 겨우 그 한 사람만 못하단 말인가?"

허운자가 노기 띤 표정으로 제갈운문을 다그쳤다.

그럴 줄 알았다는 듯 제갈운문은 태연히 고개를 저었다.

"제 말을 잘못 이해하신 듯합니다. 천뢰서생이 동시에 움직여야 한다는 말은, 소수로 혈신을 막을 사람이 그들밖에 없기 때문입니다."

"흥! 자네는 혈신의 능력을 너무 과장해서 말하는 버릇이 있군."

종남의 전대 장로로 사십여 년 은거해 있던 산을 박차고 나온 상명 진인이 코웃음을 쳤다.

제갈운문은 차분히 가라앉은 눈으로 상명진을 바라보고는 천천히 입을 열었다.

"전설의 무상력을 얻은 십절검존 유 노사가 온몸을 다 바쳐 겨우 그를 막았습니다. 솔직히, 제가 걱정하는 것은 신혈교의 무력이 아닙니다, 진인. 그 정도의 힘은 우리 정천무맹이 얼마든지 막아낼 수 있고, 마음만 먹으면 부술 수 있으니까요. 단! 혈신이 없을 경우에 말입니다. 아시겠습니까? 제가 진정으로 두려워하는 것은, 바로 혈신! 그 한 사람입니다."

상명 진인이 벌떡 일어섰다.

"말도 안 되는 소리! 자네 지금 우리 정파를 능멸하겠다는 건가!"

"어허, 너무 그렇게 뭐라 야단치지 마시게, 상명 도우."

허운자가 말리자 상명 진인은 마지못한 듯 노화를 가라앉히고 자리에 앉았다. 그러면서도 한마디 하는 것은 잊지 않았다.

"정 그렇게 겁이 나면 군사 자리를 내놓게!"

제갈운문의 얼굴이 굳어졌다.

전쟁을 앞두고 군사를 바꾸겠다고? 그것도 자신들의 기분이 나쁘다고 해서?

'후우, 남궁 맹주, 그 당시 당신의 마음이 어땠을지 이제야 이해가 되는군요.'

막상 나오는 대로 뱉어놓고 지나치다 생각했는지, 상명 진인이 다시 입을 열었다.

"험, 아니면 자신감을 가지고 일에 임하든지!"

자신들 뜻대로 하려면서 자신감을 가지고 하라?

웃음이 나오려고 한다. 모든 것을 훌훌 떨치고 남궁창훈처럼 뒤로 물러나고 싶다. 백 명에 달하는 제갈세가의 사람들만 아니라면.

제갈운문이 겉으로는 아무런 내색도 않은 채 묵묵히 서 있자 우양자가 조용히 입을 열었다.

"다 군사의 용기를 북돋기 위해서 하시는 말씀들이네. 너무 마음 쓰지 마시게. 한데… 만일 나와 혈신을 비교한다면 어떨거라 생각하나? 내가 그를 막을 수 없겠나?"

우양자가 절대로 십천존의 아래가 아님을 알고 있는 제갈운문이었다. 하지만 답변하기가 어려운 것은 마찬가지였다.

'그래, 어차피 알아야 할 것은 알아야 할 터.'

제갈운문은 전음으로 우양자에게 물었다.

"부맹주께선 제가 진실을 말하기를 원하십니까, 아니면 그냥 들리는 소문과 비교해 말하기를 원하십니까?"

우양자의 고요히 가라앉아 있던 눈빛이 서늘히 빛을 발했다.

제갈운문의 뇌리로 우양자의 목소리가 파고들었다.

"나는 진실을 원한다네. 나를 위해 거짓을 말하려거든 말하지 마시게."

"그럼 저희 밀은전이 조사한 모든 자료를 토대로 한, 제 생각을 말씀드리지요."

두 사람의 눈이 마주쳤다. 두 사람 다 한 점 흔들림이 없는 눈빛이었다. 제갈운문이 말했다.

"반 각. 부맹주께선 그의 공격을 반 각 이상 받아내실 수 없습니다."

'그것도 최대한 생각해서 말이지요.'

우양자의 고요하던 눈동자에 파랑이 일었다. 폭풍우가 그의 눈동자 안에서 일고 있었다.

"빈도는 제법 강하다네. 십천존의 어느 누구도 나를 이긴다 장담할 수 없다네."

그 말을 듣는 순간 묘한 기분이 들었다.

하늘이 무너져도 흔들리지 않을 것 같던 우양자가 아니던가. 한데 그가 흔들리고 있다. 그것도 단순히 승부를 따지면서.

왠지 마음이 씁쓸해지는 제갈운문이었다.

'후, 믿지 않는다면 나도 더 이상 할 말이 없소이다.'

그때 문득, 한 가지 좋은 생각이 머릿속을 스쳤다.

제갈운문은 그때까지도 자신을 바라보고 있는 우양자에게 자신의 의견을 말했다.

"그럼, 가까운 시일 안에 천뢰서생 고진용을 만나보십시오. 천하에서 오직 그만이 혈신과 정면대결을 벌인 자입니다. 비록 물러서긴 했지만, 하늘 아래서 그를 제외하고 혈신의 무위를 제대로 아는 사람이 누가 있겠습니까?"

우양자의 눈빛이 찰나간 번뜩였다.

밖에서 우르릉, 천둥소리가 지상으로 내리꽂힌다.

'천뢰서생이라… 그래야 한다면…….'

그가 나름 결심을 굳혔을 때다.

"맹주님께서 드십니다!"

밖에서 정천맹주 요료의 등장을 알리는 장엄한 목소리가 대전을 울렸다.

3

둥! 둥! 둥!

북소리가 동백산의 계곡에 울려 퍼진다.

붉은 물결이 대연무장을 가득 메운 채 장엄한 외침을 토해냈다.

"새로운 세상을 위해!"

"혈신을 위해!"

단상에 올라간 야율립이 외쳤다.

"혈신께서 허락하셨다! 혈신의 아들들이여! 우리는 이제 새로운 세상을 만들기 위해 밖으로 나갈 것이다!"

"와! 와! 와아아!!"

붉은 물결이 출렁이며 동백산 전체를 뒤흔드는 함성이 일었다.

이제 시작이다!

새로운 세상의 주인이신 혈신을 모시고 천하를 쟁취하리라!

엎드려 있던 혈의인들이 일제히 일어났다.

대지의 모든 것들이 숨을 죽였다.

태양이 구름 속으로 모습을 감춰 버렸다.

하늘이 붉은 기운으로 뒤덮였다!

"가자! 새로운 세상을 위해!"

마침내 혈신이 두 손을 들어 외쳤다.

"혈신을 위해!"

삼천 신혈의 전사들이 일제히 답했다.

한여름 동백산이 붉게 물들었다.

*　　　*　　　*

동백산에서 신혈교도들로 추정되는 무사들 수천이 내려왔음! 지시 바람.

혈신이 마침내 동백산의 둥지를 떠났음. 전쟁이 시작된 것 같음.

놈들이 움직였습니다! 그리 빠르지 않은 속도로 북상하고 있습니다!

팔월 십일일.

수십 마리의 전서구가 초지급의 서신을 매달고 동서남북으로 날아갔다.

갑작스런 움직임이되, 한편으로는 예상된 움직임이기도 했다. 하나 설마하니 혈신까지 모조리 나설 줄은 생각지도 못했다. 게다가 그 인원이 삼천에 이른다 하지 않는가!

이건 전쟁이다!

어쩌면 단 한 번에 모든 것을 태워 버리고 끝날지 모를 전쟁!

"장주님께 빨리 연락하세요!"

무양 아래쪽 출산이라는 작은 마을에 웅크리고 있던 제갈민은 밀려드는 소식에 정신이 없었다.

천탁을 따르는 무사들은 어느새 이백 가까이 불어나 있었다.

다섯 개의 대. 이십 개의 조. 관리하기 편하게 나누어놓았지만, 이들이 원하는 것은 자신이 아니었다. 모두가 낭인에 가까운 자들. 이들은 진용의 지휘를 원했다.

제갈민은 입이 바짝 마르고, 뇌리가 하얗게 타는 심정으로 진용의 소식이 오기만을 기다렸다.

정성이 통했을까. 신혈교가 움직였다는 소식이 들린 다음 날, 제갈민은 한 장의 서찰을 받았다. 그렇게 고대하던 진용의 서신이었다.

제갈민은 찢어버릴 것처럼 서신을 거칠게 펼쳐 들고 재빨리 내용을 살펴봤다.

모든 내용을 살펴보는 데는 촌각도 걸리지 않았다. 그냥 쓱 한 번 바라보기만 하면 되었다. 달랑 세 줄이었으니까.

세 줄이 뭐야, 세 줄이!

천제성이 움직이면 그 꼬리에 달라붙으세요. 십삼일, 각산에서 만나도록 하지요. 혹시 총관의 말을 안 듣는 사람이 있으면 떼어 놓고 오세요.

그래도 마지막 말은 진짜 마음에 들었다.

진작 이런 글이라도 하나 써서 보내지. 그랬으면 내가 이렇게까지 고생을 안 해도 되었잖아.

제갈민은 환하게 웃으며 마지막 줄이 보이게 서신을 접어 들고서, 벌떡 일어나 밖을 향해 소리쳤다. 오랜만에 목소리에 힘이 들어갔다.

"두 형! 대주들을 모두 들어오라고 하십시오! 장주님의 명이 떨어졌습니다!"

4

"헉!"

진용은 벌떡 일어나 앉았다.

참으로 오랜만에 악몽을 꾸었다.

괴물의 몸뚱이를 한 아버지가 나타나서 자신을 잡아먹으려 하다니. 더구나 한쪽 팔을 씹다 말고 뱉어내는 아버지가 자신을 모르는 듯하지 않던가.

팔이야 금방 재생되긴 했지만 그 괴상한 감촉은 잠을 깬 지금도 생생했다.

"후우, 아버지를 잠시 잊었다고 그런 건가?"

부르르 몸을 떤 진용은 섬뜩한 마음 와중에도 피식 웃음을 지었다.

"역시 아버지야. 꿈속에 나타나서 아들의 팔을 씹다니. 그런데…… 좀 아는 체 좀 하면 안 되나? 왜 모르는 체하는 거야?"

공연한 걸로 서운했다.

혹시 진짜 나중에 만나면 몰라보는 것은 아닐까? 그런 생각도 들었다.

자신의 나이 스물이 넘었다. 헤어질 때의 얼굴이 얼마나 남아 있을지 자신할 수가 없다. 유모가 알아본 것으로 봐서는 그리 크게 변한 것 같지는 않은데…….

한참을 앉아서 아버지의 얼굴을 떠 올려보려 했다. 그러나 떠오르는 것은 괴물의 몸뚱이뿐이다.

진용은 고개를 세차게 저으며 침상에서 완전히 몸을 일으켰다. 문을 열고 나가자 어스름하니 새벽이 밝아오고 있었다.

"고 공자, 잠이 안 오나?"

자신보다 먼저 잠이 깼는지 독고무종이 한쪽 바위 위에 앉아서 묻는다.

진용은 천천히 독고무종에게 다가갔다.

"설마 밤새도록 그곳에 계셨던 것은 아니시죠?"

"반 시진 정도 되었네. 달빛이 좋아서 나왔지."

반달이 살짝 살이 붙어 있었다.

진용은 독고무종의 옆에 앉아 하늘을 올려다봤다.

"독고 대협은 부인이 계신가요?"

독고무종이 진용을 돌아보더니 풀썩 웃었다.

"왜? 처량해 보이는가?"

"아뇨. 혼자 강호를 돌아다니시는 이유를 몰라서요."

독고무종이 하늘을 올려다봤다.

"아들 하나, 딸 하나라네."

"그런데 왜……?"

"강호가 좋아서. 그리고 강함을 찾아야 할 이유가 있어서지."

아마 낭인의 절반은 그런 이유 때문에 종횡천하를 할 것이다.

"그것이 가족보다 더 중요하나요?"

"중요하냐고? 흠, 사실 꼭 그렇지는 않지. 그런데… 그렇게 하지 않으면 안 될 경우도 있거든. 뭐가 중요하다는 것을 떠나서 말이야."

보충 설명을 하듯 뒤에서 나직한 목소리가 들렸다.

"꿈을 잃고 사는 사람이 삶의 의미를 찾을 수 있을까?"

율천기였다. 그가 두런거리는 소리에 참지 못하고 밖으로 나온 것이다. 한데 그뿐이 아니다.

포은상이 방 밖으로 고개를 내밀고 말한다.

"글쎄, 꿈이 꼭 한 가지만 있으란 법도 없잖은가?"

내 꿈은 뭘까? 아버지를 찾는 것? 초연향을 찾는 것? 그걸 꿈이라고 할 수 있을까. 아니지, 그건 바라는 것이지 꿈은 아니야. 그럼 뭘 내 꿈이라 할 수 있을까?

마법을 대마법사만큼 익히는 것? 그것은 아닌 것 같다. 그럼 나만의 무공을 완성하는 것? 그것도 아닌 것 같고…….

다시 하늘을 올려다봤다.

칠채색 총총한 별들이 달빛을 따라 흘러간다.

"응?"

그런데 오늘 따라 이상하다. 조금 전에는 그냥 스쳐 봤는데, 아무리 봐도 하늘에 붉은 기운이 느껴진다. 자세히 보면 보이지 않고, 아무런 생각 없이 보면 은은한 붉음이 불길하게 다가온다.

사이한 느낌. 오싹한 느낌이다.

손에 절로 땀이 배일 정도다.

소림에 갔을 적 공은 대선사가 말했었다.

"몇몇 선인들은 그 기운을 봤을 것이네."

설마?

에이, 아니겠지. 아직 새파란 내가 무슨…….

웃기지도 않네.

그래도 가슴이 답답한 느낌은 여전하다.

진용은 답답한 마음에 자신도 모르게 입을 열었다.

"강호에 아무래도 무슨 일이 벌어지려나 보군요."

나름 심각한 상상에 빠져 있던 사람들이 진용을 바라보았다. 그러더니 진용이 하늘을 보고 있자 자신들도 고개를 들어 하늘을 올려다보았다.

달, 별뿐이다. 구름도 없다. 지나가는 박쥐 새끼 한 마리도 없다.

"뭐가 보이나?"

율천기가 물었다.

"붉은 기운, 오싹한 느낌이 왠지 불길하네요. 아무래도 날이 밝으면 서둘러야 할 것 같습니다."

진용은 그냥 느낀 그대로를 말했다.

한데 그때부터였다. 주위가 조용해졌다.

이상함을 느낀 진용은 고개를 돌려 좌우를 둘러보았다.

율천기, 포은상, 독고무종, 그리고 방문을 열고 그러려니 하고 있던 사람들이 모두 자신을 바라보고 있다.

왜 저런 눈들이지?

"왜 이상한 괴물 보듯 보십니까?"

날이 밝았다. 길을 떠나려는데 풍림당의 정보원이 헐레벌떡 뛰어왔다. 그는 진용에게 거친 숨소리 씩씩거리며 급히 말을 전했다.

"어제 신혈교의 주력과 혈신이 동백산을 떠났다고 합니다."

그거였나? 그래서 하늘에 그렇게 불길한 기운이 만연했던 것인가?

진용이 일행을 바라보며 침중한 표정으로 입을 열었다.

"조금 힘들어도 길을 재촉해야 할 것 같습니다."

이미 소식을 듣는 순간부터 굳어 있던 일행이었다. 하지만 그들은 심각한 와중에도 한 가지 의문으로 진용이 새롭게 보였다.

'새벽에 말한 것이 혹시 이 일 때문이 아닐까?'

천기를 볼 줄 아는 괴물이라니! 대체 한계가 어디야?

第八章

혈류(血流)

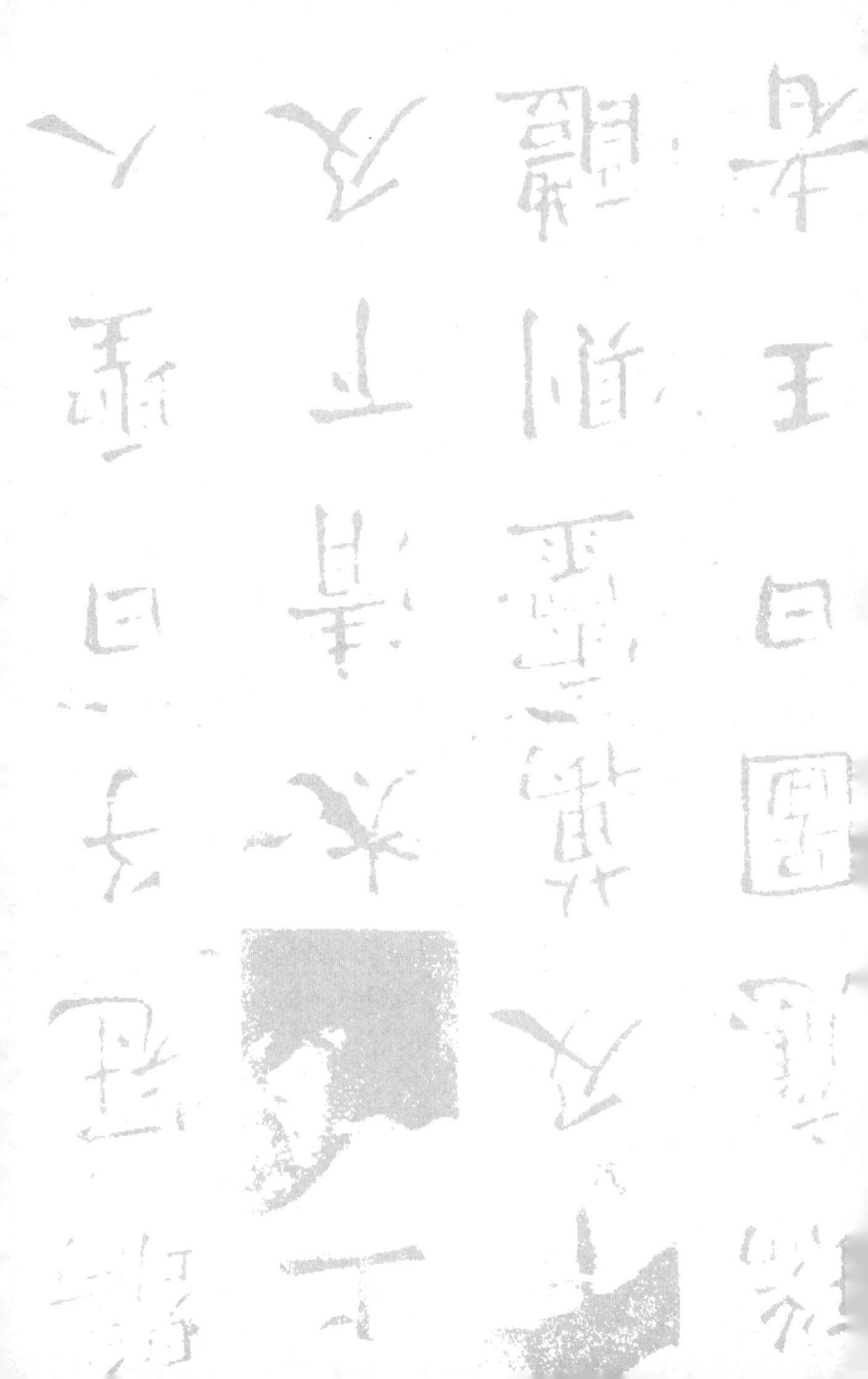

1

붉은 물결은 거침없이 북으로 밀려갔다.

그들이 지나가면 관군조차 눈을 돌렸다.

수만 대군이 아니면 막을 수 없는 힘이었다. 몇 천의 지방군으로 그들을 막는다는 것은 기름을 지고 불로 뛰어드는 꼴이나 마찬가지일 수밖에 없었다.

그렇게 지방군을 맡고 있는 천호소들이 전전긍긍하고 있을 때다. 때마침 황궁에서 비밀리에 지시가 떨어졌다.

무림의 일은 무림인끼리 해결하게 놔두고, 양민을 지키는 일에 최선을 다하라!

천만다행이라는 듯 관군들은 양민이 많이 사는 곳만 둘러싼 채 움직이지 않았다.

신혈교도 굳이 양민들은 건드리지 않고 북쪽으로 계속 올라갔다.

첫 번째 목표를 향해.

주마점에서 오십여 리 떨어진 곳. 백리자천은 야트막한 야산의 능선에 서서 앞을 바라보았다.

저 멀리 평원을 뒤덮으며 붉은 물결이 몰려오고 있었다.

엄청나다. 생각했던 것보다 훨씬 강한 기세다.

백리자천은 처음으로 질지 모른다는 생각이 들었다.

'탕마단과 함께 움직일 걸 그랬나?'

그런 생각마저 들었다. 그러나 이제 와서 후회해 봐야 무슨 소용이랴.

"준비 상황은?"

백리자천이 묻자 백리군학이 즉시 대답했다.

"여섯 갈래로 나뉘어 육합의 방위를 지키고 있습니다."

"네 아비는 어디 있느냐?"

"적을 천제육합진세 안으로 끌어들이기 위해 선봉인 남쪽에 가 있습니다."

"흠, 그래?"

백리자천은 잠시 생각하더니 조용히 말했다.

"너는 무슨 일이 있어도 내 곁을 벗어나선 안 된다. 알겠느냐?"

"예, 할아버님."

그사이 붉은 물결은 오 리 앞에 이르러 있었다.

백리자천이 입을 열었다.

"시작한다. 네 아비가 움직여 적이 중앙에 이르거든 일제히 공격하라 이르거라!"

백리군학은 백리자천의 명이 떨어지자 즉시 홍청 두 개의 깃발을 꺼내 좌우 상하로 약속된 숫자만큼 휘둘렀다.

평원을 둘러싼 야산의 여기저기서 황색 깃발이 솟았다.

그리고 일각, 남방에서 일단의 무인들이 몸을 일으켰다.

"천제성의 무사들이여! 모두 분연히 일어서서 신혈교의 무리들을 처단하자!"

"처단하자!"

"마를 물리치자!"

백리성이 앞장서서 천제성 무사들을 독려하며 신혈교도들을 향해 달려갔다.

그 뒤를 오백에 이르는 천제성 무사들이 따라 달렸다.

순간 신혈교 교도들의 움직임이 빨라지기 시작했다.

마침내 전쟁의 막이 올랐다!

백리성은 본래 적들을 교란만 하고 곧바로 뒤로 물러날 생각이었다. 그것이 그의 임무였으니까.

하지만 그럴 수가 없었다.

앞장서서 밀려오는 일반 교도들 정도는 문제없으리라 생각했거늘 뜻밖에도 그들 중에 절정의 고수들이 상당수 끼어 있었던 것이다.

순식간이었다. 비명과 선혈이 사방에서 튀었다.

백리성은 굳은 얼굴로 전력을 다해, 죽음을 두려워하지 않고 달려드는 신혈교의 무사들을 쓰러뜨렸다.

단 십여 수만에 그의 손에 이십여 명이 쓰러졌다.

한데도 신혈교의 무사들은 별다른 표정 변화도 보이지 않고 묵묵히 달려들었다. 붉게 변한 눈을 번뜩이며 입가에는 사이한 미소마저 지은 채.

백리성은 얼마 지나지도 않아 당황하기 시작했다.

대단위의 싸움은 단순 비무와는 다르다. 한 명이 안 되면 두 명이 달려든다. 그도 안 되면 세 명, 네 명…….

게다가 거기에 조직적인 움직임이 가미되면, 그 힘은 몇 곱절로 늘어난다. 조직을 갖춘 일반 관군들이 무서운 이유가 그 때문이다.

하나둘 천제성의 정예 무사들이 신혈교도들의 무기에 전신이 찢긴 채 죽어가더니, 당하는 숫자가 점점 더 빠르게 늘어난다.

"모두 물러서라! 후퇴한다!"

백리성이 다급히 명령을 내렸다.

그러나 때늦은 명령이었다.

잠깐 주춤한 사이, 신혈교도들에게 둘러싸인 천제성의 무사들이 자신의 기량을 제대로 발휘하지도 못한 채 속절없이 전신이 찢겨진다.

붉은 선혈이 평원을 적시고, 신혈교도들의 눈을 광기로 물들인다.

그나마 백리성의 명령에 재빨리 물러선 백여 명의 무사가 백리성을 둘러싼 채 후방을 막은 적들을 향해 무차별적으로 살검을 휘두를 뿐이다.

반 각이 지나기도 전에 아비규환이 펼쳐졌다.

잘라지고 끊긴 팔다리가 사방을 굴러다녔다. 이제 비명은 공포에 찬 절규에 묻혀 들리지도 않을 지경이었다.

"멍청한 놈! 그것도 못 해내다니!"

격분을 참지 못한 백리자천은 백리성을 향해 분노의 일갈을 터뜨렸다.

하나가 미워 보이니 둘도 미워 보였다. 하는 모든 짓이 마음에 들지 않았다.

그래도 자신의 자식이고, 천제성의 수하들이다. 그들이 죽어가는 것이 기분 좋을 리는 없는 백리자천이었다.

'썩을 놈!'

그는 무려 오백에 이르는 수하들을 저대로 죽게 놔둘 수는 없었다. 저들이 모두 죽는다면 그것은 곧 패배와 직결되는 문제인 것이다.

백리자천은 그답지 않게 격분의 표정을 감추지 않은 채 백리군학에게 두 번째 명령을 내렸다.

"그냥 놔두면 모두 죽는다! 공격을 시작해!"

백리군학의 손에서 청홍의 깃발이 흔들렸다.

순간 신혈교도들과 백리성이 싸우고 있는 평원의 사방에서 천제성의 무사들이 일제히 몸을 일으켰다.

"놈들을 쳐라! 사해만방에 천제성의 위용을 알려라!"

백리자천의 위엄에 찬 명령!

천제성의 간부들이 일제히 백리자천의 명령을 선창하며 무사들의 사기를 북돋았다.

"놈들을 쳐라! 자랑스런 천제성의 무사들이여!"

명령이 떨어진 이상 물러서서 돌아가는 길은 없었다. 오직 전진만이 있을 뿐이다.

일천오백에 이르는 천제성의 무사들이 평원을 향해 달려갔다.

백리자천도 일 보에 십 장, 구름이 흐르는 듯한 신법으로 전장을 향해 나아갔다. 천령오호법이 그를 감싸듯 둘러선 채 움직였다.

놈들을 이곳에 모두 묻는다!

탕마단의 힘이 없어도 우린 할 수 있어!

아니, 해야만 된다. 아니면 끝장이니까!

"그대들은 성아와 군학이를 엄호하라!"

천강오호법에게 명령을 내린 백리자천이 몸을 띄웠다.

허공에 떠오른 백리자천의 전신에서 목화 같은 하얀 구름이 일었다.

순간이었다. 그의 몸이 하얀 구름에 휩싸인 채 전장을 향해 빨랫줄처럼 날아갔다.

신혈교의 후미에서도 몇 사람이 몸을 날렸다.

단일 세력으로는 천하제일이라는 천제성과 십천존 중에서도 가장 강하다는 삼태천의 일인이 적이다.

아무리 천하를 뒤엎을 힘이 있는 신혈교라도 결코 태만히 상대할 수 있는 적이 아닌 것이다.

야율립과 등우광이 몸을 날리고, 혼세십팔마 중 네 명이 그 뒤를 따랐다.

그리고 천천히 붉은 노을 속에 가려진 것 같은 혈신 신도율단이 움직이기 시작했다.

땅이 뒤집히고, 하늘이 무너지는 충격의 연속!

야율립과 등우광은 놀람을 가라앉힐 수가 없었다.

솔직히 삼태천이 십천존 중 최강이라는 말에 불만이 많았다. 지금의 자신들이라면 삼태천과 충분히 승부를 겨룰 수 있지 않을까 하는 생각도 했었다. 그래도 혹시 몰라 둘이 동시에 백리자천을 공격해 갔다.

지금은 비무할 때가 아니라 적을 죽여야 할 때니까.

그리고 철저하게 깨달았다.

자신들의 생각이 얼마나 어리석었는지 말이다.

단 오 초도 지나지 않아 협공하던 둘이 밀리기 시작한 것이다.

콰과과광!

뒤로 주르륵 물러선 야율립은 경악한 표정으로 눈을 부릅뜬 채 이를 악다물었다.

이게 삼태천의 무위였던가!

백리자천! 정말 믿을 수 없을 정도로 강하구나!

등우광이라 해서 조금도 나은 것이 없었다. 그도 입 안에 피를 머금은 채 손을 축 늘어뜨리고 있었다.

득의만면한 백리자천이 노성을 질렀다.

"네놈들 따위가 감히 천하를 노리겠다고? 같잖은 놈들! 내 오늘 이 자리에서 네놈들을 쳐죽이리라!"

그 순간이었다.

야율립과 등우광을 공격하기 위해 양손을 들어 올리던 백리자천의 표정이 급변했다.

숨 막히도록 가공할 기운이 전면을 가득 메운 채 밀려오는 게 느껴진 것이다.

찰나간에 위엄이 넘치던 백리자천의 얼굴이 와락 일그러졌다.

머릿속에 떠오르는 이름 하나.

"네놈이 혈신이냐!"

백리자천이 소리쳤다. 순간!

"우후후후후! 제법이구나. 하나 그 정도로는 나를 막을 수 없도다!"

심혼을 짓누르는 혈신의 음성과 함께 붉은 기운이 하늘에서 쏟아져 내렸다.

진정 가공할 기운이었다.

붉은 기운에 닿는 것은 무엇이든 가루가 되어 사라졌다.

근처에 있던 천제성의 무사들도, 신혈교의 교도들도, 적아를 가리지 않고 모두가 붉은 안개로 화한 채 사라져 버렸다.

백리자천은 창백하게 굳은 표정으로 혈신을 향해 양손을 뻗었다.

십성에 달한 천무신공의 내력이 고스란히 실린 장력이 그의 양손에서 뿜어져 나왔다.

그가 평생을 두고 완성시킨 광천백혼기(光天白魂氣)였다.

고오오오!

연속 일곱 번에 걸쳐 펼쳐진 광천백혼기에 붉은 기운이 쫙 벌어졌다.

의외라는 듯 혈신의 얼굴에 희미한 놀라움이 떠올랐다.

하지만 그뿐이었다.

혈신이 양손을 휘돌리자 붉은 기운이 회오리치더니, 거대한 쐐기가 되어 백리자천의 광천백혼기를 그대로 부숴 버렸다.

콰과광!!

후우우웅!

일순간 거대한 기운이 폭발하며 진기의 폭풍이 사방으로 밀려갔다.

이십여 장 떨어진 곳에서 신혈교의 교도를 상대하고 있던 백리군학이 해쓱하니 질린 표정으로 외쳤다.

"피, 피해!"

천제성의 무사들이 적을 앞에 두고도 분분히 물러섰다.

도검에 입는 부상 따위가 문제가 아니었다.

거대한 진기의 폭풍에 휘말리면 시신도 남기지 못하고 죽을 게 뻔한 일이었다.

"크으윽!"

생전 처음 느껴본 거대한 힘에 백리자천도 답답한 신음을 토하며 정신없이 물러섰다.

진정 믿을 수가 없는 힘이었다.

이것은 결코 인간의 힘이 아니야!

혈신! 그대는 누구인가!

혼돈에 빠진 백리자천은 비틀거리는 몸을 가누고 고개를 들었다. 흐트러진 머리가 눈을 가렸다. 가려진 머리카락 사이로 보이는 붉은 기운. 그리고 붉은 핏빛구름에 감싸인 채 허공에 떠 있는 거대한 체구의 장한.

저놈이 혈신이다!

"이놈!"

백리자천은 혼신을 다해 모든 공력을 끌어올렸다.

선천진기마저 아낌없이!

그리고는 십 장 허공에 떠 있는 혈신을 향해 두 손을 떨쳤다.

언뜻 혈신의 입가에 웃음이 떠오른다 느껴졌다.

악마의 웃음, 아수라의 웃음이었다.

백리자천은 필사의 정신력으로 일갈을 내질렀다.

"죽어라, 이놈!"

그때였다. 백리성과 백리군학을 호위하고 있던 천령오호법 중 셋이 그의 좌우에서 달려들었다.

"주군, 물러서십시오! 저희가 상대하겠습니다!"

일순간에 혈신을 상대로 네 명이 달려들었다.

혈신에게서 퍼져 나오던 붉은 기운이 더욱 짙어졌다.

"크하하하! 모두 함께 죽여주리라!"

2

진용이 그 소식을 들은 것은 각산에서 제갈민을 만난 이후였다.

만나자마자 제갈민이 쪽지 한 장을 내밀었다.

천제성이 신혈교와 정면충돌했는데, 결국 일천의 시신을 남겨두고 패주했습니다. 와중에 천무제 백리자천이 혈신에게 패해 쓰러졌습니다.

미처 재회의 인사를 나눌 겨를도 없었다.

마지막 삼태천의 일인이 쓰러졌다. 그것은 진용에게도 충격이었다.

백리자천이 아무리 강하다 해도 혈신을 어찌할 수 없으리라 생각은 했었지만, 그렇다고 이렇게 쉽게 쓰러지다니.

그나마 그가 쓰러진 대가로, 천제성이 패한 대가로 신혈교 역시 상당한 타격을 입고 주마점에서 북상을 멈췄다고 한다.

하지만 그것은 앞으로 벌어질 전쟁의 서막일 뿐이었다.

진용은 회의를 소집했다.

본래의 일행들에 새롭게 대주가 된 다섯 명도 함께 참석했다.

사람들이 좌정하자 진용이 제갈민에게 짧게 물었다.

"예상되는 일은?"

"이대로라면 탕마단이 천제성의 잔여 세력과 손잡고 신혈교를 칠 것 같습니다."

"그리 생각하는 이유는?"

"백리군학이 중상을 입은 백리성과 백리자천을 비롯한 천제성의 잔여 세력을 이끌고 탕마단이 머물러 있는 정천무맹의 평정산 지부로 갔기 때문입니다."

"예상되는 시기는?"

"탕마단이 움직이기는 했지만 전열을 가다듬으려면 아마도 열흘 이내가 고비일 것 같습니다. 물론 혈신이 그때까지 움직이지 않는다는 전제하에서 말입니다."

"열흘이라……."

그때 한쪽에 앉아 있던 율천기가 입을 열었다.

"혈신이 움직인다면?"

제갈민이 답했다.

"그럼 닷새가 고비지요."

"아니, 그것도 너무 깁니다."

갑자기 진용이 단언하듯 입을 열었다.

제갈민이 휘둥그레진 눈으로 진용을 바라보았다.

"어떻게 그리 단언하시는지요?"

"그는 강합니다. 누구보다도. 게다가 일반적인 인간의 심성과는 다른 내면을 가진 자입니다. 쉽게 말해서, 신혈교도들의 피해 정도는 그에게 아무런 영향도 미치지 못한다는 것입니다."

장내가 조용해졌다.

침묵이 바닥으로 내려앉았다.

진용이 다시 말을 이었다.

"설령 신혈교도 모두가 죽어도 그는 걸음을 멈추지 않을 것입니다. 지금은 그 자신이 충격을 받아 멈췄지만 말입니다."

"어떻게 그럴 수가? 혼자서 전 강호를 상대로 싸울 생각이 아니라면 그럴 수는 없지 않은가? 그가 미쳤다면 몰라도……."

포은상이 입을 열며 어이없다는 표정을 지었다.

—말도 안 되는 소리다.

누구나 그렇게 생각했다.

하지만 혈신을 직접 본 진용은 그것이 결코 불가능이 아님을 알고 있는 단 한 사람이었다.

"바로 그겁니다. 그는 제정신이 아닙니다. 다른 사람은 몰라도 그는 얼마든지 그렇게 할 수 있지요. 그만한 능력도 있고 말입니다. 시간이 없어요. 기다리면 앉아 있다 당합니다."

장내가 웅성거렸다.

정광이 빽 소리를 질렀다.

"아, 고 공자가 그렇다면 그런 거지, 뭔 말들이 그리들 많으슈? 사도 선배, 아직도 고 공자를 모르는 거유?"

뜨끔한 표정으로 사도굉이 말했다.

"모르는 게 아니고, 잘못하면 웃음거리가 될지 모르니까 그런 거지."

그러나 진용은 아랑곳하지 않고 제갈민에게 명령을 내렸다.

"지금 즉시 평정산에 사람을 보내세요. 아마 믿지는 않을 테지만, 확인하기 위해서라도 움직일 겁니다. 그 정도만 해도 놈들이 정말 움직일 경우 피해를 상당히 줄일 수 있을 것입니다."

진용을 따르기로 한 이상 제갈민에게 진용의 명령은 절대였다. 설령 그것이 자신의 생각과 다르다 해도 그것은 마찬가지였다.

"알겠습니다. 발 빠른 사람을 시켜 지급으로 서신을 전하도록 하겠습니다."

제갈민이 대답함과 동시 진용이 자리에서 일어났다.

"밤이 되기 전까지 쉬세요. 밤이 되면 우리도 움직입니다.

그때까지 놈들의 움직임을 철저히 살피십시오."

3

"밤이 되면 놈들을 치러 갈 것이다!"

갑작스런 혈신의 명령에 야율립의 표정이 회칠을 한 것처럼 창백해졌다.

"오늘 밤에… 말이옵니까?"

"그렇다. 놈들은 우리가 움직이지 않을 거라 생각하고 있을 것이다. 그러니 움직인다. 너희들이 가지 않으면 나 혼자라도 간다."

광오한 말이었다. 미치지 않았다면 할 수 없는 말이다. 혼자서 정천무맹을 상대하겠다니.

그런데도 어쩐지 불가능만은 아닌 것처럼 느껴진다.

야율립의 얼굴에 떠올라 있던 머뭇거림이 한순간 사라졌다.

그래, 우리에게는 혈신이 있다.

누가 감히 혈신을 상대할 수 있단 말인가?

백리자천과 자신들 못지않은 고수들이었던 천령오호법 중 셋이 합격하고도 혈신에게 중상을 입은 채 도주했거늘.

더구나 놈들은 설마 우리가 움직일 줄은 생각지도 못하고 있을 게 자명한 일.

그때 숙야명이 입을 열었다.

"하오면 최강의 정예들만 추려서 가도록 하겠습니다."

"어두워질 때까지 준비하도록!"

"알겠사옵니다!"

야율립은 두 손을 불끈 쥐었다.

심장이 벌떡벌떡 뛰었다.

어차피 혈신의 명을 거역할 수는 없던 터였다.

한데 막상 결정이 나자 가슴속에 잠자고 있던 웅심이 모조리 끓어오르기 시작한 것이다.

그래, 한 번에 결정을 보는 거다!

이기면 천하를 거머쥐는 거고, 지면 멋지게 죽는 거다.

공야무릉을 부추겨 여기까지 온 것이 다 오늘을 위해서인 것처럼 느껴졌다.

혈신을 위해! 새로운 세상을 위해!

그리고 내가 그 새로운 세상의 주인이 되는 거다!

4

노도인은 산등성이에 서서 조용히 아래를 내려다보았다.

이틀간 쫓아온 자들이 거기에 있었다.

혈신을 따르는 자들. 새로운 세상을 만들겠다며 혈신을 외치는 자들이.

전날 보았던 광경이 주마등처럼 스쳐 지나갔다.

결코 자신에 못지않은 고수였던 백리자천이 쓰러졌다. 수하 호법들과 함께.

믿을 수가 없었다.

세상에 그토록 강하고, 그토록 악마적인 기운을 지닌 자가 있을 줄은 꿈에도 생각지 못했다.

하늘에까지 뻗친 붉은 기운을 느끼고도 짐작을 하지 못했다.

그 바람에 손쓸 기회를 잃고 쳐다만 봐야 했다.

차라리 백리자천과 함께 손을 썼다면 가능성이라도 있을지 몰랐거늘.

'하늘이 피를 원하는 것인가?

그렇지는 않을 것이다.

봐라! 노을이 지는 저쪽의 밝은 광휘를!

혈신을 상대할 누군가가 있다는 말이다. 그게 누군지는 모르지만.

오면서 들었던 천뢰서생이라는 자일까?

그럴지도 모른다. 당금 하늘 아래 갑자기 나타난 고수는 그 밖에 없으니까.

하지만 아직은 모자라다.

광휘가 붉은 기운에 가려 있다.

아직 때가 되지 않았다는 뜻이다.

혈신의 기운은 최고조에 달해 있거늘.

그렇다면 방법은 하나, 균형을 맞춰주면 된다.

"흘흘흘, 할 수 있는 일이라는 게 겨우 그 정도뿐이라니……."

그때다. 산등성이 아래 저 멀리 있는 장원에서 사람들이 빠져나오는 것이 보인다. 수십, 아니, 수백이다.

붉은 무복을 걸친 자들. 놈들이다. 놈들이 움직이기 시작한 것이다. 예상보다 훨씬 빠르게.

"설마……?"

노도인은 굳어진 표정으로 그 모습을 바라보더니, 더 이상 장원에서 빠져나오는 자가 없자 자리를 털고 일어섰다.

"강하기만 한 줄 알았더니 머리까지 있었던 건가? 갈수록 태산이로다."

그 말의 여운이 스러지기도 전이었다.

일순간, 산등성이 위에서 노도인의 그림자가 사라졌다.

5

무작정 다 데려갈 수는 없었다.

제갈민을 비롯해 두충과 운아영 등은 남겨놓기로 했다. 죽어도 따라가겠다는 운아영을 남겨놓기 위해 진용이 직접 운아영의 검을 꺾는 사단까지 벌여야만 했다.

"나는 유 어르신께 운 낭자를 보살펴 달라는 부탁을 받았습니다. 이 길은 누구도 생사에서 자유로울 수 없는 길, 결코 운 낭자를 데려갈 수는 없습니다."

운아영은 눈물을 뚝뚝 흘리다가, 은근슬쩍 어깨를 감싸는 두충의 머리를 한 대 때리는 것으로 마음을 돌렸다.

두충은 운아영에게 맞고도 벙긋 웃으며 정광을 찾았다.

"도장님, 잠깐 봅시다요."

"나?"

"예, 가면 죽을지 모르니 마지막 인사라도 해야죠."

"빌어먹을 놈. 꼭 말을 해도……."

그러면서도 정광은 두충을 따라 안으로 들어갔다.

인사를 하자는 말이 곧 술 한잔하자는 소리 아니겠어? 그런 기대감을 품고.

쟁반처럼 둥근 월광 아래 진용 일행이 떠날 준비를 하고 있을 때였다.

신혈교가 머물러 있는 주마점의 장원을 살피고 있던 감시조 중 한 사람이 숨을 헐떡이며 달려왔다.

전신을 땀으로 목욕한 것처럼 젖어 있는 것만 봐도 그가 얼마나 다급히 달려왔는지 짐작하고도 남음이 있을 정도였다.

아마 이백 리 길을 쉬지도 않고 전력으로 달려왔음이 분명했다.

그는 거칠게 문을 열고 들어오자마자 누가 물을 새도 없이 다급히 입을 열었다.

"놈들이……. 헉, 헉. 놈들이 장원을 떠났습니다."

그 말에 떠날 준비를 하고 있던 사람들의 몸이 통나무처럼 굳어졌다.

장원을 떠났다? 그렇다면 진용의 말대로 진행되고 있다는 말이었다.

제갈민이 황급히 물었다.

"전부 떠났소?"

"아닙니다. 이백 명 정도만 장원을 나섰습니다."

"그럼 정예들만 움직였다고 봐야겠군."

사도광이 눈살을 찌푸리며 말했다.

"나머지 놈들도 곧 움직일 것이네."

"그들은 그리 문제될 것이 없습니다. 혈신을 비롯해 절대고수들은 모두 그 이백 명 안에 포함되어 있을 테니까요."

"나머지야 죽든 말든 상관없이 움직였다는 말인가?"

"장주님께서 그러지 않으셨습니까? 놈은 제정신으로 생각할 놈이 아니라고 말입니다. 저도 조금은 의문이었는데 이제 확실히 알겠습니다. 그자는, 혈신은 결코 정상적으로 상대할 적이 아니라는 것을 말입니다."

정광은 머리가 아픈지 이마를 잔뜩 찌푸리며 신경질적으로 물었다.

"끄응, 그래서 어쩌겠다는 거야?"

"어쩌긴요. 저희도 바로 출발해야죠."

"우리가 그들을 막을 수 있다고 보는 건가?"

"말도 안 되는 소리죠."

"그럼 뭐야? 그냥 구경이나 가자는 거야?"

진용이 밖으로 나서며 정광의 말에 대답했다.

"옆구리 정도는 찌를 수 있지 않겠습니까? 잘하면 그들이 정신없을 때 머리를 칠 수 있을지도 모르고 말입니다."

옆구리? 머리?

정광의 이마에 주름이 몇 개 더 그어졌다.

사도광이 불쌍하다는 표정으로 입을 열었다.

"쯧쯧쯧, 그 머리로 불가해한 고대 문자를 연구한다는 것이 참 신기하다, 신기해."

그러니까 이십 년이 넘도록 연구하고도 아직 다 풀지 못했지, 꼭 그런 뜻 같다.

정광이 막 발작하려 할 때다. 진용이 세르탄과 함께 휭 하니 정광의 옆을 스쳐 가며 말했다.

"그래도 황소같이 끈질긴 정광 도장님이나 되니까 성질 죽이고 그 정도라도 푼 겁니다. 사도 선배 같았으면 남 일에 참견하고 싶어서라도 한 자도 풀지 못했을 겁니다. 그만 가시죠."

"어? 어."

칭찬하는 소리 맞지?

정광은 힐끔 다른 사람들의 표정을 살펴봤다.

정광이 성질 죽인 황소같이 끈질기다고? 웃기는 소리! 그런 표정들이다.

정광이 다시 빽 소리쳤다.

"뭐 하는 거야? 고 공자가 가자고 하잖아!"

6

발이 여덟 개 달렸다는 말을 들을 정도로 신법에 일가견이 있는 팔족추풍 서평이 제갈민의 서신을 들고 평정산에 들어선 것은 삼경 무렵이었다. 산을 넘고 물을 건너 삼백 리 길을 네 시진 만에 주파한 것이다.

이마에 땀이 흐르는데도 그의 얼굴에는 자랑스런 표정이 떠올라 있었다.

천뢰서생이 내린 명령을 일행들 중 첫 번째로 이행했다는 기쁨 때문이었다.

'흐흐흐, 발만 빨라서 어디다 써먹냐고 했지? 어리석은 놈들. 세상이 어디 힘만 가지고 살아갈 수 있는 곳인 줄 아나? 그래서 네놈들은 아직 멀었다는 거야!'

하지만 그 기쁨도 잠시였다.

입구를 지나기도 전에 몇 사람이 그의 앞을 가로막은 것이다.

"멈추시오! 이곳부터는 안으로 들어갈 수 없으니 되돌아가시오!"

서평은 그들이 누군지, 왜 막는지 잘 알고 있었다. 그러기에 한 사람의 이름을 파는 것을 주저하지 않았다.

"천뢰서생의 서신을 가지고 왔네! 맹주님을 뵙게 해주게!"

"천뢰서생?!"

저것 봐! 놈들이 놀라잖아!

서평은 즐거웠다. 그동안의 고생이 말끔히 씻겨져지고도 남는 즐거움이었다.

한데 놈들 중 제법 강해 보이는 청년이 또 말한다.

"지금 시간이 삼경이오. 내일 아침까지 기다려 주시오."

곧 죽어도 꿀리지 않겠다는 뜻일 게다.

서평이 또 다른 비책을 내놓았다.

"만일 이 서신이 전해지지 않아서 큰일이라도 난다면, 그대가 책임지겠나? 그렇다면 그대의 이름을 좀 알았으면 싶네만!"

청년이 움찔한다.

공격을 할 때는 기세를 잃지 말아야 하는 법. 서평이 마지막 일격을 가했다.

"혈신에 관계된 서신이네. 이럴 시간이 없네!"

혈신! 그 이름만으로도 청년의 안색이 누렇게 뜨는 게 확연히 보였다.

마침내 청년이 옆의 동료를 돌아보더니 고개를 끄덕였다.

"좋소, 따라오시오."

서평은 어깨를 쭉 펴고 그의 뒤를 따라갔다.

이제 곧 정천무맹의 맹주에게 직접 서신을 전하는 자신의 모습을 상상하면서.

그러나 그러고도 요료에게 서신이 전해지기까지는 한 시진이 더 걸렸다. 그나마 세 단계의 검열을 더 거친 다음에 밀은전의 제갈운문 손에 들어가고서야 황급히 올라간 것이다. 그가 아니었다면 시간이 얼마나 더 걸렸을지 모를 일이었다.

다른 사람들은 신빙성없는 내용의 서신을 전하기 위해 맹주의 단잠을 깨운다는 것을 마치 큰일이라도 나는 것처럼 생각하고 있었으니까.

서평이 평정산 탕마단의 거처에 들어온 지 한 시진이 조금 지난 후, 정천맹주인 요료는 그제야 전해진 서신을 읽고 고개를 들었다.

충분히 충격적인 내용일 텐데도 요료의 표정에는 조금도 변함이 없었다.

"맹주께선 어찌 생각하시는지요?"

서신을 전한 제갈운문이 나직이 물었다.

요료는 고요히 가라앉은 표정으로 제갈운문을 바라보았다.

"그에 대해선 제갈 전주의 의견을 먼저 듣고 싶군."

제갈운문이 조심스럽게 대답했다.

"속하의 생각으로는, 반 정도는 가능성이 있다 생각해야 할 듯합니다."

"반이라……."

누구라도 할 수 있는 말이다. 하지만 제갈운문은 그 말을 준비하기 위해 이각 이상을 생각했다.

"혈신이 상리(常理)에 어긋난 자라면 충분히 가능한 일입니다."

그는 단숨에 천혈교를 장악하고 신혈교를 일으켜 강호에 칼을 들이댄 자이다. 그것만 봐도 분명 정상적인 사고를 하는 자는 아닐 것이다.

요료가 물었다.

"그럼 나머지 반의 이유는 뭔가?"

"그가 과연 그만한 힘이 있느냐입니다. 백리군학의 말도 그렇고, 본 맹의 정보로도 그렇고. 신혈교는 이미 천제성과의 싸움에서 상당한 타격을 받았습니다. 더구나 혈신 역시 놀랍고 믿어지지 않게도 백리자천과 천령오호법을 물리치긴 했지만, 상당한 타격을 입었을 게 분명합니다. 그런 그가 며칠 만에 움직인다는 것은 거의 불가능에 가까운 일입니다."

"그럼 전주의 생각은 어느 쪽이라 생각하는가?"

제갈운문이 고개를 들고 요료를 직시했다.

"일단은 그들이 움직인다는 가정 하에 움직이는 것이 나을 것이라 생각합니다."

"흠, 당장 우리 모두가 움직이는 일은 결코 쉬운 일이 아니네."

"알고 있습니다. 저도 굳이 모두 움직이자는 말은 아닙니다. 현재 탕마단 중 이단 정도를 움직여 전진 배치하면 어떨까 합니다."

요료가 다시 생각에 잠긴 듯 눈을 감았다.

"맹주, 들어가도 되겠습니까?"

그때 우양자의 목소리가 들렸다.

요료는 눈을 뜨고 문 쪽을 바라보았다.

"들어오시게."

소리나지 않게 안으로 들어온 우양자는 제갈운문의 옆자리에 앉았다. 앉자마자 요료가 물었다.

"소식을 듣고 오신 겐가?"

"그렇습니다. 마침 제갈 전주도 있으니 잘 되었군요."

"그래, 무슨 말씀을 하고 싶은지 말해보시게."

"만일 누군가가 탕마단을 이끌고 내려가야 한다면, 제가 가볼까 합니다."

"부맹주가 직접?"

요료가 의외라는 눈빛으로 우양자를 응시했다.

조금도 사심없는 눈빛이었다.

"제갈 전주의 말로는 반반의 가능성이 있다고 하네. 허탕만 칠 수도 있다는 말이지."

"어차피 천제성과 격돌한 그들이 언제까지 한곳에 머물고 있을 거라고는 생각하지 않습니다. 그들이 오지 않는다면 우리가 그들을 쳐야 할 터, 제가 그 길을 뚫어볼까 합니다."

요료는 잠시 생각하는 듯하더니, 결정을 내린 듯 제갈운문에게 명령을 내렸다.

"인시 초까지 탕마단의 이 개단을 움직일 수 있도록 준비해 주시게."

그러고는 우양자에게 말했다.

"준비가 되면 부맹주가 그들을 이끌고 가시게. 단, 너무 무리하게 움직이지는 말고 백 리 정도의 거리를 두시게. 날이 밝으면 들어오는 정보를 받아보고 곧 뒤따라갈 테니까 말이네."

"알겠습니다, 맹주."

7

혈신이 지나간 것으로 추정되는 첫 흔적을 만난 것은 진용 일행이 각산을 떠나 혈신의 뒤를 쫓은 지 한 시진이 지났을 즈음이었다.

앞서가던 오 대 중 제이대의 단주 붕산검객 역고성이 걸음을 멈추고 진용이 오기를 기다리고 있다가 약간 떨리는 목소리로 말했다.

"싸움이 벌어진 흔적이 있습니다!"

그가 가리키는 곳은 작은 장원이었다. 대문이 흔적도 없이 사라진 장원에선 짙은 혈향이 풍겨오고 있었다.

안으로 들어가자 역고성이 말한 흔적이 보였다.

그 흔적이라는 것은 그야말로 시신이라고 부르기도 힘들 정도로 뭉개진 인육덩어리들을 말함이었다.

인육덩어리는 무려 삼십여 구에 달했는데, 하나같이 성한 것이 없었다.

시신에서 흘러나온 피로 온통 붉게 채색되어 버린 장원. 바라보는 사람들은 소름이 끼쳤다.

이놈들은 사람이 아니다. 악마다!

악마가 아니고서야 어찌 이런 짓을 한단 말인가!

"피가 끓는군."

세르탄만이 마족답게 피를 보고 흥분해 입을 열었다.

다행히 그 목소리가 작은데다 정신이 온통 장원 내부의 참

혹함에 쏠려 있던 사람들은 별다른 반응을 보이지 않았다.

하지만 진용은 아니었다.

"세르탄, 한 번만 더 헛소리 지껄이면 가만 안 둘 테니까 알아서 해."

다행히 일대주 기벽진이 입을 여는 바람에 진용의 관심도 세르탄을 떠났다.

"아직 피가 완전히 식지 않았습니다. 지나간 지 반 시진 정도 된 듯합니다."

반 시진. 멀다면 멀고, 가깝다면 가까운 거리에 놈들이 있다.

만일 누군가가 가로막았다면 중간에 만날 것이고, 막지 못했다면… 평정산에서 볼 수 있으리라.

그것은 최악의 경우였다.

정천무맹이 아예 움직이지도 않았다는 말일 테니까.

진용이 굳은 표정으로 말했다.

"놔두고 계속 갑시다."

냉정한 선택이었다. 하지만 누구도 반발하지 못했다.

그 이유를 알기 때문이었다.

시간이 없다.

*　　　*　　　*

죄없는 장원 하나를 완전히 피로 뒤덮었다. 피를 보자 사람들의 눈에 혈광이 돌기 시작했다. 악마라 해도 하는 수 없었다.

이겨야 한다. 살아남아야 한다!

혈신을 위해! 새로운 세상을 위해! 그리고 자신을 위해!

죽고 난 다음에 영화가 무슨 소용이랴!

이제 평정산까지 이백 리 정도가 남았다. 아직까지는 정천무맹 놈들이 눈치 채지 못하고 있는 듯했다. 아니라면 어떤 식으로든 자신들이 앞길을 막으려 했을 것이다.

야율립은 선두에서 유유히 허공을 가르며 나는 혈신의 등을 바라보았다. 입가에 하얀 웃음이 번졌다.

'혈신을 택한 것이 내 인생 최고의 선택이 될 것이다.'

야율립은 입술을 깨물며 황홀한 표정을 지었다.

바로 그 순간이었다. 갑자기 앞장서서 날듯이 나아가던 혈신이 걸음을 멈췄다.

뒤따라가던 야율립과 등우광도 걸음을 멈추고, 삼혼신마와 잔혼쌍살마를 비롯한 신혈교의 이백 고수가 일제히 전진을 멈췄다.

그들의 앞에는 한 사람이 서 있었다.

자신들과 마찬가지로 붉은 옷을 입은 사람이었다.

다만 다른 점이라면 그 옷이 도복이라는 것일 뿐.

혈신의 걸음을 멈추게 한 자. 그것만으로도 야율립은 충분히 놀라고도 남았다.

야율립은 경악한 표정으로 붉은 도복을 입은 노도인을 바라보았다.

"너는 누구냐?"

그때 혈신이 입을 열었다. 왠지 열기가 느껴지는 목소리였다.

야율립은 그 목소리에 또 한 번 놀랐다.

혈신이 즐거워하고 있다. 피가 아닌 사람을 보고. 백리자천 때와 같은 반응이다.

그렇다면 저 붉은 도복의 도인이 백리자천 정도의 고수란 말인가?

하지만 야율립은 곧이어 세 번째 놀랄 만한 말을 들어야만 했다.

혈신이 말했다.

"너는 백리자천이라는 인간보다 더 강한 인간이로구나. 정말 재미있는 일이야! 그대와 같은 인간이 있다니."

백리자천보다 더 강한 고수?

야율립은 믿을 수가 없었다. 천하에 그런 고수가 어디 있단 말인가?

한데 붉은 도복의 혈선인이 입을 연다.

"그대는 왜 인간 세상에 나와서 천기를 어지럽히는 것인가?"

순간 혈신의 눈에 놀람과 흥분이 떠오른다.

"내가 누군지를 아는가?"

야율립은 혼란한 마음으로 두 사람의 대치를 지켜봤다.

경악한 사람은 그만이 아니었다.

"총호법, 대체 저자가 누구기에 백리자천보다 강하다는 것이오?"

대답해 줄 말이 없었다. 자신도 모르니까. 그리고 이제 그것은 그의 관심사도 아니었다.

혈신의 정체! 그것이 밝혀지기 직전인 것이다!

혈선인이 말했다.

"인간계의 정신을 지니지 않은 자, 굳이 말한다면 마계라고 해야 되나?"

"크하하하하!"

갑자기 혈신 신도율단이 광소를 터뜨렸다.

혈선인의 안색이 굳어졌다.

자신의 생각이 틀리지 않았다는 생각이 든 것이다.

"인간 중에 마계를 아는 자가 있었다니! 이 어찌 놀라운 일이 아닌가!"

맙소사! 정말이었다.

이자는 인간이 아닌 또 다른 세상의 존재다!

"나는 마계의 전신, 휼탄! 지금은 신도율단이라 부르지. 나를 알아본 대가로 고통없이 죽여주겠다! 내가 두 번째로 인정한 인간이여!"

순간이었다. 혈신의 몸에서 붉은 기운이 폭풍처럼 몰아쳤다.

야율립조차 감당할 수 없을 정도의 거력이 실린 기운이었다.

"뒤로 물러서라!"

야율립이 다급히 소리치며 뒤로 신형을 날렸다.

등우광을 비롯해 삼혼신마도 정신없이 뒤로 물러섰다.

오히려 전면에 서 있는 혈선인만이 표표히 도복을 휘날리면서 한 걸음도 물러서지 않았다.

두 손을 들어 올리는 그의 표정은 엄숙하기만 했다.

결코 많은 겨룸이 필요없을 것이다.

상대는 인간이 아니다.

그런 상대가 자신을 상대로 최선을 다하려 하고 있다.

얼마나 버틸 수 있을까?

원하는 만큼의 흠을 낼 수 있을까?

하긴 이제 와서 그런 것이 무슨 상관이랴. 최선을 다하면 그뿐.

혈선인의 손에서 붉은 손바닥이 아롱지며 피어올랐다.

갓난아이의 손바닥처럼 작은 손바닥이었다.

그걸 보는 혈신의 눈에 놀람이 떠올랐다.

"굉장하군! 멋진 능력이야!"

동시에 사방으로 퍼져 있던 붉은 기운이 그를 향해 몰려들었다.

찰나였다. 혈선인의 혈수인이 허공을 단축하며 혈신의 가슴으로 파고들었다.

쿠우웅!

그리 크지 않으면서도 둔중한 기음이 울렸다.

주춤, 뒤로 한 걸음 물러선 혈신의 얼굴이 악귀처럼 일그러졌다.

웃음이었다. 미칠 듯한 즐거움이 서린 마소!

"크카카카! 이번에는 나의 공격을 받아보아라!"

악령의 웃음소리가 그치기도 전이었다. 혈신의 전신을 감싸고 있던 선혈처럼 붉은 기운이 혈선인을 향해 덮쳐 갔다.

한데 혈선인을 덮어가는 붉은 기운이 웃는다.

혈신의 모습을 그대로 한 채!

혈선인의 표정이 처참하게 구겨졌다.

"이, 이건…… 대체……."

움직일 수가 없었다.

혼신의 기운을 끌어올렸는데도 움직일 수 있는 것은 겨우 두 손뿐이다.

마지막! 자신의 최후가 보이는 듯했다.

혈선인은 끌어올린 두 손에 자신의 모든 것을 담았다.

더 이상의 기회는 없었다. 남길 것도 없었다.

그는 마음속으로 외쳤다.

'가라! 악마의 종자여!'

육신과 정신의 모든 기운이 두 손을 통해 빨려 나간다.

갓난아이 같던 혈수인이 호두만 한 점처럼 작아졌다.

혈신의 붉은 기운이 웃음을 멈추고 얼굴을 악귀처럼 일그러뜨렸다.

퍽!

둔탁한 소음이 일었다.

대기가 흔들리며 낮게 깔린 기운이 사방으로 퍼져 나갔다.

휘말리는 것은 무엇이든 가루가 되어 무너져 내렸다.

바위도, 나무도, 지나가던 바람도 스러져 사라졌다.

내려앉은 정적만이 혈선인의 반쯤 파묻힌 몸과 남았을 뿐이다.

"으음……."

혈신의 얼굴에는 좀 전의 여유가 사라져 있었다.

믿을 수 없는 일을 당한 것마냥, 그는 눈을 부릅뜬 채 혈선인을 바라보았다.

혈선인은 이미 생명의 기운이 거의 빠져나간 뒤였다.

그가 마지막 힘을 다해 손을 움켜쥐는 것이 보였다. 그것을 끝이었다. 모든 움직임이 멈췄다.

"곧 죽겠군. 정말 굉장했어, 건방진 인간."

가볍지 않은 충격을 받은 듯 혈신의 입에서 억눌린 목소리가 새어 나왔다.

자신을 어렵게 만든 최초의 인간. 그가 죽어간다.

확실히 죽여줄까? 아예 가루로 만들어 버릴까?

아니지, 그래도 이런 인간이 하나쯤 있었다는 게 얼마나 즐거운 일인가.

갈등이란 것은 애초에 그가 느낄 감정이 아니었다. 그나마 잠시의 갈등도 그가 인간의 몸을 하고 있기에 하는 것일 뿐이었다.

마음이 일자 그는 천천히 몸을 돌렸다.

"그냥 놔둬라. 그는 내가 만난 인간 중 가장 강한 자. 강한 자에게는 그만한 대우를 해줘야 한다."

혈신이 다시 붉은 기운에 휩싸인 채 몸을 날렸다.

야율립과 등우광 등은 격동에 찬 눈으로 혈선인을 바라보고는 살짝 고개를 숙였다.

혈신을 곤란하게 만들고, 혈신으로부터 인정받은 강자.

앞으로 누가 또 저런 인정을 받을 수 있을 것인가.

그는 자신들에게 그런 대우를 받을 만한 자였다.

"가자! 새로운 세상이 얼마 남지 않았다!"

"혈신을 위해!"

"새로운 세상을 위해!"

* * *

저만치 뭔가가 땅 위로 솟아 있었다.

잘 해야 두 자 정도. 한데 사람의 형상을 갖추고 있다.

진용은 신형을 날리다 말고 얼굴이 굳었다.

아직도 남아 있는 기운의 잔재가 느껴졌다.

대체 얼마나 강한 기운들이 부딪쳤기에 사람들이 떠난 다음에도 그 여파가 남아 있는 것일까.

"시르……."

갑자기 세르탄이 떨리는 목소리로 불렀다.

"뭔가 알겠어?"

"그다, 그야. 그가 이곳을 지나갔어."

세르탄이 그라고 부를 사람은 오직 하나, 혈신뿐이다.

진용은 굳은 표정으로 앞을 바라보았다. 땅에서 솟은 물체와 가까워지자 그가 확실히 사람이라는 것을 알 수 있었었다.

몸이 반쯤 땅속에 묻힌 사람.

'붉은 도복?'

문득 어떤 알 수 없는 느낌이 뇌리를 꽉 채웠다.

붉은 도복. 혈선인!

'설마?'

혈선인의 앞에 내려선 진용은 떨리는 손으로 그를 만져 보았다.

숨을 쉬지 않는다. 온기조차 느껴지지 않는다.

죽었나?

그런데 그때다.

머리를 만지려던 진용의 손이 우뚝 멈췄다.

"마, 맙소사!"

그의 눈은 혈선인의 머리에 머무른 채 움직일 줄을 몰랐다.

도관이 반쯤 벗겨진 머리.

"어, 어떻게 이런 일이……."

세르탄도 그제야 혈선인의 머리를 보고 깜짝 놀라 소리쳤다. 진용이 미처 입을 막을 시간도 없이.

"억! 이 사람은……."

"하가야! 무슨 일이야?"

정광이 날아오며 그 소리를 들었나 보다.

그는 날아 내리자마자 세르탄에게 물었다.

진용이 급히 앞으로 나섰다.

"정광 도장님."

"어? 고 공자까지? 대체 무슨 일인데 그러는 거야?"

정광은 고개를 갸웃거리며 진용의 뒤로 바라보았다.

뭔가 이상한 것이 땅속에 묻혀 있었다.

자세히 보니 달빛에 비친 그것은 사람의 상반신이다.

"어? 사람이잖아? 뭐 해, 구해주지 않고?"

진용은 이를 지그시 깨물며 옆으로 비켜섰다.

"도장님께서 꺼내주십시오."

"내가? 그러지 뭐."

정광은 이상하다는 눈빛으로 진용을 바라보고는 땅속에 묻힌 혈선인을 붙잡았다.

순간! 정광의 몸이 딱딱하니 굳었다.

마치 석고상처럼 굳은 정광은 손가락 하나 까닥하지 못한 채 혈선인의 머리만 바라보았다.

도관이 반쯤 벗겨진 곳의 머리칼, 반은 하얗고 반은 검다.

그런 머리를 가진 사람은, 천하에 오직 한 사람뿐이다.

"사, 사부? 사… 부……. 정말… 사부요?"

정광은 부들부들 떨며 혈선인의 머리에서 도관을 벗겼다.

하얗고 검은 머리칼이 완전히 드러났다.
그제야 천천히, 떨리는 손으로 사부의 떨군 고개를 들어 올렸다.
사부다. 정말 사부다!
머리칼만 같지 왜 얼굴까지 같은 거야!
정광은 떨리는 손으로 머리칼을 매만지며 오열했다.
"어헝! 사부… 사부! 어허헝! 사부!"
그러더니 혈선인의 머리를 가슴으로 끌어안고 통곡을 했다.
"으아아! 사부! 눈 떠봐, 사부!"
뒤늦게 도착한 율천기 등이 어리둥절한 눈으로 진용을 바라보았다.
사도광도 저 호랑말코가 왜 통곡을 하는가 싶으면서도 정광의 울음소리가 어찌나 처량한지 입을 열지 못했다.
진용이 그들을 향해 말했다.
"저분은… 정광 도장님의 사부님이십니다."
일시에 벙어리가 된 것처럼 모두의 얼굴이 굳어졌다.
그러다 의문이 생겼는지 사도광이 물었다.
"왜, 저 호랑…… 정광의 사부가 이곳에서 돌아가셨단 말인가?"
진용은 무심한 눈으로 사부를 끌어안은 채 오열하는 정광을 바라보았다.
그때 소서노인이 떨리는 목소리로 입을 열었다.
"혈선인……. 혈선인이야. 분명해. 저 사람은 혈선인이야."

모두가 동시에 굳어진 얼굴에서 입이 떡 벌렸다.

"혀, 혈선인?"

진용이 자신의 생각을 말했다.

"아마도 이곳에서 혈신과 싸운 것 같습니다."

"혈선인이 혈신과?!"

"예. 이제야 왜 혈선인이 이십수 년의 은거를 깨고 나왔는지 이해가 갑니다. 저분은… 혈신의 존재를 눈치 채고 그를 제거하려고 나온 것 같습니다. 비록 성공하지는 못한 것 같지만요."

주위를 빙 둘러보던 독고무종이 질린 표정으로 억눌린 목소리를 내뱉었다.

"으음, 정말 굉장한 싸움이 있었던 것 같군요."

혈선인의 주위로 십여 장에 달하는 일대에는 작은 돌조각조차 보이지 않았다. 모두가 가루가 되어버렸다는 말이었다.

정광이 울음을 멈추고 혈선인을 땅에서 빼낸 것은 일각이 지나서였다.

정광은 멍하니 사부의 모습을 내려다보더니 진용에게 말했다.

"고 공자."

"예."

"이리 와보게. 이것 좀 봐줘."

진용이 다가가자, 정광이 혈선인의 반쯤 움켜쥐어진 손을 진용을 향해 억지로 펼쳤다.

장(章).

손바닥에는 글자가 한 자 쓰여 있었다. 결코 먹으로 쓴 글자가 아니었다. 그 글자는 손바닥 내부의 피를 내력으로 뭉쳐 쓴 글자였다.

"왜 손바닥에다 이런 글자를 썼을까?"

정광이 글썽거리는 눈으로 의아한 듯 물었다.

내력으로 피를 뭉쳐 쓴 장(章) 자.

혈선인의 손바닥을 한참 동안 바라보던 진용이 기광을 발했다.

"혈선인께서…… 어쩌면 완전히 실패하신 것은 아닌 듯합니다."

무슨 말이지?

사람들이 일제히 진용을 바라보았다.

진용이 물었다.

"장(章) 자가 들어가는 혈도가 인체에 몇 개나 있죠?"

사도굉이 제일 먼저 나직이 입을 열었다.

"장문혈……?"

진용이 무저의 심해처럼 가라앉은 눈으로 말했다.

"혈신을 만나면 알 수 있을 겁니다. 맞는지, 틀렸는지. 맞다면…… 승산이 조금은 더 생기겠지요."

8

한 마리의 비둘기가 만월을 가르며 평정산으로 날아들었다.

비둘기에는 작은 전통이 매달려 있었다.

전통을 인수한 밀은전의 야간 담당 조장은 전서를 펼쳐 보자마자 정신없이 제갈운문의 방으로 쳐들어갔다.

"전주! 무강으로 나가 있던 조에게서 급보가 왔습니다!"

이미 탕마단을 보내고 나서도 잠들지 못하고 있던 제갈운문이었다. 그는 수하가 내민 전서를 받아보고는 황급히 문을 박차고 나갔다.

그리고 이각, 요료의 명이 떨어졌다.

"모든 탕마단의 무사들은 신속히 연무장으로 집결하시오! 집결하는 대로 출발할 것이외다!"

이미 우양자가 탕마단을 이끌고 나간 것을 알고 있는 원로들은 맹주전으로 몰려와 시큰둥한 표정으로 요료에게 물었다.

"맹주, 대체 무슨 일인데 이리 급하게 서두르시는 거요? 날이 새고 출발해도 충분하지 않겠소?"

"그럴 시간이 없소이다! 신혈교의 놈들이 어젯밤에 이미 주마점을 떠났다 하오!"

"그래서 우양자 부맹주가 나간 것이 아니오?"

"그러니 걱정이외다. 부맹주만으로는 그들을 막기도 힘들 거니와 설령 막는다 해도 큰 피해가 날 것이 아니겠소?"

화산의 허운자가 눈살을 찌푸리면서도 조금은 걱정이 되는지 고개를 끄덕였다.

"그건 맹주의 말씀이 맞소. 일단 탕마단을 모두 소집하고 봅시다."

원로들은 마지못해 사문의 제자들에게 명을 내렸다.

"가서 제자들을 소집하도록 해라."

답답한 일이었다. 요료는 새삼 원로들의 굼뜬 행동에 화가 났다.

얼마 전만 해도 당장 쳐들어가야 한다며 난리를 피웠던 자들이었다. 한데 백리자천이 이끈 천제성이 신혈교에 일패도지했다고 하자 슬슬 꼬리를 내리고 있었다.

'저러니 남궁창훈이 맹주 직을 내놓고 물러나지!'

요료는 새삼 남궁창훈의 마음이 이해가 갔다.

소림을 일으키고자 하는 마음만 아니었다면, 자신 역시 진작부터 물러서고 싶었다.

그러나 이제는 기호지세였다.

"제갈 전주!"

"예, 맹주!"

"내가 직접 탕마단을 이끌 것이오! 그대가 나를 보좌해 주시오!"

제갈운문의 얼굴에는 오랜만에 결연한 의지가 떠올랐다.

"그리하겠습니다, 맹주!"

"상운곡에 머물고 있는 백리 시주에게도 함께 싸울 거면 지금 즉시 합류하라 알리시오!"

"알겠사옵니다!"

*　　　*　　　*

그들의 공격은 갑작스러웠다.

처음에는 누가 달려오나 했다.

그러다 가까워오면서 거대한 마기가 느껴지자, 그제야 적이라는 것을 알았다.

우양자는 놀란 표정을 감추지 않고 소리쳤다.

"신혈교도요! 모두 적을 맞을 준비를 하시오!"

그때 그들이 덮쳐 왔다.

붉은 구름이 거대한 날개를 펴고!

악마의 울음소리를 터뜨리며!

그들을 본 누군가가 소리쳤다.

"이놈들! 마도의 무리답게 예의를 모르는구나!"

싸움의 예의? 웃기는 소리다.

비무하기 전의 인사? 목이 달아나고 난 뒤의 헛소리에 불과하다.

틈을 타 덮치고, 마주하면 죽인다.

그게 싸움이다. 전쟁 말이다!

우양자는 정신이 없었다.

산을 내려온 지 이제 겨우 반 시진이다.

길게 늘어진 대열을 가다듬을 시간도 없었다.

자신들의 숫자는 육백, 적은 이백에 불과하다.

더구나 이곳은 광활한 십리평(十里坪)이다.

하지만 이제야 알았다. 숫자는 아무런 소용이 없다. 지금처럼 늘어졌을 때는 더욱 그러했다.

"혈신! 나와라! 나 화산의 우양자가 그대를 처단하리라!"

"와하하하! 어리석은 놈! 그대는 나 야율립이 상대해 주마!"

우양자는 혈신의 꼬리도 보지 못한 채 야율립을 맞이했다. 야율립은 십천존 중의 한 사람. 결코 자신의 아래가 아니었다.

우양자의 침중한 검세가 야율립을 향해 펼쳐졌다. 그러기를 십여 초, 막상막하의 대결로 십 장 반경이 초토화되었다.

그때 등우광이 달려들었다.

"시간이 없소! 함께합시다!"

우양자의 안색이 참담히 일그러졌다.

"비겁한 놈들!"

"비겁하다고? 살고 나서 그런 소리를 해라!"

한 사람은 몰라도 두 사람을 상대한다는 것은 아무리 우양자라 해도 힘든 일일 수밖에 없었다.

십초를 지나기도 전에 밀리기 시작했다.

바로 그때, 그가 나타났다.

하늘을 붉게 물들이며!

"모두 앞으로 전진하라!"

일성(一聲)에 내공이 약한 자들은 피를 뿜으며 비틀거렸다.

어지간히 강한 자들도 손발이 주춤거렸다.

그에 비해 신혈교의 교도들은 고르고 고른 정예 고수들.

더구나 마공을 익힌 사람이 대다수인 그들은 오히려 힘이 솟아 탕마단의 무사들을 공격했다.

일시에 전세가 기울어 버렸다.

그런데도 우양자는 다른 사람을 구원할 정신이 없었다. 붉은 기운이 자신을 향해 몰려오고 있었던 것이다.

콰우우웅!

화산의 절기 자하검공을 전력으로 펼쳐 세 번의 공격을 받아냈을 뿐인데도 가슴이 답답해졌다.

콰아앙!

네 번째 부딪침!

우양자의 몸이 뒤로 훌훌 날아갔다.

"웩!"

가슴에서 끓어오른 핏물을 뱉어낸 우양자의 눈이 아연해졌다.

하늘에는 여전히 그가 떠 있었다. 붉은 구름에 가려진 채. 그리고 땅에는 수백의 시신이 나뒹굴고 있었다. 그 대부분이 탕마단의 무사들이었다. 어느새 양쪽의 무사 수가 비슷해졌다.

계속되는 비명. 쓰러져 가는 탕마단의 무사들.

놈들은 팔이 잘려도 다른 팔로 칼을, 검을 휘두른다.

복부에 검을 꽂고도 미친 듯이 달려든다.

한데 이미 전의를 상실한 탕마단의 무사들은 물러서기에도 바쁘다. 마치 자신의 후퇴 명령이 떨어지기를 기다리는 듯 힐끔거리며 자신을 바라보는 자가 부지기수다.

우양자가 쥐어짜듯이 비통한 목소리로 소리쳤다.

"모두 물러서라!"

도주도 쉽지 않았다. 느긋이 쫓아오며 꼬리가 잡히면 철저히 짤라낸다. 놈들에게 걸린 자들 중 아마도 살아난 사람은 없을 것이다.

마음 같아서는 함께 죽고 싶다. 하지만 그러면 남은 사람들은 어찌해야 한단 말인가.

입술을 깨문 우양자는 무당의 영명 진인을 향해 큰소리로 외쳤다.

"영명! 그대가 제자들을 이끌고 가게!"

"부맹주!"

"내가 저들을 지연시켜 보겠네!"

말릴 틈도 없었다.

우양자는 뒤돌아서서 달려오는 신혈교도들을 향해 몸을 날렸다.

영명 진인은 비통한 표정으로 제자들을 독려했다.

"부맹주께서 시간을 벌 동안 모두 전력으로 후퇴해라!"

공포에 사로잡힌 자들 중에도 의기가 남아 있는 자들이 있었다.

그들은 망설임없이 돌아서며 검을 치켜들었다.

"우리도 남겠소이다! 진인께선 남은 사람들을 이끌고 가십시오!"

누구도 그들을 말리지 않았다. 말릴 정신도 없었다.

남는 자는 남고, 갈 자는 갔다.

어느 순간, 남은 자들을 향해 붉은 구름이 덮쳤다.

요료가 탕마 오단을 이끌고 평정산에서 내려왔을 때는 멀리서 비명과 격전의 굉음이 들려오고 있었다.

놈들이 코앞까지 다가왔다는 말이었다.

그제야 심각성을 느낀 원로들과 탕마단의 무사들의 얼굴에 다급함이 떠올랐다. 자신들의 사형제가, 제자들이 놈들에게 쫓겨오고 있는 것이다.

"아미타불! 갑시다! 놈들에게 정의가 무엇인지를 보여줍시다!"

"모두 가자! 놈들이 멀지 않은 곳에 있다! 가서 사형제들을 구하자!"

*　　*　　*

선혈과 뭉개진 육신이 즐비했다. 적어도 수백은 되어 보이는 듯했다.

밤공기를 뚫고 아련히 들려오는 격전음. 그리고 비명!

"멀지 않은 듯합니다! 먼저 가겠습니다!"

진용이 신형을 날렸다. 그 옆을 세르탄이 따라갔다. 율천기와 포은상과 독고무종을 비롯한 천탁의 무인들과 천탁을 따르는 무사들 일백오십이 그 뒤를 따라 몸을 날렸다.

그러던 어느 순간이었다. 달려가던 진용의 눈에 한 사람이 들어왔다. 그의 주위로는 반경 오 장에 달하는 커다란 구덩이가 파여 있었다. 그만큼 강맹한 격돌이 있었다는 말이었다.

그 역시 도인이었다.

진용은 그가 누군지 궁금했지만 그대로 지나쳤다.

뒤따르던 사도굉의 목소리가 들렸다.

"어헛! 우양자가 아닌가!"

우양자. 십천존에 버금간다는, 어쩌면 삼태천에 비할 수 있다는 절대의 고수.

결국 강호의 절대고수 한 사람이 또 혈신의 손에 죽었다.

진용의 이가 악다물렸다.

대체 혈신의 능력은 끝이 어디란 말인가?

과연 자신과 세르탄이 그를 상대할 수 있을까?

옆을 바라보았다. 세르탄의 표정도 창백해진 채 굳어 있었다.

'젠장, 실피나라도 움직이면 조금 나을 텐데.'

실피나는 무서워서 움직이지 않으려고 했다.

어차피 움직이지 않는 실피나는 도움이 되지 않는다는 생각에 진용은 실피나를 불러내지 않은 상태였다.

그런데 앞의 상황이 궁금해졌다.

이제 적도 코앞이고, 평정산도 코앞이었다. 격돌음으로 봐서 분명 어떤 급한 상황이 전개되고 있음이 분명했다.

"실피나!"

진용이 강하게 부르자 실피나가 마지못한 표정으로 주춤거리며 고개를 내밀었다.

—왜…….

어차피 뒤에서 따라오는 사람들과는 백여 장 이상 떨어져 있는 상황. 진용은 전음을 사용하지 않고 직접 말했다. 그게 훨씬 강하게 들릴 테니까.

"가서 어떻게 되고 있는지 알아봐!"

—싫은데……. 힝, 무섭단 말이야.

"그냥 멀리서만 보고 오란 말이야! 지금쯤은 혈신도 싸우느라 정신이 없을 테니까!"

—정말?

'나도 몰라!'

하지만 그렇게 말하면 또 분명 이 핑계 저 핑계 다 대고 가지 않을 것이다.

"그래, 빨리 가봐!"

진용이 확신에 찬 표정으로 말하자 실피나가 허공으로 떠올랐다.

—그럼 살짝 보고 온다?

"그래! 어서 가봐!"

그제야 겨우 실피나가 날아갔다.

곧바로 돌아온 실피나가 진용에게 빠르게 말했다.

"산 너머에서 무시무시하게 싸우고 있어! 거기에 그도 있어! 벌써 수백 명의 인간이 그에게 죽었어!"

격전을 보고 오더니 조금 태도가 달라졌다. 은근히 열기가 오른 모습이었다.

진용은 수백 명이 죽었다는 말에 상황을 짐작하고 천천히 걸음을 늦췄다.

'일단 혈신을 전장에서 벗어나게 해야 해!'

혈신만 없어도 전황은 판이하게 달라질 터였다.

진용은 전신의 내력을 개방한 채, 천리전성의 수법을 사용해 외쳤다.

"이리 와라! 혈신이여! 내가 그대를 상대해 주겠노라!"

세르탄에게서 배운 마왕후가 천공을 진동시키며 전장을 향해 퍼져 나갔다.

대기가 진저리를 치고, 보름달의 밝은 달빛이 일그러졌다.

그때였다. 전장이 있는 곳에서 붉은 기운이 솟구쳤다.

그다! 혈신! 그가 진용의 요구에 반응한 것이다!

혈신은 갑자기 대기를 통한 떨림을 느끼고 눈을 부릅떴다.

"마왕후?!"

문득 새파랗게 젊은 인간 하나가 생각났다.

"그놈이 왔구나! 우하하하하!"

그의 몸이 주욱 허공으로 솟구쳤다.

혈신의 손 아래서 근근이 목숨을 부지하고 있던 구파오가의 명숙들은 아연한 표정으로 허공을 올려다봤다.

그때 그가 말했다.

"천뢰서생! 네놈이 왔구나! 인간 세상에서 나의 상대가 될 수 있는 유일한 인간! 와라! 나 신도율단이 혈신의 이름으로 죽여주리라!"

정천무맹 원로들 중 살아남은 사람들의 눈이 파르르 떨렸다.

혈신에 대한 말도 믿지 않았고, 천뢰서생에 대한 말도 믿지 않았다.

그런데 믿지 않았던 혈신의 능력은 결코 자신들이 상상할 수 있는 것이 아니었다.

이미 그의 손에 수백 명의 제자들이 죽고, 십여 명의 원로마저 제대로 저항도 못한 채 죽었다.

그렇다면 천뢰서생의 능력 또한 그렇다는 말이다.

보라! 그토록 공포스럽던 혈신이 천뢰서생을 자신의 유일한 적으로 말하고 있지 않은가 말이다!

진작 그 사실을 인정했다면, 오늘의 결과는 나오지 않았을 것을! 뒤늦은 후회에 그들의 얼굴이 처참하게 일그러졌다.

"혈신이 천뢰서생을 찾아갔소! 나머지는 우리들이 처치합시다!"

요료가 창백한 표정으로 탕마단의 무사들을 독려했다.

그랬다. 혈신이 없다면 상황은 또 다를 수밖에 없다.

"모든 제자들은 마지막 힘까지 쥐어짜 놈들을 죽여라!"

그들의 입에서 서슴없이 죽이라는 말이 튀어나왔다.

이제 그들도 아는 것이다. 이것이 전쟁이라는 것을!

피를 보지 않고는 끝나지 않을 전쟁 말이다!

진용은 붉은 구름에 휩싸인 채 날아오는 혈신을 보고 걸음을 완전히 멈췄다.

실피나는 이미 자신의 세계로 도망쳐 버렸다.

옆에 있던 세르탄만이 침을 꿀꺽 삼키고 앞을 쳐다보았다.

"시르, 저것은 마계의 십대능력 중 최상위에 있는 마령체(魔靈體)의 능력이야. 젠장할……."

이제는 마령체가 아니라 그보다 훨씬 강한 능력이라도 물러설 수 없는 상황이었다.

주먹을 움켜쥔 진용이 뒤를 향해서 소리쳤다.

"율 대협, 포 대협! 사람들을 이끌고 우회해서 앞으로 가세요! 가서 정천무맹을 도와주세요!"

아무런 대답도 들려오지 않았다. 하지만 곧 사람들이 좌우로 나뉘어지는 것이 느껴졌다. 자신의 말대로 우회하고 있는 듯했다.

그때 율천기의 목소리가 들렸다.

"일단 사람들을 우회해서 가라 했네."

"율 대협!"

"우리에게 가라고 하지는 말게. 저자는 고 공자 혼자서 감당할 수 없다는 것쯤은 우리도 알고 있네."

결연한 표정이었다.

목숨조차 포기한 자만이 지을 수 있는 그런 표정.

포은상이 말했다.

"허허허. 우리가 유 노사만큼은 되지 않지만, 그래도 조금은 도움이 될 것이네."

독고무종도 도를 빼내며 나직이 입을 열었다.

"죽으면 한 번 죽지, 두 번 죽지는 않는다네. 기왕이면 강한 자와 싸우다 죽는 것도 괜찮지 싶군."

그럴 것이다. 조금이 아니라 많은 도움이 될 것이다. 다만 독고무종의 말처럼 목숨을 내놓아야 한다는 전제가 붙기는 하지만.

이제 어쩔 수 없었다.

혈신이 눈앞에 다가와 있었다. 물러가기에도 늦은 상황이었다. 가란다 해서 갈 사람들도 아니고 말이다.

"크하하하! 정말 재미있는 일이야! 너는 또 누구냐? 마계의 존재가 또 있었단 말이냐?"

이십여 장 앞까지 다가온 혈신이 세르탄을 보고 물었다.

세르탄이 되물었다.

"혹시 당신은 마계의 전왕이며, 십대전사 중 최강이었다던 훌탄이 아닌가요?"

혈신의 눈이 휘둥그레졌다.

"네가 어찌 나를 아느냐!"

"내 이름은 세르탄, 마왕 하르마탄의 아들이자 소르미의 아들이도 하죠."

훌탄의 눈이 거세게 떨렸다. 그를 둘러싸고 있던 붉은 기운이 태풍을 만난 것처럼 출렁거렸다.

"네, 네가 소르미의 아들이라고?"

"뭐 지금은 그게 중요한 것이 아니니 그건 나중에 이야기해요."

세르탄이 입을 닫은 순간, 진용이 흐트러진 혈신을 향해 몸을 날렸다.

날아가는 진용의 손에는 어느새 빼 들었는지 제나의 지팡이가 들려 있었다.

둘 간의 거리가 십 장으로 줄어들었을 때다.

진용이 미리 속으로 새겨놓았던 마법의 구결을 외쳤다.

"지옥의 겁화로 악을 소멸시키려 하노니! 지옥염화(地獄炎火)!"

번쩍!

제나의 지팡이 끝에서 피어난 빛이 어둠을 밀어내며 천지를 밝혔다.

시뻘건 지옥의 불길이 하늘을 태워 버릴 듯이 혈신을 향해 쏘아져 갔다.

그것은 거대한 화룡이었다!

혈신의 눈에 당혹감이 떠오른 것도 그때였다.

"네놈이 마법마저 쓸 줄 알다니!"

말이 끝남과 동시, 혈신의 붉은 기운이 한군데로 뭉치더니 지옥염화를 향해 거대한 막이 펼쳐졌다.

콰과과과광!

붉은 막을 타고 화룡이 꿈틀거렸다.

밑에서 바라보던 사람들은 손에 들린 검을 늘어뜨린 채 아연한 표정을 지었다.

"대체…… 저게……."

하지만 그들은 모르고 있었다.

진용이 이 일격을 펼치기 위해 얼마나 많은 내력을 쏟아 넣었는지.

'제발, 이 공격이 먹혀야 할 텐데…….'

이 공격으로 이긴다는 보장은 없었다. 조금 큰 충격을 줄 수 있다면 다행이었다. 그래야 틈을 노릴 수 있을 테니까.

하지만 화룡이 사그라진 순간, 진용의 입에서는 짧은 신음이 흘러나왔다.

혈신의 얼굴이 조금 창백해지긴 했다. 하지만 그뿐이었다.

'젠장! 생각보다 더하군!'

그때 아래쪽에서 뇌전이 일었다.

세르탄이 두 손을 쫙 펴더니 뇌전의 능력을 쓰기 시작한 것이다.

진용은 즉시 세르탄의 공격에 보조를 맞췄다.

세르탄이 지금 쓸 수 있는 공격 능력이라고 해봐야 뇌전의 능력과 절대음 정도가 다였다.

나머지는, 사람이라면 몰라도 혈신에게는 아무런 위해도 가할 수 없는 능력일 뿐이었다.

그나마 그런 세르탄의 능력에 잠시 흔들렸을 때 기회를 잡아야 했다.

"세르탄! 전력을 다해서 공격해!"

"알았어!"

"이놈! 네가 감히 나에게 마계의 능력을 쓴단 말이냐!"

우르르릉!

분노한 혈신의 목소리에 천지가 떨어 울었다.

붉은 구름이 거대한 창처럼 뭉치더니 두 개로 나누어진다.

진용과 세르탄을 공격하기 위해서였다.

진용은 조금도 머뭇거리지 않고 혈신을 향해 연속으로 마법을 날렸다.

이미 지옥염화가 실패한 터다. 상대는 마계의 존재. 그것도 마왕 바로 아래의 존재다. 어쩌면 다른 마법 역시 소용이 없을 게 분명하다. 그쯤은 진용도 짐작하고 있었다.

다만 계속 마법을 펼친 것은 혈신의 눈을 속이기 위해서일 뿐!

아니나 다를까, 진용이 연속으로 펼친 뇌전과 불의 마법이 자신에게 별다른 해를 끼치지 못하자 혈신의 얼굴에 자신감이 떠올랐다.

"미련한 놈! 네놈의 그따위 마법으로는 감히 나를 어찌할 수 없을 것이다!"

그가 양손을 쫙 펼치더니 붉은 기운을 한군데로 뭉쳤다. 붉은 기운이 하나의 형상을 갖춰간다. 세르탄이 말한 혈신의 마령체(魔靈體)인 듯하다.

바로 그 순간!

진용이 풍혼을 전력으로 펼치며 혈신을 향해 날아갔다.

마법을 펼치지 않은 채 본신의 능력만으로!

혈신의 얼굴에 가소롭다는 표정이 떠올랐다. 마법으로도 되지 않거늘, 맨몸으로 부딪쳐 오는 놈이라니!

"이제 포기했는가! 인간이여!"

하지만 혈신이 미처 모르고 있는 것이 있었다. 진용에게는 마법에 못지않은 무공이 있다는 것을. 그것이 혈신 자신에게는 오히려 더 치명적이라는 것을.

백리자천과 혈선인이 이미 증명해 줬건만, 그는 자만이 지나쳐 그 점을 미처 깨닫지 못하고 있었다.

혈신의 마령체가 아수라의 형상을 갖춘 순간이었다.

진용의 커다란 두 손이 앞으로 쭉 뻗었다.

건곤천단심공의 강기가 가득한 실린 일격!

신왕의 무공 사초와 삼초가 역으로 펼쳐졌다!

건곤만상(乾坤萬象)!

하늘을 가득 메운 시퍼런 손 그림자!

건곤뇌전폭(乾坤雷電爆)!

그 사이를 뚫고 강기의 구슬이 번개처럼 쏘아진다!

혈신이 심상치 않음을 느끼고 멈칫한 사이, 강기의 구슬이 완전한 형상을 갖춘 아수라의 늑골 부분을 그대로 꿰뚫으며 폭발했다.

장문혈! 바로 그곳을!

"끄으으……. 이놈이 하필 그곳을……!"

아수라의 형상이 처절하게 일그러진 얼굴로 갈라진다.

혈신이 눈을 부릅뜨고 뒤로 밀려난다.

진용도 뒤로 튕겨지며 이를 악다물었다.

온몸이 터져 나가는 듯하다. 혈맥이 요동치고 전신 근육이 찢겨 나가는 듯하다.

하지만 머뭇거릴 상황이 아니다.

분노한 혈신이 공격해 오려 한다.

그때 어디서 나타났는지 정광이 빽 소리치며 뭔가를 던졌다.

"이 악마야! 죽어라!"

혈신이 거칠게 정광이 던진 물체를 향해 손을 저었다.

순간! 번쩍!

콰과과광!

천지를 뒤집는 굉음과 함께 붉은 기운이 거세게 흔들렸다.

두충의 벽력탄이었다. 정광과 둘이 어디론가 사라지더니 벽력탄을 건넸나 보다.

하지만 일곱 개의 벽력탄이 터졌는데도 혈신은 그리 큰 충격을 받은 모습이 아니었다.

그래도 벽력탄이 완전 무용지물은 아니었다. 공격하려던 혈신이 주춤거리며 흔들린 것이다.

열을 셀 정도의 시간. 그 시간은 진용에게 천금 같은 시간이었다.

진용은 튕겨져 땅에 내려서자마자 다급히 품속에서 부처의 사리가 담긴 자그마한 함을 꺼내 들고 부처의 사리를 꺼냈다.

혈신의 눈이 진용의 손으로 향했다. 뭔가 상극의 기운을 느낀 듯 바라보는 눈이 가늘게 떨린다.

순간적인 멈칫거림. 기회를 엿보고 있던 율천기와 포은상과 독고무종이 때를 놓치지 않고 혈신을 향해 날아갔다.

마지막 기회라는 것을 느끼기라도 한 것마냥.

혼신의 공력을 모조리 끌어올린 채.

동시에 세르탄이 그들을 엄호하기 위해 수십 발의 뇌전을 폭사시켰다.

그리고 그들의 뒤를 따라 진용이 몸을 날렸다.

혈신이 분노하며 다시 붉은 기운을 일으켰다.

"네놈들이! 감히! 모두 찢어 죽여 피를 마시리라!"

붉은 마력의 폭풍이 노도처럼 휘몰아쳤다.

콰아아아아!

"크억!"

"으허억!"
혈신의 분노는 무서웠다.
절대고수라는 세 사람이 열을 셀 시간도 견디지 못한 채 피 분수를 뿜어내며 십여 장을 튕겨졌다.
세르탄도 가랑잎처럼 날아가 버렸다.
그때 붉은 구름이 잠시 흩어지며 틈이 생겼다. 혈신 역시 무사하지 못하다는 증거다.
놓칠 수 없는 절호의 기회!
진용이 한 손을 들어 허공을 갈랐다.
대기가 칼로 가른 것처럼 쩍 갈라졌다.
단 한 번의 기회를 노리기 위해 펼치지 않았던 천공지(天空指)다!
진용이 갈라진 공간을 향해 왼손을 뻗었다.
찰나! 손에 들린 부처의 사리가 정확히 장문혈에 틀어박혔다.
"끄아아아!"
혈신이 처절한 비명을 지르며 펄쩍 뛰어 올랐다.
진용이 뒤따르며 신왕의 무공 마지막 삼 초를 연달아 펼쳤다.
건곤천강벽파(乾坤天强壁破)!
천심단양(天心斷陽)!
무극일선(無極一線)!
마지막 무극일선을 펼치는 진용의 입에서 핏물이 울컥 새어

나왔다. 아직 완벽하지 못한 깨달음을 무리하게 펼쳐 냈기 때문이다.

하지만 허공을 찰나에 가른 무극일선이 혈신의 마령체 아수라를 단숨에 꿰뚫자, 혈신의 입에서 다시 한 번 처절한 비명이 터져 나왔다.

"크악! 이, 이놈, 이게 어떻게 된……."

마지막이 조금은 이상한 괴이한 비명이었다.

하지만 진용은 그 뜻에 정신을 쏟을 틈이 없었다.

두 번의 기회는 없다!

내력이 고갈되기 전에 그의 목숨을 끊어야 하는 것이다.

피로 물든 진용이 그를 향해 다시 쇄도했다.

절호의 기회였다.

이제 붉은 구름, 혈신의 마령체 능력이 깨진 것이다.

진용이 마왕후를 그의 귀에 집중시키며 몸을 날렸다.

"혈신, 나 고진용이 그대의 목숨을 거두겠노라!"

마지막이라는 심정으로!

전력을 다해! 건곤천단심공을 두 손 가득 실은 채!

혈신의 심장을 부수기 위해서!

순간 혈신의 몸이 거세게 떨렸다. 눈도 거세게 떨렸다.

그의 입에서 웅얼거리는 소리가 새어 나온 것은 바로 그때였다.

지금까지 들었던 혈신의 목소리와는 조금 다른 목소리였다.

"고…… 진…… 용?"

'고진용이라고? 무슨 소리야? 고진용이라니?'

눈을 부릅뜬 혈신이 갑자기 뒤로 몸을 날렸다.

그야말로 혼신을 다해!

그동안 한 번도 자신의 의지로 물러선 적이 없기에, 진용은 이번에도 혈신이 당연히 맞설 거라 생각했다.

그 바람에 물러섰을 때의 대비책을 갖추지 못했다.

건곤천단심공이 가득 실린 두 손이 허공을 짚었다.

강기가 이 장 정도 뻗어갔지만, 그 정도로는 물러선 혈신에게 아무런 피해를 입힐 수가 없었다.

어이가 없었다. 마지막 공격이 실패하다니!

'제기랄! 결국 이렇게 되는 건가?'

자신에겐 더 이상 상대를 칠 여력이 남지 않았다. 이제는 역공에 당하지 않기 위해 물러서는 수밖에.

그런데 바로 그때다. 더 어이없는 일이 벌어졌다.

혈신이 물러선 데 그치지 않고 정신없이 도망치고 있는 것이 아닌가.

고개를 저으며, 정신없이 뭐라고 중얼거리며.

"어떻게 이런……. 말도 안 돼! 이런 나쁜 놈이……. 이제 꺼져, 이놈아!"

어찌나 빨리 도망가는지 진용이 정신을 차렸을 때는 이미 백 장 밖을 날아가고 있었다.

벽력탄이 터질 때의 충격에 나가떨어졌던 정광이 벌떡 일어서며 소리쳤다.

"저, 개 같은 악마가 도망간다!"

"쿨럭!"

"으웩!"

진용은 안간힘으로 버텨선 채 율천기와 포은상에게 바라보았다.

피를 토한 두 사람의 얼굴이 새파랗게 질려 있었다.

율천기의 검은 손잡이만 남은 상태였다.

포은상의 곤도 반 이상이 사라져 있었다.

독고무종 역시 악다문 이 사이에서 덩어리 진 핏물이 계속 새어 나오고 있었다.

"괜찮습니까?"

진용이 묻자 율천기가 다시 한 움큼의 피를 뱉어내고는 고개를 저었다.

'단 한 수에 당하다니.'

지금까지 강해지겠다고 발버둥친 것이 허무하기만 했다.

"이제 강호를 돌아다니기에는 좀 늙은 것 같아. 아무래도 자리를 잡고 머물러야 할 것 같네."

"으음……. 살아 있는 것만도 천만다행이라고 해야겠군."

포은상도 비틀거리며 겨우 상체를 세우고는 처연한 표정으로 입을 열었다.

독고무종이 혈신이 사라진 곳을 응시하며 이를 갈았다.

"내가 직접 겪지 않았다면 결코 믿지 않았을 거네. 하늘 위에 하늘이라더니……."

주저앉아 있던 세르탄이 진용을 보더니 씩 웃었다.
"봐봐, 우리가 힘을 합하니 이겼잖아."
혈신이 사라진 곳을 향한 채 진용이 중얼거렸다.
"하지만 아직 완전히 끝난 것은 아니야. 그가 살아 있는 이상은."
"그건 그래. 그가 마계의 능력을 되찾기 전에 시르가 쫓아가 죽… 여……."
털썩!
그 말을 끝으로 세르탄의 몸이 무너졌다.
"세르…… 군상!"

第九章

미안하다

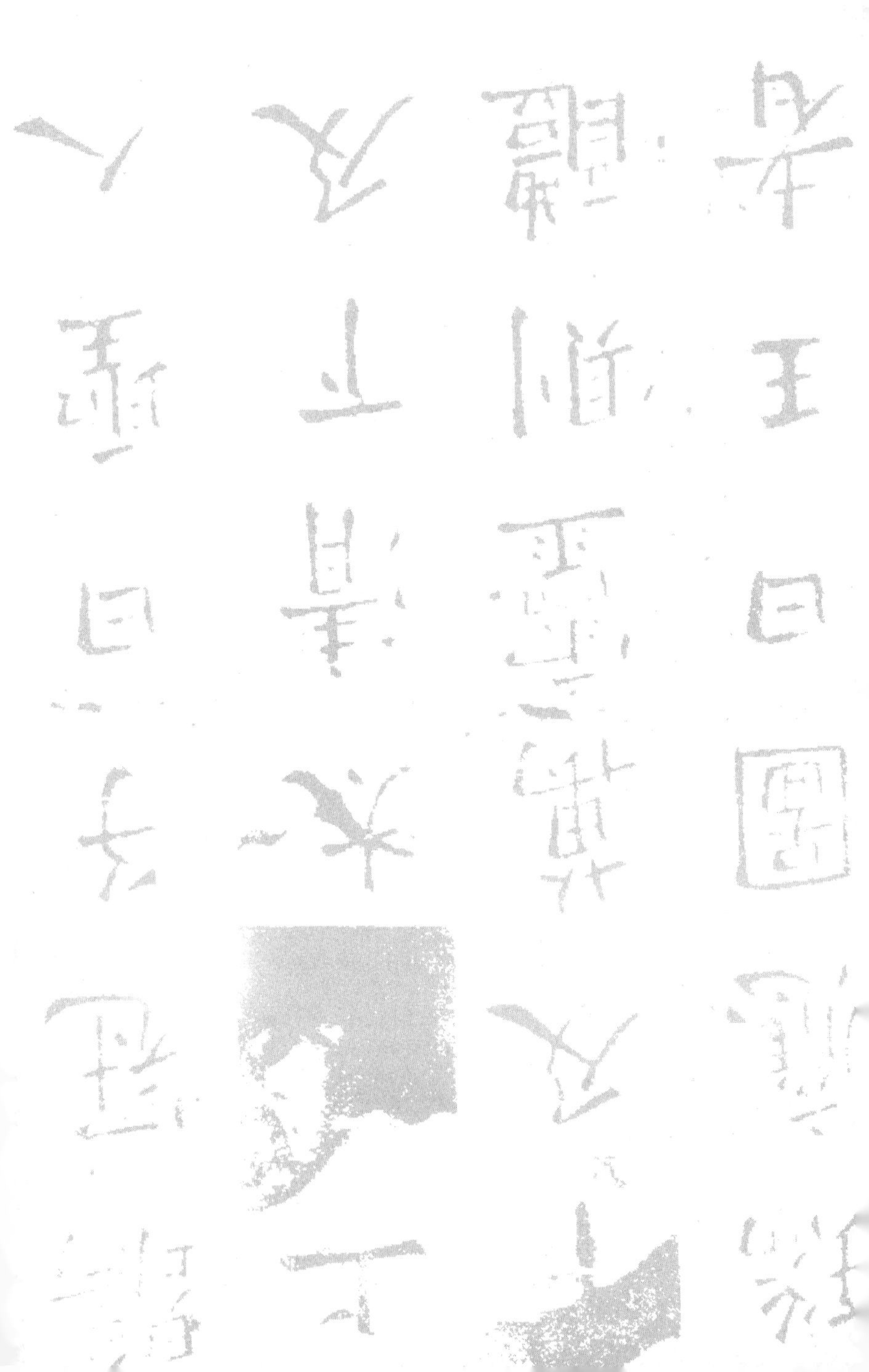

1

평정산으로 왔던 신혈교의 무리 중 살아남은 자는 열도 채 되지 않았다. 야율립과 등우광마저 마지막까지 싸우다가 분노한 정천무맹의 원로들의 협공을 받고 육신도 제대로 남기지 못한 채 죽었다.

살아간 사람은 혈신이 떠나감과 동시 미리 몸을 뺀 몇 사람뿐.

결국 정천무맹과 천제성의 연합 세력이 승리한 것이다.

그러나 그들 누구도 승리의 기쁨을 이야기하지 않았다. 무려 일천수백의 시신이 평정산을 가득 메웠다. 어찌 승리를 노래할 수 있으랴.

그들은 입을 꾹 닫고, 흐르는 눈물을 닦는 것도 잊은 채 사형제들의 시신을 수습하는 일에만 전념했다.

그러면서도 한 가지 일을 생각할 때마다 몸을 부르르 떨었다.

만일 혈신이 천뢰서생과 대결하기 위해 떠나지 않았다면 어떻게 되었을까? 그로 인해 신혈교의 교도들이 흔들리지 않았다면, 과연 자신들이 살아남을 수 있었을까?

*　　　*　　　*

천탁을 따르던 무인들도 이십여 명이 목숨을 잃었다. 살아남은 자들은 굳어진 얼굴로 동료들의 시신을 찾아 돌아다녔다.

진용은 그들이 동료의 시신을 정리하는 사이 부상자들을 근처의 마을로 옮겼다.

날이 밝자 요료가 직접 쓴 서신이 왔다.

장문으로 고맙다는 내용을 적은 서신이었다. 그리고 말미에는 정천무맹에서도 주마점에 남아 있는 신혈교의 무리들을 치기 위해 살아남은 자들이 움직일 거라는 것이었다.

거기에는 함께하지 않겠느냐는 뜻도 담겨 있었다.

하지만 진용에게는 따로 할 일이 있었다.

진용은 요료에게 자신의 몸이 조금 나아지면 곧바로 혈신을 추적할 거라는 말을 전했다. 그 말을 들은 요료가 한 알의 대환단과 두 알의 소환단을 보내왔다.

진용은 아무도 몰래 부상자들이 마시는 찻주전자에 대환단과 소환단을 집어 넣어버렸다. 그리고 자신이 직접 차를 따라 주었다.

"차를 마시고 운기하면 몸이 훨씬 빨리 낫는다고 하더군요."

어느 정도 몸을 추스른 정오 무렵, 진용은 혈신을 추적하기 위해 몸을 일으켰다.

내력이 반밖에 돌아오지 않았지만, 건곤흡정진혼결이라면 가면서도 충분히 내력을 정상으로 돌아오게 할 수 있을 터였다.

'그가 갈 곳은 오직 한 곳이다.'

그는 결코 주마점으로 가지 않을 것이다.

충격을 입은 그가 가고자 하는 곳은 그의 힘이 발원한 곳. 바로 동백산일 가능성이 가장 높다.

어쩌면 그곳에 그를 다시 강하게 할 무엇이 있을지 모른다. 그렇다면 더 이상 지체할 수가 없다. 그가 자신의 힘을 찾는다면, 이번에는 진짜로 천하가 피에 잠기게 될 테니까.

그가 마계의 능력을 찾기 전에 죽여야 한다!

2

초연향이 그를 본 것은 우연이었다.

진용이 이끄는 천탁의 무사들이 각산에 있다는 소식을 접하고 남쪽으로 가던 길에 굳은 피로 인해 갈색으로 변한 청삼을 입은 자가 앞서 가는 게 보였다.

측은한 마음이 들 정도로 지친 걸음이었다. 하지만 그가 자신의 마차를 탐욕스런 눈으로 바라보며 몸을 돌린 순간, 초연향은 그가 누구인지를 알아보고 어이가 없었다.

'삼혼신마?'

그랬다. 지친 기색에 온몸이 피로 물든 그는 삼혼신마였다. 각기 다른 빛으로 빛나는 그의 눈을 그녀가 어찌 잊을 수 있을까.

원수는 외나무다리에서 만난다고 했던가?

초연향은 웃음이 나왔다.

한데 그가 다가온다. 탐욕이 가득한 눈을 한 채 빠르게!

십여 장의 거리가 되자 그가 말했다.

"길게 말하지 않겠다. 살고 싶다면 마차를 비우고 이 어르신을 모셔라."

초연향은 발작하려는 열두 명의 밀천궁 여인을 향해 전음을 보냈다.

"그는 혼세십팔마 중 삼혼신마예요. 내가 처리할 테니 그냥 놔두세요."

여인들은 굳은 눈으로 심혼신마를 바라보았다.

저 거렁뱅이가 혼세십팔마라고?

그때 초연향이 삼혼신마를 향해 물었다.

"어디로 말인가요?"

"클클클, 제법 깐깐하게 대들 것 같더니. 계집, 이 어르신을 태우고 주마점으로 가자."

"글쎄요. 저는 당신을 다른 곳으로 모시고 싶은데요?"

"다른 곳? 어디로 말이냐?"

초연향이 조용히 웃으며 손을 쳐들었다.

"지옥으로요."

번쩍!

삼혼신마는 갑자기 눈앞이 환하게 밝아지며 아무것도 보이지 않았다.

대경한 그는 재빨리 몸을 뒤로 날리려 했다.

그때 뭔가가 자신의 온몸을 뚫고 지나갔다.

순간이었다. 이상하다. 다리가 꼼짝하지를 않는다.

"계, 계집! 무슨 사술을……."

"저를 모르시겠어요? 한때는 저를 데려가려고 하셨잖아요?"

"내가 언제……."

"제 이름은 초연향이에요. 어때요, 기억이 나시나요?"

삼혼신마는 흐트러진 내력을 급히 끌어올리려다 멈칫했다.

그는 그 이름을 알고 있었다.

"네, 네가 그년이라고?"

"그래요. 제가 바로 초연향이에요. 아, 공연히 힘을 쓰려 하지 마세요. 당신은 더 이상 무공을 쓸 수 없을 테니까 말이

애요."

"헛소리! 내가 바로……."

하지만 그는 더 이상 말을 이을 수가 없었다.

정말 내력이 움직이지 않는다. 단전이 텅 비어 있다.

대체 이게 무슨 조화란 말인가?

"밀천신안공이라고 해요. 본 궁에서 백 년 만에 부활시킨 무공이죠. 아마 당신이 처음부터 경각심을 늦추지 않았다면 어림없었을 거예요. 무공이 반만 남았어도 힘들었겠죠. 당신은 누가 뭐래도 혼세십팔마에 드는 고수니까. 어쩌면 제가 운이 좋았는지도 모르죠."

"이, 이……."

초연향이 잠시 삼혼신마를 바라보았다.

마음 같아서는 죽이고 싶었다. 자신과 하군상에게 한 일을 생각하면, 죽여도 아무런 마음의 부담이 되지 않을 것 같았다.

그런데 막상 죽이려 하자 쉽게 손이 나가지 않았다. 더구나 신혈교와의 싸움이 아직 끝나지 않은 상황.

그녀는 한숨을 내쉬며 여인들에게 명령을 내렸다.

"십이영은 저자를 묶어 마차에 매다세요. 좋은 선물이 될 것 같군요."

삼혼신마가 악에 받쳐 소리쳤다.

"차라리 죽여라, 이년! 죽여! 감히 나를 개처럼 마차에 매달겠다는 말이냐!"

그 말에 초연향은 조금 풀어진 얼굴로 삼혼신마를 응시했다.
"그래요? 잘 됐군요. 죽는 것보다 못하다니."

다음날, 각산에 들른 초연향은 진용 일행에 대해 수소문해 봤다. 하지만 그들이 방성으로 돌아갔을 거라는 말만을 개방의 제자를 통해 들을 수 있었을 뿐이다.

결국 초연향은 다시 방성을 향해 발길을 돌렸다.

그러기를 이틀, 방성의 장원에 도착하자 마침 운아영과 함께 밖으로 나서던 두충이 그녀를 알아보고 눈을 휘둥그렇게 떴다.

"오랜만이에요."

"이, 이게 누구십니까?"

어쩔 줄 모르는 두충이 이상한지 운아영이 의아한 표정으로 물었다.

"누구에요?"

"고 공자가 그렇게 애타게 찾던 초 소저입니다."

운아영의 눈도 왕방울만 해졌다.

"초 소저요?"

장원에 있는 사람들은 대부분이 일류 이상의 고수들이었다. 귀를 기울이면 운아영의 커다란 목소리를 십 리 밖에서도 들을 수 있는 사람들이란 말이다. 하물며 문 앞에서 들리는 소리를 듣지 못할 리 없었다.

얼마 되지도 않아 많은 사람들이 여기저기서 고개를 내밀었다. 심지어 담장 위에서, 지붕 위에 올라가서 바라보는 사람도 있었다. 무려 수십 명이나 되었다.

초연향의 얼굴은 붉게 달아올랐다.

"그분은……."

초연향이 묻자 그제야 두충이 말했다.

"고 공자는 지금 혈신을 쫓아갔다고 합니다. 곧 돌아오실 겁니다. 어이구, 이럴 게 아니라 안으로 드시지요."

하는 수 없었다. 계속 뒤를 쫓아가는 것보다는 한 곳에 머무르는 것이 나을 듯하기도 했다.

'그래, 차라리 이곳에 있으면서 구룡상방과 교주에게 연락을 취해보자.'

초연향이 머무르기로 한 후원에는 또 다른 여인이 있었다.

봉황곡으로 가기 전 진용을 찾아 온 화인화였다.

두 여인 사이에 묘한 긴장감이 감돌았다. 초연향은 초연향대로, 화인화는 화인화대로.

어색함을 깨며 화인화가 먼저 입을 열었다.

"저, 말씀 들었어요."

"예? 무슨 말을……."

"굉장히 슬퍼하시더라구요. 찾으러 가야 하는데 가지 못하는 게 한이라면서요."

"정말요?"

"예, 바보같이……. 속으로만 울더라구요."

"원래 좀 바보 같아요."

화인화가 슬쩍 눈을 치켜뜨며 반문했다.

"그죠? 언니도 그렇게 생각하죠?"

언니? 초연향은 편안해진 표정으로 피식 웃으며 말했다.

"처음 만날 때부터 그랬어요. 상어의 입을 쳐다보면서 중얼거리지를 않나, 상어의 이빨을 뽑아서 기념이라고 가지고 다니지를 않나……."

"어마? 정말요?"

"정말이라니까요. 내가 벽 틈으로 다 봤는데… 자기는 내가 못 본 줄 알 거예요."

호호호, 깔깔깔, 여자들의 수다가 끝이 없이 이어졌다.

한참 만에야 초연향이 물었다.

"동생은 봉황곡으로 돌아갈 생각이에요?"

화인화는 고개를 푹 숙이고 죄없는 손톱만 뜯었다.

"그게……. 어……. 고 공자 만나보구요……."

"고 공자는 말이 별로 없어서 재미가 별로 없는데. 어때요? 나랑 함께 북경으로 가지 않을래요?"

고개를 숙이고 있던 화인화가 슬며시 고개를 들었다.

"정말 그래도 되요?"

"물론이죠. 화 동생은 예뻐서 고 공자도 좋아할 거예요."

"피이, 저도 그럴 줄 알았는데, 언니 눈을 보니까, 고 공자가 왜 언니를 좋아하는 줄 알겠어요."

그때 밖에서 커다란 목소리가 들렸다.

"뭐라고? 향 매가 왔다고?"

초연향의 눈이 한껏 커졌다.

"하, 하 오라버니?"

하군상은 끓어오른 감정을 억지로 구겨 넣고 한참 만에야 입을 열었다.

"그래서 그놈을 향 매가 잡아왔다는 말이오?"

"예, 오라버니."

"정말 잘됐소! 그러잖아도 그놈을 놓친 것이 아쉬웠는데 말이오."

삼혼신마를 마치 옆집 강아지처럼 말하는 하군상이다. 초연향이 묘한 눈으로 하군상을 바라보았다.

"그런데 오라버니는 어떻게 된 거예요?"

"그게 좀 말하면 긴데……. 뭐 향 매는 알아도 될 테니까 내다 말하지 뭐."

하군상은 자신이 어떻게 살아났는지, 자신의 머릿속에 든 괴이한 정신체가 어떻게 자신을 살렸는지, 어지간한 내용은 모두 말해줬다.

초연향은 자신이 겪은 일보다 더 괴이하고 신비한 일을 직접 목격하고는 입이 반쯤 벌어졌다.

"세상에……."

"뭐 향 매가 밀천궁의 궁주가 되었다는 것도 만만찮은 이야기니까, 너무 이상하게 바라보지는 마시구려."

"풋! 하긴 그래요."

초연향은 웃으면서도 걱정스런 말투로 하군상에게 물었다.

"그런데 고 공자가 위험하지는 않을까요?"

하군상이 말했다.

"내 머릿속에 있는 놈이 그러는데, 저번의 싸움 때 보니까 고 형의 천령이 반쯤 뚫린 것 같다고 하더구려. 그러면서 이 세상에서 고 형을 어떻게 할 사람은 아무도 없을 거라고 했소. 뭔 말인지 잘은 몰라도 너무 걱정하지 않아도 될 것 같소."

3

동백산으로 간 것은 순전히 본능에 의지해서였다.

하지만 이제부터는 자신의 의지로 모든 것을 행해야만 했다.

그러기 위해 그는 기억을 더듬어 휼탄이 벌인 일을 추적하는 일부터 시작했다. 다행히 머릿속의 기억을 되살리는 일은 그리 어렵지 않았다.

하지만 반도 채 정리하기 전에 이를 악물고 눈을 부릅떠야만 했다. 기억나는 것은 피, 피, 피. 온통 피뿐이었다.

'이, 이럴 수는 없어! 어떻게 이런 일이! 개 같은 놈! 악마 같은 놈! 결국은 네놈 때문에 내가 아들과 싸웠다는 말이잖아!'

고중헌은 하늘을 찌를 듯한 분노를 터뜨리며 휼탄의 부서진 정신을 완전히 구석으로 몰아넣었다.

그러고는 기억이 정리되자 신혈교의 총단에 남은 교도들을 모조리 광장으로 끌어냈다. 일단 이곳의 상황을 정확히 알아보기 위함이었다.

총단 수호를 위해 남아 있던 교도들은 모두 사백여 명이나 되었다.

"혈신이시여!"

"새로운 세상을 지배할 절대자시여!"

교도들은 아직 정확한 상황을 알지 못하고 있었다. 혈신이 혼자 돌아온 것이 이상하긴 했지만, 거기에 누구도 의문을 품지 않았다.

의문을 품어서는 안 되는 존재, 그가 바로 혈신인 것이다.

'새로운 세상? 미친놈들!'

그래도 겉으로는 어깨를 펴고 위엄있는 목소리로 외쳤다. 동백산이 무너질 듯 뒤흔들렸다.

"모두 주마점으로 가라! 형제들이 기다리고 있을 것이다!"

'지금쯤 공격을 받고 무너지고 있겠지?'

그럴 가능성이 컸다. 분노한 정파의 무리들이 가만있을 리 없을 테니까.

고중헌은 두 팔을 들어 올려 하늘을 떠받쳤다. 이제 눈앞의 놈들도 모두 치워야 할 때가 온 것이다.

"새로운 세상을 만들 것이다! 모두 한마음으로 전진하라!"

"혈신을 위하여!"

신혈교도들이 일제히 외쳤다. 광란의 외침이었다.

그러나 개중에는 이상한 눈으로 고중헌을 바라보는 자들도 있었다. 대부분이 과거 명옥에 속했던 자들이었다.

고중헌은 그들의 눈치를 알면서도 모른 체했다. 그런 자들이 많으면 많을수록 그에게는 더 좋은 일이었다.

'그래, 차라리 가는 도중에 너희들끼리 싸워라. 내 아들 힘들지 않게.'

이제 마지막 극적인 연출만이 남았다. 고중헌은 부상을 입었음에도 나머지 힘을 모조리 끌어올렸다.

그의 전신에서 붉은 기운이 구름처럼 피어올랐다.

"각 단의 단주들은 각자 수하들을 인솔하고 즉시 떠나라! 내 곧 뒤따라가리라!"

삽시간에 붉은 구름이 신혈전의 전면을 가득 메웠다. 그걸 본 신혈교도들은 용기백배해서 소리를 질러댔다.

"새로운 세상을 위하여!"

"가자! 가서 형제들과 함께 혈신을 모실 새로운 세상을 세우자!"

한 시진도 되지 않아 신혈교의 총단이 텅 비다시피 했다. 자잘한 일을 처리하기 위해 오십여 명 정도가 남았지만, 그들은 걱정할 것이 없었다.

고중헌은 곧바로 신혈전에 틀어박혀 고민에 빠졌다.

곧 아들이 자신을 찾아올 것이다.

발본색원(拔本塞源). 그것을 위해서!

어떻게 해야 하지? 영원히 도망 다닐 수는 없잖아!

그는 머리를 쥐어짜며 아들을 피할 궁리를 했다. 아니, 떳떳하게 만날 궁리를 했다.

십몇 년 만에 만난 아들을 보고도 도망쳐야 했던 자신이 한스러운데, 또 도망치라고?

'계속 그럴 수는 없어! 아들을 만날 거다. 만나서 그동안 못다 한 이야기를 할 것이다. 그러고 싶다. 그래야 한다. 그래야…….'

한데 어떻게?

그때였다. 밖에서 동백산을 떨어 울리는 고함이 터져 나왔다.

"혈신! 나와서 나와 단둘이 겨뤄보자! 용기가 있다면 엉뚱한 자들만 내보내지 말고 네가 직접 나와라!"

고중헌은 고개를 번쩍 들었다.

'이런 벌써!'

그와 동시! 번개처럼 한 가지 생각이 떠올랐다.

그는 벌떡 일어서더니 냅다 고함을 질렀다.

"이리오라! 이곳에서 나와 싸워보자!"

그러고는 재빨리 뒤를 향해 몸을 날렸다. 한쪽의 시뻘건 벽을 밀자 비밀 통로가 드러났다.

그는 통로로 들어서자 정신없이 달렸다. 그러기를 얼마, 굳게 닫힌 석문이 보였다.

쾅!

촌음의 시간도 아끼기 위해 석문을 부수고 들어갔다.

반쯤 무너진 뇌옥이 보였다. 과거 자신의 정신을 지배한 휼탄이 진용을 해치기 위해 무너뜨린 곳이었다. 하지만 고중헌은 신경도 쓰지 않고 자신이 찾고자 하는 것만 찾아 뇌옥의 통로를 달렸다.

빠르게 안으로 들어가 입구 쪽으로 다가갔을 때다.

"혈신이시여!"

갑자기 한 사람이 뇌옥의 위사들이 기거하는 석동에서 튀어나오더니 바닥에 납작 엎드렸다.

그였다. 뇌옥장(牢獄將)! 바로 자신이 찾는 자!

"혈신의 명에 의해 이제 반쯤 복구했나이다!"

그래그래, 잘했다. 무엇보다 이곳에 있는 것은 아주 잘한 일이다. 상을 줄 수 없어서 미안하다만.

쿠르릉!

그때 뒤쪽에서 뭔가가 무너지는 소리가 들렸다. 아들이 비밀 통로를 발견한 듯하다.

'기관이 있을까 봐 조심하면서 오겠지?'

하나 아무리 늦어도 일각이면 도착할 터. 마음이 다급해진 고중헌은 뇌옥장을 향해 소리쳤다.

"이리 오너라."

"예, 혈신이시여!"

뇌옥장이 커다란 몸을 반쯤 일으키며 고중헌을 향해 기어왔다.

"내 너에게 혈신의 능력을 전해줄 것인즉, 그 위대한 힘으로 적을 맞아 싸우라!"

혈신의 능력을 전해준다는 말에 뇌옥장은 커다란 몸을 부르르 떨며 기쁨에 찬 소리로 크게 외쳤다.

"황공하나이다! 혈신이시여!"

"따라오너라!"

고중헌은 뇌옥장을 데리고 석동 안으로 들어갔다. 그리고 지체없이 뇌옥장을 앉히고, 그의 머리에 손을 얹었다.

순간 붉은 기운이 그의 손을 통해 빠져나오기 시작했다.

진용은 비밀 통로를 찾자마자 실드를 펼친 채 조심스럽게 전진했다. 이곳은 혈신의 거처, 자그마한 것도 결코 함부로 볼 수 없기 때문이다.

다행히 기관이나 함정은 설치되어 있지 않았다.

'후, 공연히 시간만 소비했나?'

그렇게 마지막 통로를 꺾어지자 부서진 석문이 보였다.

'불러놓고 어디로 도망간 거지? 설마 함정을 파놓고 기다리진 않겠지?'

그 어느 것 하나라도 소홀히 할 수는 없었다.

그는 혈신이니까! 이곳은 신혈교니까!

진용은 이를 지그시 깨물었다.

그가 자리를 피한 것으로 봐서 아직 완전한 몸이 아닌 듯했다. 결국 오늘이 아니면 기회가 없을지도 모른다는 말!

혈신이 마계의 능력을 찾기 전에 죽이려고 동백산을 나서는 자들도 그냥 지나친 자신이었다.

'무슨 일이 있어도 오늘 죽여야 한다! 꼭!'

진용은 다시 한 번 다짐하고는 조심스럽게 부서진 석문을 통해 안으로 들어갔다.

흠칫, 진용의 눈이 빠르게 사방을 훑었다.

뇌옥이었다. 자신이 전에 들어왔던 뇌옥. 다만 방향이 다른 곳일 뿐이었다.

그때 문득, 강한 기운이 뇌옥의 통로 끝에서 느껴졌다.

'놈이다!'

진용은 전신의 공력을 일으킨 채 통로의 끝을 향해 치달렸다.

"혈신! 나와라!"

통로의 끝에 있는 석동에서 붉은 그림자가 뛰쳐나온 것은 바로 그때였다.

"크아아! 건방진 놈! 내 모든 것을 앗아간 놈! 네놈을 찢어 죽이고 말겠다!"

두 사람의 기운이 부딪치자 뇌옥 전체가 뒤흔들렸다.

진용은 건곤천단심공을 극성으로 끌어올린 채 혈신의 품으로 파고들었다.

동백산까지 오면서 혈신의 능력에 대해 연구했다.

그러다 하나의 결론을 내렸다.

혈신의 약점은 근접전이 아닐까?

아무리 생각해 봐도 분명 그런 것 같았다.

백리자천에게 약간의 부상을 입었던 것도, 혈선인에게 당한 것도 그 때문인 듯했다. 이제는 자신이 확인해 볼 차례였다.

혈신의 품으로 파고드는 진용의 두 손에서 신왕의 무공과 신수백타가 줄기줄기 펼쳐졌다.

언뜻 혈신의 눈에 당혹감이 떠오른다.

역시 자신의 생각이 맞은 듯하다.

진용은 이를 악물고 혈신의 몸에서 마령체가 형성되지 못하도록 공세를 쉬지 않고 퍼부었다.

콰과과광!

찰나간에 신수백타 삼십여 초가 혈신의 몸에 퍼부어졌다.

지금이 아니면 끝장이라는 듯 펼쳐지는 진용의 공세는 미처 물러서지도 못한 혈신을 감싼 붉은 기운을 쉼없이 두들겼다.

그러기를 얼마, 혈신의 몸에서 일어나던 붉은 기운이 찢겨지고 부서진 채 흩어지기 시작했다.

진용의 입가에도 핏물이 흐르기 시작했다.

그러던 어느 순간이었다.

머릿속이 환하게 밝아지는 느낌이 들었다. 그러더니 두 손에서 환하게 밝은 빛이 뿜어졌다.

천하의 그 무엇도 자신의 손을 견디지 못할 것 같았다.

십 장 두께의 암벽도 가루로 만들어 버릴 수 있을 것 같았다.

무극일선(無極一線)!

퍽!

작은 소음이 들리고, 언뜻 건곤천단심공의 강기로도 어쩌지 못했던 혈신의 가슴이 뻥 뚫린 것처럼 보였다.

'내가 잘못 본 것인가?'

반탄력에 튕겨진 진용은 몸을 바로하고 혈신이 덤벼들 것을 대비했다.

한데 혈신이 동작을 멈추고 천천히 뒤로 물러선다. 가슴이 뻥 뚫린 채로.

잘못 본 것이 아니었다.

진용은 뻗던 손을 멈추고 멍하니 앞을 바라보았다.

혈신이 무너지고 있었다. 너무나 강해서 절대 무너질 것 같지 않던 혈신이!

'저자가 정말 혈신일까?'

의문이 들었다. 절대 저렇게 무너질 혈신이 아닌데 너무 쉽게 무너진다는 생각이 든 것이다.

한데 그 순간이었다. 붉은 기운이 사방으로 흩어지며 처절한 비명이 동굴을 뒤흔들었다.

진용의 두 눈이 부릅떠졌다.

혈신의 육신이 무너지고 있었다. 다리부터 시작해 먼지처럼 흩어진다. 아마도 심장이 부서지면서 자신의 기운을 이기지 못하는 듯하다.

"끄아아아아! 나 혈탄이……. 아, 안 돼!!"

처절한 비명! 절절한 분노의 외침!

언뜻 들리는 휼탄이라는 말에 진용은 안도의 한숨을 내쉬었다.

'진짜 혈신이었군.'

그때 뒤에서 들려오는 신음 소리.

"으으으……."

진용은 혈신의 머리가 거의 다 사라질 즈음에야 천천히 고개를 돌렸다.

'누가 여기에 있는 거지?

맨끝에 있는, 아직 무너지지 않은 뇌옥에서 한 사람이 손을 내밀고 있었다.

진용은 다시 고개를 돌려 혈신이 완벽히 사라진 것을 확인하고서야 몸을 돌렸다.

'누군지 모르지만, 일단 구하고 보자.'

뇌옥에는 그리 크지 않은 체구를 한 중년인이 아래만 겨우 찢어진 옷자락으로 가린 채, 벌거벗다시피 한 몸으로 갇혀 있었다.

흐트러진 머리, 창백한 안색. 피로 범벅된 그는 진용이 다가가자 힘겹게 고개를 들고 입을 열었다.

"누, 누구……?"

그의 얼굴을 바라본 순간, 진용의 눈이 화등잔만 하게 커졌다.

설령 지금보다 백 배 더 많이 변했다 해도 알아볼 수밖에 없는 사람이 거기에 있었다.

"서, 설마…… 아, 아, 아버지……?"

중년인은 피 묻은 눈을 껌벅이며 진용을 올려다봤다.

"아버지…… 라고? 아버지? 그, 그, 그럼…… 네가……?"

와장창!

진용은 뇌옥의 문이 보이지 않는지, 창살을 뜯어내고 안으로 들어갔다.

아버지였다. 그렇게 찾던 아버지가 맞았다.

어떻게 된 것이 하나도 변하지 않은 것 같았다.

세상에! 어떻게 이런 일이!

뻗는 손이 바들바들 떨렸다. 입은 얼어붙어서 열리지가 않았다. 진용은 떨리는 손을 겨우 뻗어 조심스럽게 고중헌을 끌어안았다.

"오! 맙소사! 아버지……. 아버지가 여기 있었을 줄이야……. 크흑, 그것도 모르고 지난번에 그냥 나갔었다니……. 아버지! 죄송해요. 정말 죄송해요. 용아가 잘못했어요. 어헝!"

"정말…… 진용이냐? 네가 정말…… 우리 용아야?"

"예, 아버지. 용아예요. 용아가 아버지를 찾아왔다구요! 아버지!"

진용에게 안긴 고중헌은 힐끔 진용의 뒤통수를 바라보았다.

주르륵 흘러내린 눈물이 들썩거리는 아들의 목을 적신다.

아들의 팔에서 인 떨림 때문인지 온몸이 떨려온다.

고중헌은 팔에 힘을 주고 온몸으로 끌어안았다.

다시는, 다시는 놓지 않을 것이다! 절대로!

'아들아, 미안하다! 정말 미안하다!'

동백산을 빠져나온 지 사흘, 방산의 장원 앞에 선 진용은 말을 잊고 앞만 바라보았다.

정문 앞에는 한 여인이 나와 서 있었다. 분명 자신이 온다는 것을 알았을 텐데도, 나와 있는 사람은 그녀뿐이었다.

머리가 다 멍했다.

앞에 있는 여인을 바라보다 하마터면 품속의 아버지를 떨어뜨릴 뻔했다.

"연… 향."

"오랜… 만이죠?"

여린 여인의 두 눈에는 눈물이 가득 차 있었다. 금방 쏟아져서 주위를 온통 물바다로 만들 것만 같았다.

진용은 하고 싶은 말이 많은데 입이 떨어지지 않았다. 그러다 겨우 입을 열었는데, 막상 나오는 말은 엉뚱하기만 했다.

"이제 어디 가지 마시오. 내가 떼어놓지 않을 테니까. 위험한 일도 하지말고……."

초연향은 그래도 싫지 않은지 진용의 말 한마디 한마디마다 고개를 끄덕이며 답해줬다.

"그래요. 저도 그러고 싶어요. 사실 너무 힘들었거든요."

그때 품속에 있던 고중헌이 말했다.

"재가 그 아인가 보구나? 네가 사흘간 매일같이 자랑했던."

진용이 힐끔 고중헌을 쳐다보았다.

"이제 내려오세요. 걸어 다닐 수 있다는 거 다 알고 있으니까요."

"글쎄, 아직 다 안 나았는데……."

"몰래 혼자서 뒷간 가는 거 다 봤어요."

"그, 그래? 뭐 그럼……."

고중헌이 할 수 없다는 듯 진용의 품에서 빠져나오자 진용은 초연향을 바라보았다.

"연향……."

동시에 여기저기서 구시렁거리는 소리가 들렸다.

"저분이 고 공자 아버진가 본데? 근데 멀쩡하잖아?"

"아, 조용히 좀 해봐요. 판 깨지 말고."

"에이, 설마 그런다고 할 것을 안 하겠어? 곧 안아줄 거야. 얼마나 기다렸는데."

"안 하잖아요. 고 공자님이 얼마나 소심한데……."

슬쩍 바라보자 담장을 따라 삐죽이 내민 머리가 수십은 되어 보였다. 진짜 못 말릴 사람들이었다.

'하여간……. 남은 실컷 고생하고 돌아왔는데…….'

은근히 약이 오른 진용은 몰래 손끝에 뇌전을 모았다. 순간 서생복에 가려진 그의 손끝에서 푸르스름한 기운이 넘실거리기 시작했다.

찰나였다. 진용이 두 손을 들어 담장을 향해 뿌렸다.

담장 위로 날벼락처럼 떨어지는 뇌전!
"으아아! 도망가!"
"저, 저 무식한 청춘……!"

第十章

회귀(回歸)

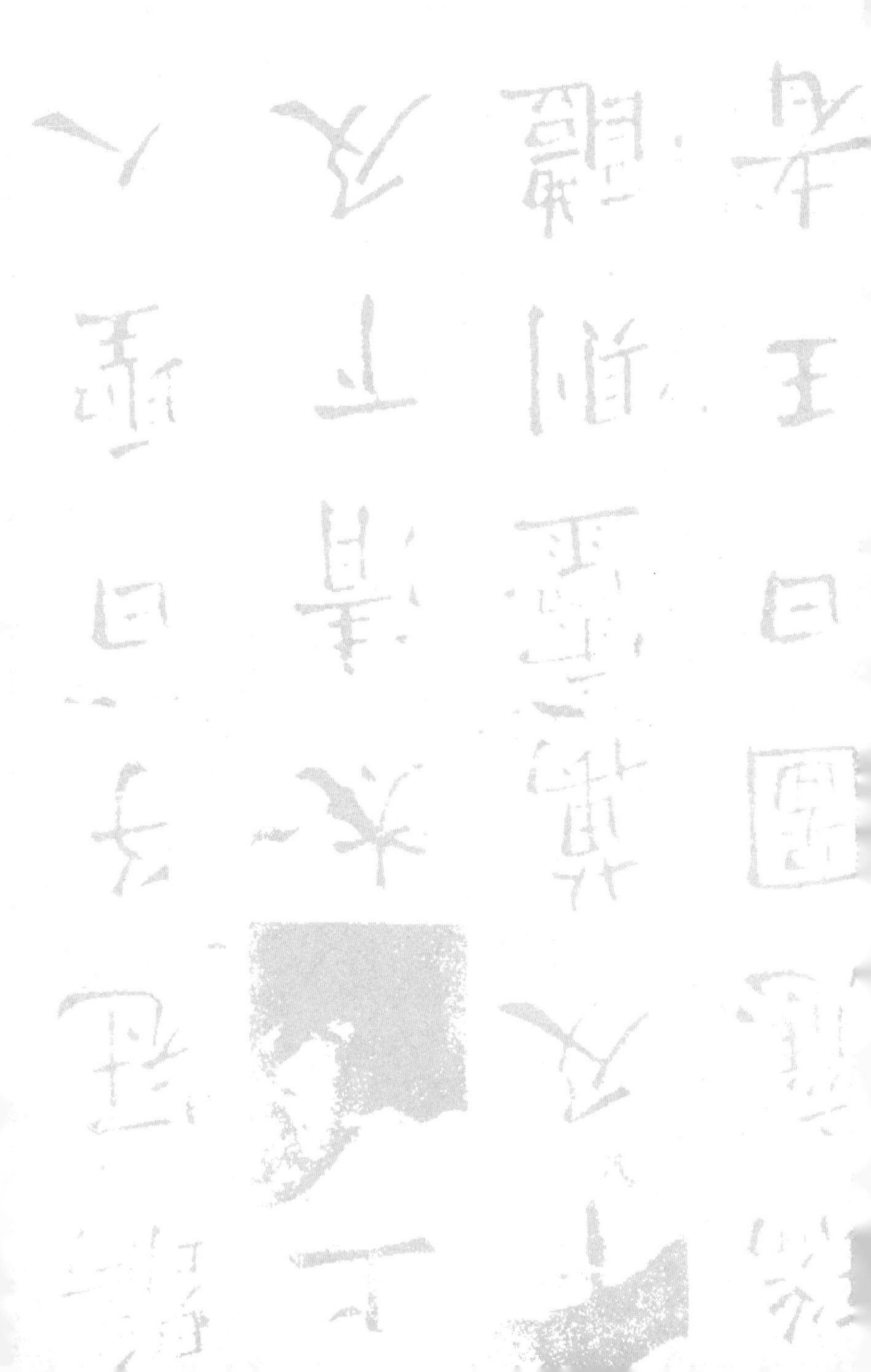

1

자금성의 금빛 지붕이 시뻘겋게 물들 무렵, 구룡상방의 정문으로 일단의 사람들이 들이닥쳤다.

콰당!

그들은 반쯤 닫힌 문을 부수듯이 밀치고 들어서더니, 누가 막을 새도 없이 안쪽을 향해 빠르게 걸어갔다.

대여섯 명의 호장무사가 갑작스런 소란에 뛰어나왔다.

"누구냐! 감히 이곳이 어딘 줄 알고……!"

그러나 들어선 자들 중 전면에 선 사람들의 복장을 본 그들은 뱀이라도 밟은 듯 흠칫 놀라 뒤로 물러섰다.

"금의위가 무슨 일로……?"

어깨를 떡 편 채 앞장서 걷던 두충이 그들을 향해 눈을 부라렸다.

"물렀거라! 황상의 명을 받잡고 오신 수천호령사 어른의 행차시다!"

두충의 핏대 올린 목소리에 구룡상방의 건물이 들썩거렸다.

막아섰던 자들이 왕방울처럼 커진 눈으로 두충의 뒤쪽을 바라보았다.

금의위만도 두려움의 대상이거늘, 수천호령사라는 권위의 무게는 그들이 감당할 수 있는 것이 아니었다. 나중에 나온 자들까지, 수십 명의 무사들이 망연한 눈을 파르르 떨며 정신없이 물러섰다.

그러자 두충의 전면으로 한줄기 대로가 뻥 뚫렸다.

턱과 가슴을 쑥 내밀고 사방을 둘러보던 두충이 씨익 웃으며 소리를 질렀다.

"본인은 금의위의 백.호.장! 두충이라 한다. 죄인 하주령과 하씨 일가족은 속히 나와 무릎을 꿇어라!"

천둥벼락이 구룡상방을 휩쓸었다.

금의위 북진무사 휘하 삼십여 명의 위사가 천호장 육두강의 지휘 아래 수십 채의 건물들을 뒤지기 시작했다.

구룡상방 전체가 뒤집어진 것은 당연한 일이었다.

우르르 밀려 나오는 자들 중에는 일반 일꾼도 있었지만, 무사들의 수도 적지 않았다. 그들을 향해 두충의 일갈이 이어졌다.

"반항하는 자들은 참형으로 다스릴 것이다! 모두 도검을 풀고 명을 기다려라!"

그 말에 누가 감히 저항할 것인가.

간혹 자신의 무공을 믿고 저항하려던 자들은 진용을 따라온 천탁의 무사들에게 치도곤을 당하고 무릎이 꺾였다.

단 이각 만이었다. 구룡상방의 앞뜰이 신음 소리로 들끓었다.

진용은 조용히 지켜보다가 하군명이 끌려나오자 그에게 다가갔다.

그가 진용을 알아보고는 눈을 크게 떴다.

그러자 기회만 보고 있던 두충의 주먹이 번개처럼 날아들었다.

딱!

"머리 숙여!"

"크윽!"

그는 강제로 숙여진 머리를 차마 들지 못한 채 덜덜 떨리는 목소리로 물었다.

"대체 우리가 무슨 죄가 있다고……."

진용이 답했다.

"반역의 무리들에게 자금을 대준 죄! 설마 모르지는 않을 텐데?"

짧지만 확실한 죄목이었다.

하지만 그보다 더 큰 죄는, 자신의 여인을 죽음 직전까지 몰아넣었다는 것.

들어선 지 반 시진, 어둠이 북경의 하늘을 검게 물들였다. 구름이 끼어선지 별빛 하나도 보이지 않았다. 그러나 구룡상방의 넓은 뜰은 수십 개의 횃불로 인해 대낮처럼 밝았다.

"깔깔깔깔! 이히히히히!! 하늘이 왜 이리 밝지? 아버지, 오라버니, 우리 탁 오라버니는 어디 갔나요? 오호호호!!"

불빛이 일렁이는 뜰에서 하주령의 넋 나간 웃음소리가 울려 퍼졌다.

설마하니 그토록 악을 쓰며 욕을 퍼붓던 그녀가 갑자기 미칠 거라고는 누구도 생각지 못했다.

진용조차 마안으로 진실을 가리지 않았다면, 분명 가짜로 미친 척하는 것이 아닐까 의심했을 터였다.

"언니, 제가 누군 줄 알겠어요?"

초연향이 얼굴을 가린 면사를 제치며 물었다.

하주령은 멍한 눈으로 바라보더니 짝, 박수를 치며 환하게 웃었다.

"어머? 향 동생! 어디 갔다 이제 왔어? 내가 얼마나 찾았는지 알아?"

초연향이 이를 악물고 입가에 씁쓸한 웃음을 베어 물었다.

"왜요?"

하주령의 웃음이 더욱 짙어졌다.

"오호호홋! 그야… 죽이려고!"

그러더니 눈을 번들거리며 초연향을 향해 달려들었다.

진용이 막으려 하자 초연향이 가만히 손을 저어 말렸다. 달려든 하주령의 두 손이 멱살을 움켜쥐는데도 조용히 바라보기만 했다.

"네년 때문에 탁 오라버니가 내 곁을 떠났어! 다 네년 때문이야! 네년만 아니었으면 오라버니는 절대 떠나지 않았을 거야! 돌려줘! 탁 오라버니를 돌려줘!"

하지만 그녀의 힘으로 초연향을 어떻게 할 수는 없는 일이었다. 아무리 힘을 써도 초연향이 꿈쩍하지 않자 하주령은 철퍼덕 주저앉아서 울기 시작했다.

"제발 돌려줘, 응? 살려줄게. 살려줄 테니까, 제발 탁 오라버니를 돌려줘……. 흑, 흐흑……."

초연향은 미쳐 버린 하주령을 물끄러미 바라보더니 천천히 돌아섰다.

"가요. 마무리는 진 장주님에게 맡기면 될 거예요. 하아……."

끝내 그녀의 입술을 비집고 처연한 한숨이 새어 나왔다. 막상 하씨 일가의 비참한 몰락을 보자 시원하다기보다는 답답했다. 더 보고 있어봐야 답답함만 더할 것 같았다.

"차라리 죽이는 것이 낫지 않겠소?"

진용의 말에 초연향이 고개를 저었다.

"죽여서 얻을 게 뭐가 있겠어요. 그냥 가요."

진용은 고개를 끄덕이고 육두강을 바라보았다.

"육 천호장님이 진 장주를 도와 마무리 지어주세요."

"알겠소이다, 수천호령사."

육두강의 대답을 들으며 진용은 싸늘히 식은 두 눈으로 절망에 빠져 있는 하가의 가족들을 쳐다보았다.

구룡상방은 결코 하씨 집안만의 소유물이 아니었다. 이름 그대로 아홉 세력의 집합체였다. 개중에는 초연향을 외면한 자들도 있지만, 나름대로 초연향을 도와주려 한 사람도 있었다. 그들까지 모두 망하게 할 수는 없었다.

피를 많이 보면 볼수록 초연향의 가슴에 진 먹구름도 그만큼 오래갈 것이 아닌가 말이다.

게다가 어쨌든, 이들은 미우나 고우나 하군상의 핏줄. 망하고 내쫓김당해 길거리에 나앉을 정도면 족했다. 많은 걸 가졌던 자가 빈손으로 길거리에 내쫓기는 것은, 무사가 무공을 잃고 병신이 된 것만큼이나 큰 고통일 것이다.

"갑시다, 향 매."

2

그해 완연한 가을의 끝 무렵, 두 노소가 오색단풍이 절정에 달한 팔공산을 나란히 올랐다.

왠지 모르지만 그리 밝은 표정은 아니었다.

"할아버지가 직접 단죄하시는 게 나을 것 같아 살려두었습니다."

"어리석은 자. 결국 이렇게 될 것을……."

"아들이 남궁세가에 있다는 말을 듣고 남궁세가를 쳤다고 합니다. 하지만 그곳에는 남궁환 어르신을 비롯해 많은 고수들이 그가 오기만을 기다리고 있었지요. 결국 그는 그곳에 있던 고수들의 합공을 견디지 못하고 도주할 수밖에 없었다고 합니다. 그 바람에 제가 쉽게 제압할 수 있었지요."

"그의 가족은?"

"무공을 잃은 아들이 하나 있어요. 그는 머리를 깎고 중이 된다고 구화산으로 갔어요."

"그래? 어쩌면 차라리 잘 되었는지도 모르겠구나."

"이미 구양무경은 무공이 폐지된 상태입니다. 할아버지가 하고 싶은 대로 하세요."

구양무백의 굳은 눈이 미미하게 흔들렸다.

그는 하늘을 올려다보았다.

창천에 무리를 잃은 한 마리 기러기가 외롭게 날아가고 있었다.

그의 주름진 입술을 비집고 나직한 말이 새어 나왔다.

"떠나보내는 게… 그를 위해서도 좋을 것 같구나."

3

오랜만에 아버지와 함께 목욕을 하던 중 이상한 것을 발견했다.

아버지의 몸에 상처가 있었는데, 그 흔적이 있는 위치가 묘했다.

"아버지, 장문혈은 왜 다친 거죠?"

고중헌은 대충 얼버무렸다.

"음? 글쎄, 아마 돌아다니던 중에 다쳤나 보지 뭐."

그럴 수도 있다. 하지만 기억도 나지 않게 다친 곳의 흔적이 왜 뇌전 문양이란 말인가! 게다가 아문 살 속에 살짝 도드라져 있는 것은 또 뭐고.

진용의 눈빛이 기이하게 빛났다.

그 일이 있은 지 사흘째 되던 날이었다.

아버지의 방에서 잠꼬대 소리가 들려왔다.

"이, 이놈! 네놈 따위에게 지지 않아……. 휼……."

진용은 가위눌린 듯한 아버지를 깨우려다 조용히 아버지가 잠들어 계신 방을 바라보기만 했다. 그때 아버지가 또 입을 열었다.

"아들에게…… 쫓기게 만들다니…… 개 같은… 놈……."

진용의 입이 서서히 벌어졌다.

'설마……?'

하지만 다음날에도 진용은 묻지 않았다. 묻고 대답을 듣는 것이 두려웠다. 비록 그때의 정신이 휼탄에 의해 지배를 받고 있었다 해도 말이다.

'그래요, 아버지. 그냥 영원히 묻어둬요, 우리.'

4

오 년이 지났다.

봄이 오자 세르탄이 마침내 짐을 꾸리기 시작했다.

그동안 진용과 고중헌과 함께 차원의 문을 열기 위한 마법진을 연구했는데, 마침내 오 년 만에 그 결실을 본 것이다.

한데 세르탄이 고집을 부리며 서장의 신산까지 가겠다는 것이 문제였다.

"굳이 거기까지 갈 필요가 있을까?"

"제나가 거기에서 마법진을 펼쳤을 때는 그만한 이유가 있어서일 거야."

"하긴, 그래도 그곳이 좀 멀어?"

"시르, 솔직히 말해. 식구들하고 떨어지기 싫으면 싫다고 말이야."

"뭐 꼭 그런 것은 아니지만……."

"후우, 할 수 없지. 나 혼자 가는 수밖에. 처음부터 시르에게 기대를 거는 것이 아닌데……."

"누가 안 간다고 했어? 그냥 멀다고 했지."

"전에 책에서 보니까 여자에게 빠지면 아무것도 안 보인다고 하더라 뭐."

여기서 웬 여자?

"어떤 책에서 그런 것이 나와?"

"금병매."

금병매 같은 소리하고 있네. 거기에 그런 말이 어디 있어?

"크크크……."

하군상이 크큭대며 웃음을 삼켰다.

세르탄이 투덜대며 말하고, 하군상이 웃고. 한 사람이 두 가지 상반된 표정을 번갈아 짓는 것은 보는 것만으로도 머리가 지끈거렸다.

더구나 하군상조차 이계로 간다는 것에 마음이 붕 떠서 졸라대니 견딜 재간이 없었다.

이미 아버지를 비롯해서 초연향과 화인화도 알고 있는 이야기이니 굳이 따로 설명하려 애쓸 필요도 없는 터. 어차피 보낼 거라면 일찍 보내버리는 편이 나을지도 몰랐다.

"좋아, 내일 가자, 가!"

다음날, 진용이 잔뜩 가기 싫은 표정으로 짐을 꾸리고 있는데 두충이 운아영과 함께 찾아왔다.

"어? 고 공자님, 어디 가십니까?"

"예, 잠깐 여행 좀 다녀오려고요."

"도독께서 며칠 안으로 들르지 않으면 녹봉을 깎는다고 하시던데요?"

"깎을 테면 깎으라고……."

하지만 안에서 들리는 목소리에 진용은 재빨리 말을 삼켰다.

"뭐예요? 그게 정말이에요?"

"얼마나 깎는다고 그래요?"

초연향과 화인화가 뛰듯이 튀어나오며 두충에게 물었다.

두충이 어색한 표정으로 운아영의 품에 안긴 아기를 바라보며 얼버무렸다.

"하, 하! 뭐 설마 깎겠습니까? 세운 공이 얼마나 큰데. 안 그러냐, 진용아!"

진용이 두충을 노려보았다.

"두 형, 그 아이 이름, 정말 안 바꾸실 겁니까?"

"원, 고 공자님도. 어디 제가 지은 이름입니까? 정광 도장님이 지어주신 이름인데. 정 듣기 싫으시면 태산으로 가서 정광 도장님께 따지시라구요."

끄응! 정말이지……!

그때 초연향이 물었다.

"지금 가시려구요?"

"일찍 가야 일찍 오지 않겠소."

"조심해서 다녀오세요. 그런데 얼마나 걸릴 것 같아요?"

"한 석 달……?"

두 여인의 눈꼬리가 위로 올라간다.

'끄응, 전에는 저러지 않았는데…….'

아이들이 태어나기 전에만 해도 자신의 말이라면 콩이나 밀이 같은 것이라 해도 믿었던 두 여인이었다.

그야말로 선녀가 따로 없었다. 두 여인이 선녀였다.

다소곳이 고개 숙인 두 여인의 모습을 아침저녁으로 보는 것만으로도, 진용에게는 고가장이 곧 천당이었다.

'그때는 그랬는데…….'

진용이 잠시 회상에 잠긴 사이 눈꼬리를 반쯤 내린 화인화가 말했다.

"두 달이면 되겠죠? 아버님도 그렇고, 애들도 기다릴 텐데."

"한눈팔지 않고 갔다 오면야……. 좌우간 최대한 빨리 갔다 오겠소."

그제야 조금은 마음을 놓는 눈치다.

진용은 서둘렀다. 뭘 잊은 것 같아 뒤가 찜찜했지만, 기회가 되었을 때 빨리 떠나야 했다.

"하 형, 갑시다."

"어? 예, 그러죠 뭐."

두 사람이 급히 문밖을 나가려는데 건너편 집에서 대문을 노려보고 있는 두 사람이 보였다.

"여기에 붙이는 것이 맞나?"

"글쎄, 이곳에 붙이는 게 더 좋을 것 같은데. 고 공자, 어디가 좋겠나?"

율천기와 포은상이었다.

두 사람은 고가장의 건너편 집을 사들이더니 그 자리에 눌러 앉았다. 그 두 사람뿐만이 아니었다. 고가장을 둘러싼 집은 전부가 천탁의 무사들이 살고 있었다.

젠장할, 집이 작아서 받아들일 수 없다고 했더니 결국 그런 방식으로 들러붙었다.

뭐 그래도 심심하지 않아 좋긴 했다.

아버지도 싫어하지 않고, 구양 할아버지도 이 집 저 집 놀러다니며 즐거워한다.

그리고 이제 다섯 살이 된 두 남매. 두 아이에게는 근처의 집이 모두 자기들 놀이터였다.

입춘대길이라 쓴 종이를 들고 어느 쪽에 붙이는 것이 좋은가 하는 것을 가지고 입씨름하고 있는 두 사람을 보며 진용은 한숨을 내쉬었다.

"후우……."

시간만 나면 아이들을 꼬드기는 두 사람이다. 어디 그뿐인가? 아이들 앞에서 말없이 막대기를 휘두르는 독고무종도 있다.

나비와 논다나?

아이들이 장차 어떻게 클지 진용도 감을 잡을 수가 없었다.

'그런데 이 말썽꾸러기들이 어디 갔지? 구양 할아버지도 안 보이고, 아버지도 안 보이고.'

"장 받으시지요."

"음, 한 수만 물리세……."

"일수불퇴(一手不退)입니다."

"그럼, 진용이 가는 거나 보고, 다음에……."

"원, 아버님도. 그 애가 집 떠나는 것하고, 장기하고 무슨 상관입니까?"

"자넨 걱정되지도 않나?"

"누가요? 하늘 아래서 그놈을 곤란하게 할 사람이 있다고 생각하십니까? 걱정할 게 따로 있지요."

"어험! 그건 그렇지만서도……."

그때 별채의 문이 벌컥 열리더니, 신웅이 털북숭이 얼굴을 들이밀고 냅다 소리쳤다.

"어르신! 장주님! 도련님과 아가씨가 한참 동안 찾았는데도 안 보입니다요!"

"뭐?"

구양무백이 벌떡 일어섰다.

장기판이 와르르 무너졌다.

고중헌의 인상이 와락 구겨졌다.

"또……! 신부총관 자네……."

하지만 이미 신웅과 구양무백은 사라진 뒤였다.

"끙, 별수없지. 장기판도 엎어졌겠다, 아들 놈 떠나는 거나 보고 와야겠군."

사내아이는 아무리 봐도 원하는 것이 보이지 않았다.

"누나야, 여기서 뭐가 보여?"

"쩌기 봐, 보이잖아."

"뭐가 보여, 안 보이는데."

"잘 봐! 보이잖아!"

이제 대여섯 살 정도 되어 보이는 꼬마 계집아이가 가리키는 곳, 그곳은 백 장도 더 떨어진 곳의 언덕 중턱, 나무에 가려진 바위틈의 작은 구멍이었다.

나뭇잎사위에 가려진 구멍은 어른 주먹만 했다.

보통 사람이라면 눈을 씻고 봐도 구멍은커녕 바위조차 분간할 수 없을 게 분명했다.

그런데도 계집아이는 친절하게 그곳의 상황을 설명했다.

"근데 족제비가 졸린가 보다. 꾸벅꾸벅 졸고 있어. 저러다 누가 나타나면 잡힐 텐데……."

계집아이의 안타까운 목소리에 사내아이의 입술이 한 치는 튀어나왔다.

"씨이, 누나만 보고……."

한데 그때, 계집아이가 숨어 있던 곳에서 기어나오더니 손을 모아 소리쳤다.

"어? 아버지다! 아버지!!"

진용은 갑자기 들리는 소리에 고개를 돌려 자신이 빠져나온 골목을 바라보았다.

구석진 곳에 외따로 떨어져 있는 창고에서 두 아이가 창문을 열고는, 담장 너머로 고개를 내민 채 소리를 지르고 있었다.

"아버지! 어디 가세요!"

"삼촌하고 어디 좀 다녀오려고!"

"할아버지처럼 정신 잃고 돌아다니지 말고 일찍 돌아오세요!"

피식, 웃음이 절로 나왔다.

지나가는 말로 아버지에 대해 이야기했는데, 그걸 잊지 않고 꼭 어디만 가면 저런 소리를 한다.

"알았다! 말썽 피우지 말고, 할아버지하고 엄마 말 잘 들어야 한다!"

그때.

"큼! 하나 있는 아들 놈이 지 아비 흉이나 보고……. 괜히 나왔잖아?"

고중헌이 고개를 쳐들고 시큰둥한 표정을 짓는다.

진용이 빽 소리쳤다.

"아버지!"

"왜!"

"사랑한다구요!"

"…썩을 놈."

"다녀올게요!"

"…그래, 조심해서 갔다 와라. 함부로 싸우지 말고, 돈 아껴 쓰고, 항상 가족이 기다린다는 것 잊지 말고. 그리고……."

고중헌의 말소리가 조금씩 줄어들었다.

이미 아들은 눈에 보이지 않았다. 자신이 잔소리를 다 늘어놓기도 전에 하군상과 함께 도망치듯이 떠난 것이다.

고중헌은 중얼거리듯 마지막 말을 맺었다.

"갔다 오면, 종 형의 가족들을 다시 한 번 찾아보자꾸나."

〈終〉